醫女出頭天 2

陌城 著

風文創 781

風 文創 781

目錄

第二十九章 一塊鐵片

外面前來搜捕的，是一群打扮如官兵模樣的人。姚婧婧出來之後就向後面的樹林跑去，很快就消失在茂密的樹叢中。

「在那裡，快追。」

追捕的官兵聽到動靜，一窩蜂全部湧上前，跟著姚婧婧的腳步追了過去。

姚婧婧跑步不行，但勝在身形嬌小，她藏進了一個非常隱蔽的樹洞中，輕巧地躲過了官兵的追捕。

待確定那些官兵已經全部走遠之後，姚婧婧才從樹洞中爬出來，毫無聲息地又回到剛才那座小佛堂。

人生中第一次玩這種驚險又刺激的追捕遊戲，姚婧婧的心情很是激動，可當她推開大門時卻發現殿內已是空無一人，剛才那名蒙面男子也不知去向。

姚婧婧猶不死心，一邊輕聲喊叫，一邊將殿中各個能藏人的角落都翻了個遍，最後才確定那名男子真的離開了。

看來她發財的美夢注定是要落空了，雖然有些可惜，但大財丟了，好在還賺到些小財。聽那男子的意思，這錦囊中裝的不止一百兩銀子呢！姚婧婧滿懷期待地將繩索解開，把錦囊中的東西倒了出來。

噹！伴隨著一聲清脆的金屬撞擊聲，一塊黑不溜丟的鐵片應聲落地，姚婧婧的心也跟著一沈。她忍住想要罵娘的衝動，伸手將鐵片從地上撿了起來。

這塊鐵片整體呈月牙形狀，只有半個手掌大小，對著日光看會發現月牙中間有光芒閃動，看起來很有質感的樣子；可鐵片依舊是鐵片，再漂亮也不能變成銀子。

那個蒙面男子看著一副說一不二的硬漢模樣，做出的事情竟然如此上不得檯面，簡直是小人行徑。姚婧婧越想越氣，惡狠狠地把鐵片摔在了地上。

她好心救人一命，結果卻被當猴戲耍一番，早知如此，她剛才就應該直接把針插進他的心臟裡，看看他的良心會不會痛。

事已至此，姚婧婧就算再憤怒也只能認命，她飛起一腳把地上的鐵片踹出去老遠，可不知道為什麼，臨走時又轉過頭，將它重新撿了回來。

當姚婧婧回到前殿時，陸倚夢和雪姨早已上完香，正滿寺廟地找她。

「阿彌陀佛，姚姑娘，您總算是回來了，人生地不熟的，您要是有個什麼好歹，我怎麼回去向夫人交代啊！」雪姨急得都快哭了，自從來到臨安城開始照顧這兩位天不怕、地不怕的大小姐之後，這日子就沒消停過，再這樣下去，在回到清平村之前，她估計就要急白了頭。

陸倚夢倒沒有雪姨那麼擔心，在她的心裡，姚婧婧就是神一般的存在，這個世上沒有什麼事是姚婧婧搞不定的。「婧婧，妳跑到哪兒玩去了，怎麼不帶上我？妳看，我還替妳求了一支籤。這上面的每一個字我都認識，可就是猜不透其中的玄機，要不咱們找個大師解一下吧？」

姚婧婧接過竹籤一看，上面寫著四句莫名其妙的禪語——

再世為人道路艱，人心叵測難歡顏，有朝一日青雲顛，水到渠成好姻緣。

姚婧婧心中一動，這些話看似沒頭沒腦，但卻有幾分印證了她的境遇。

只是這個所謂的好姻緣，她心裡卻是不相信的。在這個男權至上的社會，想要尋求一段精神與情感都彼此尊重、相互契合的兩性關係，實在是希望渺茫；而讓她在一個男人，甚至整個婆家面前伏低做小、委曲求全，那也是萬不可能的事。

在現代社會，她已經活到了三十歲，也曾經交往過幾個男生，但最終都無疾而終，對於感情，她已經有些心灰意冷。

這一世，她已經打定主意一心只想發家致富，努力做一個像嬤嬤那樣的女強人。

「婧婧，妳發什麼呆呀？大師可是很忙的，咱們要去就要趁早。」

姚婧婧笑著搖了搖頭。「不去了，未知才有驚喜，如果把自己往後的路都打聽得一清二楚，那生活該有多無聊啊！」

陸倚夢仔細想了想，覺得姚婧婧說得很有道理，也就不再堅持。

「對了，夢兒妳的籤上寫的是什麼啊？」姚婧婧突然對這種古老的占卜之術產生了興趣。

「喏，什麼也沒有。」

陸倚夢一臉鬱悶地攤開手心，上面放了一支空無一字的竹籤。三人妳看看我、我看看妳，都是一臉懵。

此時天色已經不早，三人不再耽擱，即刻下山，坐上馬車原路返回衛國公府。

當她們回到衛國公府時，天已經全黑了，衛辭音還在等著她們一起吃晚飯。

因為下午遇到的糟心事，導致姚婧婧沒有什麼胃口，但這種有損英明的事她並不打算向旁人說起。

吃過晚飯後，衛辭音沒有放她們回去休息，反而派人叫了兩個府裡的繡娘過來。

臨安城內有許多規模不一的成衣店，裡面賣的衣裳也是五花八門、琳瑯滿目，但真正的大戶人家還是習慣養幾個手藝精湛的繡娘在府裡，專門為主人家服務。

兩位繡娘一進門，衛辭音就吩咐她們替姚婧婧和陸倚夢丈量尺寸。

陸倚夢不解地問道：「娘，咱們從家裡出門的時候不是已經帶足了衣服嗎？怎麼這麼快又要添置新衣？」

姚婧婧心裡也有些納悶，這幾天早上她只要一睜眼，雪姨就會捧著一套新衣來服侍她穿戴，看樣子能夠讓她穿到她們回家。

「過幾天臨安城裡有一位貴人過壽，到時候城裡的各家夫人、小姐都會前去慶賀，妳外祖母已經同意帶妳一同去，這可是一個千載難逢的好機會，到時候趁著人多，也好打聽打聽哪家有與妳相配的公子，早日把婚事定下來，娘這顆心才能放到肚子裡。」

「娘。」

衛辭音一而再、再而三地提起這事，讓陸倚夢心裡忍不住有些惱了。「看您這恨不得倒貼也要把我往外推的架勢，好像生怕我嫁不出去似的。我就不明白了，我雖然生在一個小地方，但我有胳膊、有腿，哪裡比這些城裡的小姐們差了？為什麼非要感覺低人一等似的。」

衛辭音嘆了一口氣，無奈地說：「夢兒，妳還小所以不明白，在這些世家大族的眼裡，出身就是妳的致命傷；別說門楣的高低了，就連同一個家族的嫡庶之間都是天差地別。」

陸倚夢噘著嘴，一臉的不服氣。「那又怎麼樣？他們瞧不起我，我還不待見他們呢！娘，我不明白，天地那麼大，您為什麼非要我嫁到這臨安城來？」

衛辭音說話的語氣變得嚴肅。「難道妳想嫁給村裡那些大字不識一個，只知道種地、喝酒、打老婆的農家漢？妳從小嬌生慣養，肩不能扛、手不能提，真的嫁到這樣的人家，妳只有餓死的分。」

「那我就一輩子不嫁。」陸倚夢也使起了小性子。

衛辭音語重心長地勸道：「說什麼傻話？爹娘總不能一直陪著妳，妳終有一天要組建自己的小家，有自己的孩兒，既然如此，還不如趁早選擇一個對自己好的託付終生。」

「娘，我就是不想讓您為了我的事對外祖母卑躬屈膝，實在不行，咱們就回家吧，我現在覺得這臨安城也沒有想像中那麼好玩了。」

衛辭音將陸倚夢摟在懷中，輕聲撫慰。「我知道夢兒心疼娘，她是我的母親，孝敬她是我的本分，娘不覺得委屈，只要妳能夠有一個好歸宿，娘怎麼樣都行。」

母女倆說了半天知心話，侍立在一旁的兩位繡娘表情略顯尷尬。

「這國公府裡的繡娘都是個頂個地厲害，二小姐還是趕緊把尺寸量好吧！聽說距離那位貴人的壽辰沒幾天了，還得請師傅們辛苦地趕工，好讓二小姐能漂漂亮亮地跟著國公夫人出門。」雪姨一邊說，一邊從袖子裡拿出兩錠銀子塞到兩位繡娘手中。

得了如此豐厚的賞銀，兩位繡娘立即興高采烈地忙活起來。

量完了陸倚夢就輪到姚婧婧了，但她對那些不太實用的錦衣紈褲並沒有多大興趣，且衛辭音給她準備的衣裳已經夠多了，再做也只是浪費。「夫人，我就算了吧，反正我也不用去參加什麼壽宴，何必麻煩一場？」

「那怎麼行。」衛辭音不由分說地拒絕道：「母親特意交代過，姚姑娘為了父親的病終日操勞，只要妳一日還住在這國公府裡，就一定要以上賓之禮對待；裁衣裳這事原本就是為妳而來的，夢兒也只是沾了姚姑娘的光而已。」

話都說到這個分上了，姚婧婧再推辭就顯得有些不恰當了，無奈之下，她只好像個木偶般站在那裡，任憑兩個繡娘拿著軟尺在她身上比比劃劃。

第三十章　容嬤嬤

之後的幾天，姚婧婧每日都奔波在衛國公府與齊慕煊的宅院之間，一個解毒、一個戒毒，忙活得不可開交。

但讓她感到欣慰的是，兩個人的情況都有了很大的好轉；尤其是齊慕煊，毒癮發作的頻率越來越低，相應的症狀也有所減緩，慢慢地甚至可以不借助外界的力量，單靠自身的毅力來撐過那難熬的時光。可以說，對於齊慕煊的戒毒工作已經得到階段性的勝利。

而經過十來天的調養，衛國公的皮膚狀況也有了翻天覆地的變化，原來潰爛流膿的部位已經結痂，侵蝕腐爛的肌膚也慢慢恢復，整個人的樣子雖然看起來依舊可怕，但卻沒有之前那麼令人無法接受了。

這一天，衛國公夫人終於點頭允准親人們前去探望衛國公。

其實府裡如今能稱之為親人的，也就只有衛辭音和陸倚夢母女倆，以及那個眼高於頂的衛大小姐。

陸倚夢和衛萱兒都是第一次看到衛國公生病之後的樣子，由於衛辭音提前叮囑過，陸倚夢見到躺在床上的外祖父時雖然心中驚駭，但依舊極力保持鎮定。

衛萱兒就不行了，整個人像見到鬼一般，跳起來尖聲大叫。「救命啊！這個醜八怪是誰！我的祖父是鼎鼎有名的忠勇將軍，怎麼會變成這個鬼樣子？他不是我的祖父，我不要這樣的祖父。」

啪！衛國公夫人忍無可忍，一巴掌摑在她臉上，衛萱兒那細皮嫩肉的小臉頓時浮現五個鮮紅的指痕。衛國公夫人猶不解氣，指著她的鼻子怒斥道：「狼心狗肺的東西，妳也不想想自己身上的榮華富貴是怎麼來的，妳祖父變成這個樣子都是為了誰！」

衛萱兒長這麼大還是第一次挨打，心中頓時委屈萬分，可礙於祖母的威嚴，也只能摀著臉縮在牆角，梨花帶雨地抽泣著。

衛辭音連忙拉住衛國公夫人的胳膊，輕聲勸導。「母親不要動怒，萱兒年紀小，沒有見過這個場面，一時失控也是情有可原，其實她心裡對父親、母親還是極為孝順的。」

「孝順？我看是笑話吧！差不多年紀的姑娘，夢兒無論是心性還是品德都比這個沒腦子的強一萬倍。」衛國公夫人翻了個白眼，繼續罵道：「沒用的東西，也不知妳母親這些年是怎麼教導妳的，過些日子妳還是早點給我滾回京城，免得待在這裡惹人生氣。」

衛萱兒聽到祖母這麼說，一下子趴在地上，哭得那叫一個傷心欲絕。

「再哭我就拔掉妳的舌頭。」

衛國公夫人的恐嚇迅速得到立竿見影的作用，衛萱兒立即閉上了嘴，世界終於清靜了。

衛國公夫人按下心中的怒火，轉頭對姚婧婧說：「如今老爺清醒的時間越來越多，手腳也不再像從前那般僵硬，看來是姚姑娘配製的解藥起了作用。今日清晨我來看他的時候，看到他的嘴皮子張張合合，好像是想要說話的樣子。」

衛辭音看到父親有這麼大的好轉，心中也是欣喜不已。「母親不必著急，姚姑娘醫術驚人，再這樣下去不出幾天，父親肯定能開口說話的。」

姚婧婧垂首道：「承蒙國公夫人信任，能為國公大人解難排憂是小女的榮幸，國公大人身中之毒纏綿已久，理應徐徐圖之，切不可操之過急。」

「姚姑娘說得極是，如何給老爺治病但憑姚姑娘作主，老身絕無異議。」

衛國公夫人對待姚婧婧恭敬有加的態度讓衛萱兒嫉恨不已，從小到大，她已經習慣了被人捧著的感覺，可到了臨安城之後，祖母總是對她橫挑鼻子豎挑眼的，讓她老感覺不痛快。之前倒還能夠忍受，可自從陸倚夢和姚婧婧這兩個鄉巴佬來了之後，祖母對她的態度更是急轉直下，言語之間好像她這個堂堂國公府的嫡出大小姐竟然比不上那兩個出身卑賤的醜八怪，這對於她而言實在是奇恥大辱。

陸倚夢也就算了，好歹和衛國公府沾點親，但那個姓姚的死丫頭，也不知道用了什麼坑蒙拐騙的招數，竟然讓祖母相信她能夠醫治祖父的病。她剛看到祖父的樣子，明明就和從墳墓裡跑出來的死人沒什麼區別，這就是她口中所謂的好轉？簡直是睜著眼睛說瞎話。衛萱兒心中憤憤不平，卻沒有人知道。

衛國公夫人看著姚婧婧，臉上露出了一股慈愛之色。「多好的丫頭啊，就是出身太低了點，否則我就可以像對待夢兒一般，在這臨安城裡為妳尋一門好婆家，總好過回到那窮山溝裡受苦。」

姚婧婧聽得滿頭黑線，這位衛國公夫人或許是太過清閒了，怎麼這麼愛替人保媒拉線，不去當個媒婆實在太可惜了。

「謝過國公夫人的好意，只是婧婧年紀尚小，還不著急此事，況且婚姻大事自有父母作主，民女也不敢做非分之想。」

「是一個懂規矩的。」衛國公夫人眼中的欣賞之色更甚。姚婧婧不卑不亢、落落大方的回答實在很難不讓人喜歡。「後日是淮陰長公主的壽辰，屆時這城中的達官貴婦都會趕去慶賀，那場面肯定是熱鬧非凡。」不知為何，衛國公夫人突然轉了話頭。

「淮陰長公主？」衛辭音一臉的驚訝，她原本只是聽說有一個貴人要過壽，沒想到這個貴人竟然是天家之女，真真正正的金枝玉葉。

衛國公夫人點了點頭。「淮陰長公主是當今聖上唯一的胞妹，地位之顯赫自然不言而喻。淮陰長公主可是一個奇女子，年輕時曾女扮男裝混入軍營，官拜驍勇大將軍，為平定西北邊陲的叛亂立下了汗馬功勞；也是因為她的支持，當今聖上才能在慘烈的奪嫡之戰中殺出一條血路。」

衛國公夫人的話讓姚婧婧心中激盪不已，原來花木蘭的故事並不只是傳說，這世上真有這樣胸懷天下的女子。

「因為長年的南征北戰，淮陰長公主的婚事就被擱置了下來，當她因為傷病解甲歸田時，已經年過三十。聖上因為心中有愧，曾想為她尋一位十全好駙馬，卻被她婉言謝絕了。為了遠離朝局中心，她千挑萬選，最後來到臨安城裡建府獨居，至今已有十個年頭。」

衛辭音也聽呆了。「如此傳奇的人物卻沒有一個圓滿的結局，實在是太可惜了。」

姚婧婧輕輕搖了搖頭。「什麼叫圓滿？每個人的格局不同，看到的景色也不一樣，她能夠實現心中的抱負，成為自己想要成為的人，這就是最大的圓滿。」

衛國公夫人拍手道：「沒想到姚姑娘小小年紀就有如此超凡脫俗的領悟力，其實在某些方面，妳和淮陰長公主還真有幾分相似之處。」

如此盛讚，姚婧婧自然是辭不敢受。

衛國公夫人卻自顧自地說道：「我原本準備帶她們兩個小的同去，可看萱兒這個不爭氣的樣子，去了也只是丟我衛家的臉，還是待在家中靜思己過得好。姚姑娘連日操勞，老身心中著實不安，倒不如一同前去熱鬧一番，就當是放鬆放鬆精神吧！」

姚婧婧一時有些啞然，在她的理解中，去參加這種宴會的人沒有幾個是真心去祝壽的；而她既不想釣金龜婿，也沒興趣去巴結什麼權貴，這樣的場合於她而言實在沒有任何意義。

「太好了，婧婧，妳可以和我一起去了。」陸倚夢卻像是聽到了什麼天大的好消息，一下子跳起來抱住姚婧婧的脖子。

如果不是姚婧婧極力閃躲，陸倚夢絕對會在她的臉上猛親一口。

衛辭音也很高興，拍了拍姚婧婧的肩膀道：「姚姑娘，夢兒這丫頭被我寵壞了，行事不知分寸，喜怒全憑自己心意，我原本還擔心她出去會惹出什麼禍端，這下我就放心了。夢兒一向最聽妳的話，妳一定要替我把她看緊點。」

姚婧婧卻忍不住面露難色。「兩位夫人，我只是一個沒見過世面的農家女，對於那些皇家禮儀全然不知，也不會說什麼場面話，貿然去參加這樣的宴會只會給各位丟臉，我還是留在府裡替衛國公研究解藥吧！」

衛國公夫人的態度卻很堅持。「國公爺的身體已經好轉，姚姑娘剛才也說了，治病的事不在這一天、兩天，所以這事就這麼定了，後日一早我就派人去接妳和夢兒。」

衛辭音卻皺起了眉頭。「母親，我覺得姚姑娘的擔憂還是有些道理的，她和夢兒都是從小自由慣了的，根本沒機會學習那些德容禮儀，萬一到時有不恭敬之處，惹怒了淮陰長公主，那就麻煩了。」

「不會的，長公主生性豁達，絕不會跟晚輩計較這些雞毛蒜皮的小事。」衛國公夫人想了想後，繼續說道：「府裡剛好住著一個在宮中服侍了四十多年的老嬤嬤，明日就請她為這兩個丫頭教習一下，應該不會有什麼問題。」

「不行。」

姚婧婧還沒有開口，衛萱兒就一下子從地上跳起來，用仇恨的眼神怒視著她。

「祖母，您不能這樣對我，我可是您的親孫女啊！我千里迢迢從京城趕回來就是為了參加淮陰長公主的壽宴，您怎麼能隨隨便便一句話就把我困在家裡？我不幹。」

衛國公夫人瞪了她一眼。「這裡可不是京城，我也不是妳那沒主意的親娘，幹與不幹可不是妳說了算。」

也許是被憤怒沖昏了頭腦，衛萱兒竟然不管不顧地衝著衛國公夫人大吼道：「祖母，我看您真的是有些糊塗了，竟然被這個不知從哪裡冒出來的死丫頭騙得團團轉，要是被人知道了，那才是丟咱們衛國公府的臉。這種巧言令色的江湖女騙子，您竟然還想帶著她四處去，真真是讓人笑掉大牙。」

被自己的孫女兒指著鼻子罵，一向心高氣傲的衛國公夫人氣得直跳腳。「來人啊，把這個目無尊長、以下犯上的混帳東西給我拉出去關到房裡，沒有我的允許，誰都不准把她給我放出來。」

衛萱兒終於有些慌了，為了見到心中所想的那個人，無論如何，她都必須參加後天的壽宴。「祖母，您不要動不動就關我禁閉，我知道錯了，我給您賠罪，給祖父賠罪，我求求您，您就帶我去吧，我保證不會再瞎胡鬧了。」

衛國公夫人冷哼一聲。「現在說這些，晚了。妳身上的臭毛病可不是一星半點兒，我是老糊塗，所以教不了妳，這兩天我就派人把妳送回妳爹娘那裡，省得妳整天在府裡鬧得雞飛狗跳。現在妳還是趕緊滾回自己的房間，否則我就罰妳到佛堂去抄一晚上經書。」

衛萱兒知道祖母此時正在氣頭上，繼續說下去吃虧的只會是自己，於是她惡狠狠地瞪了姚婧婧一眼，轉身怒氣沖沖地走了。

姚婧婧只覺得莫名其妙，雖然這些天陸倚夢和衛萱兒發生過好幾次口角，可她卻從來沒有參與其中，算起來，她和衛萱兒還是在第一天進府時有過一面之緣，不知為何這位嬌小姐對她卻如此仇視。

衛國公夫人一臉歉意地看著她。「姚姑娘，讓妳受委屈了，萱兒這丫頭實在是……唉，瞧瞧她和我說話的語氣，哪有一點大家閨秀的樣子？真是氣死我了。」

眼看衛國公夫人動了真怒，衛辭音連忙扶著她坐下，輕輕地替她撫背順氣。「請母親消消氣，萱兒只是一時接受不了父親如今的樣子，情急之下才口不擇言。想想前些日子我第一次看到父親時還不是一樣倉皇失態，她對姚姑娘有些芥蒂，日後多相處，便能解除誤會。」

「唉。」衛國公夫人突然嘆了一口氣，眼神中流露出一股怒其不爭的惋惜之情。

或許是累狠了的原因，這一晚姚婧婧睡得格外香甜，一直到第二天的早飯時間才被雪姨給叫醒。

「兩位小姑奶奶，趕緊起來吧！一會兒那個容嬤嬤就要來給妳們授課了，趕緊起來漱洗、吃飯吧！快點，夫人都等了半天了。」

陸倚夢已經準備得差不多了，她一邊揉著惺忪的睡眼，一邊不解地問：「容嬤嬤？什麼容嬤嬤？」

這名字聽著怎麼這麼耳熟？姚婧婧心裡突然有了一種不好的預感。

「我昨日聽人說，這個容嬤嬤可是一個了不得的人物，之前是專門教導剛入宮的嬪妃們宮廷禮儀的。三年前，她一出宮，就成為各世家貴族們爭相邀請的大紅人，這次國公夫人為了請她來給衛大小姐授課，可是花了大錢。」雪姨的口吻中充滿了羨慕，做奴才做到這個分上，也算是人生巔峰了。

姚婧婧和陸倚夢兩人匆匆漱洗完畢，吃完早飯就趕到了一間名為翠清齋的雅居。

在衛辭音小時候，府裡未出閣的姑娘很多，當時還請了專門的教習每日在這裡為小姐們講授《女誡》、《內訓》等書籍。

時至今日，翠清齋雖然已經清冷了下來，但衛國公夫人還是派人每日前來清掃維護，一應設施均保存完好。

兩人進去時，看到一個年近古稀的老婦人坐在大堂正中間的位置，老婦人的頭髮雖然已經花白，但身上的衣衫、首飾都穿戴得一絲不苟。

那嚴厲的眼神讓姚婧婧瞬間想起了自己高中時的數學老師，一個以體罰學生而著名的校園女魔頭。

容嬤嬤並不是普通的宮女，而是宮中有品階的女官。她見到兩人進來，並未起身招呼，而是啪的一聲，將手中的茶杯重重地摔到身旁的高案之上。

「昨日我讓小丫鬟通知妳們，今早卯時之前必須趕到此地，現在辰時都已經過半，妳們還來做什麼？趕緊回去吧，如此四體不勤的丫頭，我可不願意教。」容嬤嬤說完便站起身，抄起一根黃楊木的鹿頭鳩杖，怒氣沖沖地往外走。

這下還得了，這個機會來之不易，雖然姚婧婧和陸倚夢兩人並不太在意，但衛辭音卻因此而高興了一整個晚上，若是兩人就這樣無功而返，她不知道該有多傷心呢！

「容嬤嬤，實在是對不住，是我們兩個記錯了時間，讓您老在這裡久等了，您大人不計小人過，我們倆是真心來向您討教的，您不能就這麼扔下我們不管啊！」

姚婧婧和陸倚夢一左一右地將容嬤嬤堵在房間裡，陸倚夢更是好話說了一籮筐，看起來脾氣極大的容嬤嬤才終於冷哼一聲，又坐回了椅子上。

「既然妳們堅持要學，那我就醜話說在前面。我知道妳們都是國公府的親眷，可在我面前就不要想擺什麼小姐的譜，如果妳們達不到我的要求，我會用最嚴厲的手段來處罰妳們，妳們聽清楚了嗎？」

容嬤嬤臉上的皺紋就像一把把刻刀，使她整個人看起來更加冷酷無情。

姚婧婧和陸倚夢頓時緊張起來，今天的日子怕是不太好過啊！

容嬤嬤很快就讓她們見識到她的厲害，一個很簡單的跪拜就要她們練習了一個多時辰。姚婧婧感覺自己的腿都要抽筋了，兩個膝蓋就像是被人用鐵錘擊碎了一般，稍微一動就咯吱咯吱地響。現代那個家喻戶曉的「容嬤嬤」是姚婧婧童年的陰影，沒想到來到異世之後還要身臨其境地體驗一遭，她只覺得自己想死的心都有了。

陸倚夢也覺得苦不堪言，只是為了給娘親爭口氣，她一直咬牙堅持著，她心裡有一個念頭，無論如何不能輸給衛萱兒那個狗眼看人低的傢伙。

「休息一會兒吧！」

好不容易等來了容嬤嬤的點頭恩赦，兩人長出了一口氣，互相攙扶著挪到牆邊的椅子上坐下，那模樣別提有多狼狽了。

「我當教習這麼多年，像妳們兩個這樣毫無基礎、身體又僵硬似鐵塊的姑娘真是第一次見，一個簡簡單單的動作練了這麼長時間依舊笨拙無比，真是朽木不可雕也。」

姚婧婧和陸倚夢兩人妳看看我、我看看妳，簡直是欲哭無淚。

費了老半天勁兒，半條命都搭進去了，結果換來這麼一通讓人心生絕望的評價。

「不過妳們兩人這學習態度倒還算誠懇，折騰了這麼久卻連吭都沒吭一聲，不像那個衛小姐，還沒動一下就這痛、那痛的，看著就讓人心煩。」

如此轉變倒是出乎兩人的預料，看著容嬤嬤陰沈沈的臉色，姚婧婧忍不住心生感嘆，看來衛國公夫人對衛大小姐的這一番心思算是白費了。

兩人喝了一杯茶，又吃了一些點心補充體力後，便又接著開始魔鬼般的訓練。

這一次更加嚴苛，從走路的姿勢、說話的語調，甚至笑時要露幾顆齒都有嚴格的規定。姚婧婧感覺自己變成了提線木偶，如果往後的日子真要讓她這樣活著，那就太恐怖了。

好不容易挨到了吃飯時間，容嬤嬤也沒有放她們回去，而是讓雪姨送了幾樣清粥小菜來，就擺在大廳中間的桌子上。

姚婧婧和陸倚夢兩人早已饑腸轆轆，看到食物都迫不及待地撲了過去，可剛一碰到筷子，容嬤嬤那滿含嫌棄的厲斥聲就在身後響起。

「看妳們兩個餓死鬼投胎的樣子，一點規矩都沒有，身為女子，任何時候都要保持端莊的容貌和優雅的儀態，否則就會淪為他人的笑柄。」

沒辦法，兩人只能嚥了嚥口水，直起身態度謙卑地對著容嬤嬤福了一福。

「多謝容嬤嬤的教誨，請容嬤嬤上座。」

「這還差不多。」容嬤嬤從鼻子裡發出一聲冷哼，在最上首的位置坐下。

直到容嬤嬤拿起勺子先喝了一口湯之後，姚婧婧和陸倚夢才終於有了動筷子的機會。

吃飯的過程也不是那麼輕鬆，首先是動作要小，不能咂嘴、不能隨意評論菜品的味道，最重要的是，每人只有小半碗飯的分量，絕不能多吃。

這一點實在讓姚婧婧難以忍受，這個年紀正是長身體的時候，再加上今天的活動量這麼大，還不讓人吃飽肚子，簡直是分分鐘要暈倒的節奏啊！

眼看兩人露出不滿之色，容嬤嬤又開始板著臉教訓起來。「古人用翩若驚鴻，宛若游龍來形容女子輕盈之美態，我在宮裡待了大半輩子，那些有幸被選入宮中的女子，哪一個不是玲瓏嬌小、婀娜多姿？那些長了一身肥肉的粗壯婦人，就只能分配到辛者庫去做苦力，連稍微有點臉面的宮女都選不上。」

姚婧婧倒抽一口氣，辛虧如今的她瘦骨嶙峋，否則又要像從前那樣感受到這個世界對於胖子的深深惡意了。她可憐兮兮地看著容嬤嬤說道：「容嬤嬤，小女子身分卑微，也沒有參加選秀的資格，胖點、瘦點都不礙事的，您就讓我再添一碗飯吧，否則我真的沒有力氣挺過下午的訓練了。」

聽到如此沒有出息的話，容嬤嬤不由得勃然大怒，將手中的筷子往桌上一拍，指著姚婧婧的鼻子大罵。「連最基本的口腹之慾都不能控制，活該一輩子吃苦受累。妳也不用待在這裡聽我囉嗦了，像妳這樣胸無大志的女子，注定一輩子都上不得檯面。」

容嬤嬤的話說得太難聽，姚婧婧感覺心裡很不舒服，她剛想出言爭辯幾句，卻突然發現容嬤嬤的呼吸變得非常急促，臉色也變得通紅，且用雙手摀住胸口，一副非常痛苦的模樣。

第三十一章 石生花

陸倚夢大驚失色。「天啊！容嬤嬤，您怎麼了？」

姚婧婧立即上前扶住發病的容嬤嬤，防止她從椅子上栽倒，陸倚夢也連忙上去幫忙，兩人合力將她抬到內室的貴妃榻上躺下。

「婧婧，容嬤嬤到底怎麼了？妳看看她，口裡都開始吐出白沫了，該不會是中毒了吧！」陸倚夢最近看到外祖父和齊慕煊一個個都被毒藥所害，也開始有些草木皆兵了。

姚婧婧搖頭道：「不是，看她的症狀應該是哮喘。夢兒，妳幫我把她按住了，我要給她行一遍針。」

陸倚夢使出了吃奶的力氣才把容嬤嬤給按在榻上。

姚婧婧迅速在胸骨上窩正中取穴，將銀針直刺兩分，然後將針尖轉向下方，緊靠胸骨後壁，緩緩刺入半寸，待針下有沈澀緊感時，再左右撚轉片刻。

如此重複了幾番，容嬤嬤的症狀逐漸減輕，最後終於慢慢恢復了正常的呼吸。

「多謝姚姑娘，之前聽人說衛國公府裡來了一位醫術了得的小丫頭，我原本還不相信，今日一見，果然名不虛傳。」容嬤嬤臉上的汗還未乾，就掙扎著起來向姚婧婧道謝。

姚婧婧眨了眨眼睛，半開玩笑地說：「謝倒不用了，只要容嬤嬤肯讓我再添一碗飯，我就感激涕零了。」

容嬤嬤那飽經風霜的臉上終於露出了一絲笑容。「吃吧、吃吧，姚姑娘如此厲害，哪裡還用得上以色侍人。」

陸倚夢一臉委屈地咕噥道：「容嬤嬤的意思是，像我這樣什麼都不會的廢物就活該餓肚子了？」

容嬤嬤的臉色突然變得無比晦暗。「唉，想吃就吃吧！我這個老太婆做了一輩子惡人，臨了卻得了這種怪病，也不知是不是受到的詛咒太多。」

陸倚夢心腸極軟，哪裡受得了這話，立即拉著容嬤嬤的衣角勸道：「容嬤嬤千萬不要這麼說，您雖然表面上嚴厲，但心腸還是好的，您也是為了讓我們能夠學到一些真東西啊！大家雖然表面上叫苦，但心裡都還是感激的，是不是啊，婧婧？」

姚婧婧連忙點了點頭，對於這個和她爺爺差不多歲數的老婦人，她也忍不住心生憐憫。

容嬤嬤的眼角有些濕潤了，她在宮中辛苦服侍了一輩子，到老卻孤苦伶仃、四處漂泊，雖然表面上光鮮，但內裡的苦楚卻只有自己知道。

姚婧婧突然問道：「容嬤嬤，您這哮喘之症是從何時開始發作的？」

容嬤嬤的神色顯得有些迷茫。「不記得了，有些年頭了吧！但發作的次數倒不多，有時我幾乎已經忘記有這回事，卻又莫名其妙地來上一次。以前在宮中有御醫隨時伺候，倒也不算凶險，出了宮以後沒有那麼方便了，說不定哪天我就會被人發現暴斃在床上。」

「容嬤嬤，您千萬別這麼說，總會有辦法的。婧婧，妳快幫容嬤嬤看看啊！」陸倚夢已經習慣在這種時候向姚婧婧求助，她知道姚婧婧絕對不會讓自己失望的。

姚婧婧輕輕地將手指搭在容嬤嬤的脈象上，屏氣凝神地細細診斷。「嬤嬤每次哮喘發作之前有什麼預兆嗎？」

容嬤嬤搖了搖頭。「沒有，我的身體向來還算硬朗，這病生得實在有些蹊蹺。」

姚婧婧的目光突然落在飯桌之上，最中間的一盆瑤柱花蟹粥還在冒著絲絲熱氣。「容嬤嬤每次發病都是在飯後時分嗎？」

姚婧婧問得突然，容嬤嬤皺著眉頭回憶了半天，終於一拍腦袋，恍然大悟道：「好像真是如此，姚姑娘，這和我所犯之疾有什麼關聯嗎？」

「容嬤嬤的脈象並無異常，如果我所料不錯，嬤嬤的哮喘之疾是由於過敏所致，而罪魁禍首就是它。」姚婧婧伸出右手指向飯桌。

「花蟹粥？」陸倚夢驚道。

姚婧婧點了點頭。「海鮮一類最易過敏，容嬤嬤以後還是少碰為好。我給您開一個止咳平喘、調理脾胃的方子，您慢慢用，對您的身體總是有好處的。」

容嬤嬤看起來很高興，她雖然不怕死，但能解除一件心事也是極好的。「多謝姚姑娘。說來慚愧，我這個老太婆這兩年輾轉於各個世家豪門之間，雖然掙了不少銀子，但由於揮霍無度，已經所剩無幾，實在沒有什麼拿得出手的東西來感謝妳了。」

姚婧婧低下頭，畢恭畢敬地答道：「容嬤嬤言重了，我聽雪姨說，您把自己的畢生積蓄全部都捐給了京城裡一間專門收留無家可歸女子的濟善堂，如此無疆大愛著實讓我們這些小輩欽佩不已。」

「呵呵。」容嬤嬤的臉上竟然出現了小孩子一般不好意思的表情。「我是半截身子要入土的人了，還要那麼多錢做什麼？倒不如給那些可憐的女子。唉，每次我看到她們就彷佛看到了年輕時候的我。」

這聲嘆息的背後又是一段充滿血淚的辛酸往事，容嬤嬤並不想多說，姚婧婧也不追問。

「聽說兩位姑娘明日要去參加淮陰長公主的壽宴，也不知兩位的壽禮準備好了沒有？」

姚婧婧一臉懵，她原本以為只是去吃喝玩樂一番，沒想到竟然還要送禮！

陸倚夢連忙拍了拍她的肩膀。「放心吧，娘都替我們準備好了，像咱們這樣的身分，送得太過名貴倒顯得有些刻意，左不過就是一些福壽繡品之類的。」

容嬤嬤點了點頭。「是這個理，淮陰長公主年輕時我曾經奉召服侍過她一段時間，對她的喜好倒是有所瞭解，說不定能對妳們有所啟發。」

陸倚夢眼睛一亮。「哦？還有這麼一回事？容嬤嬤快快請講。」

「大家都知道淮陰長公主一生未嫁，其實她年輕時曾舉辦過一場盛大的招親大會，當時幾個鄰國都派了最優秀的皇子前來參加選婿，可見這場大會影響之大、範圍之廣。」

「哇！」陸倚夢臉上浮現出無比嚮往的神色。「看來淮陰長公主從小就地位崇高，能夠享受到這個待遇的皇家公主古往今來也不超過五個呢！」

「後來呢？」姚婧婧也來了興趣。

「後來還真有一位少年英雄入了淮陰長公主的眼，他是定南王府的小公子，天資聰穎，文韜武略樣樣精通，被老皇帝親口讚譽為百年難得一見的奇才。兩位天之驕子剛剛訂婚不久，南邊的大梁就伺機來犯，定南王奉旨前去抗敵，小公子照例也一同隨行，不幸的是……」

陸倚夢心中一沈。「怎麼了？難不成他不幸戰死了？」

容嬤嬤搖了搖頭，萬分可惜地說：「若是死在戰場之上也算是死得其所，當時小公子屢立奇功，率部眾將大梁的軍隊打得毫無還手之力，眼看勝利在望之時，小公子卻突然染上重疾，一夜之間就回天乏術。」

「染疾？」姚婧婧心裡感到有些奇怪，這件事聽起來太過蹊蹺。

「啊！怎麼能就這麼死了？那淮陰長公主該有多傷心啊！」陸倚夢以己度人，也忍不住替淮陰長公主感到傷心。

「傷心的可不止她一個，還有小公子的父親定南王。痛失愛子讓他備受打擊，對於敵情軍務也失去了以往的判斷，那場原本很快就能旗開得勝的戰爭竟然斷斷續續地拖了兩年之久；班師回朝之後定南王就徹底病倒，很快就追隨小兒子的腳步去了，原本聲勢顯赫的定南王府也就此敗落了。」

這的確是一個悲傷的故事，姚婧婧和陸倚夢都唏噓不已。

「小公子臨死之前曾派人把一朵非常罕見的石生花送回京城，淮陰長公主在收到這朵花的時候同時收到了小公子的死訊，這朵花便成了淮陰長公主一生中最珍視的東西。她親手將它製成乾燥花藏在荷包之內貼身攜帶著，不允許任何人碰觸。」

陸倚夢一頭霧水。「石生花？我怎麼沒聽說世上還有這種花，它到底長什麼樣呢？」

「此花千年難得一見，除了淮陰長公主外，沒有人知道它究竟長什麼模樣。」

「啊，原來是這樣啊！」陸倚夢明顯有些沮喪，既然不知道這花長什麼模樣，那這些訊息對她們就毫無用處了。

姚婧婧突然自言自語道：「石生花？應該是生石花才對吧！」

「婧婧，妳是不是知道什麼？」陸倚夢激動地撲了過去。

姚婧婧點了點頭，這種多肉植物在古代可能很稀奇，可在現代卻是司空見慣，很多人對此都癡迷不已。

「太好了，婧婧，這天底下就沒有妳不知道的東西。」陸倚夢又故技重施，捧著姚婧婧的臉親了一口。

容嬤嬤卻有些不敢相信。「姚姑娘，妳真的見過石生花嗎？」

「婧婧說她見過那就一定是見過，這下好了，我們可以把這朵花的樣子繡在帕子上送給淮陰長公主，她一定會喜歡的。」陸倚夢的臉上滿是抑制不住的興奮，如果能在明天的壽宴上得到淮陰長公主的青眼，那將是一件多麼長臉的事情，娘一定會很開心的。

事不宜遲，陸倚夢匆匆向容嬤嬤道謝，就拉著姚婧婧奔回了住處。

姚婧婧用筆將石生花的樣子畫了出來後，陸倚夢照葫蘆畫瓢地將它繡在了一塊做工精良的絲帕之上。忙活了半天，陸倚夢發現姚婧婧只是坐在一旁看著她，自己卻不動手，她感到有些奇怪。「婧婧，妳是怕妳繡得不好嗎？要不我讓小青進來替妳繡吧，她的手藝還在我之上呢！」

姚婧婧搖了搖頭。「這石生花雖然對淮陰長公主有特殊的意義，可若送的人多了，就不會有一鳴驚人的效果，所以妳一個人送就好了；我嘛，就用妳之前準備的那條福壽圖繡的帕子吧，也可以省去不少麻煩。」

陸倚夢一下子愣住了，呆了半天才紅著臉大聲叫道：「那怎麼行？這花本來就是妳畫出來的，我跟著沾點光就行了，怎麼能全部都占為己有，這和那個可惡的金老闆有什麼區別？」

「什麼妳的、我的？我只是恰好知道這種花長什麼樣子而已，現在妳不是也知道了嗎？這帕子是妳親手繡的，妳根本不用覺得心裡不安。妳知道的，我根本就無意在這樣的宴會上出風頭。」

陸倚夢猶豫了半天，依舊是面有難色。「這樣真的可以嗎？」

姚婧婧一臉輕鬆地拍了拍她的腦袋。「有什麼不可以的？咱倆誰跟誰啊！不過明日那淮陰長公主見到這花肯定會問妳許多問題，妳最好提前做好準備。」

陸倚夢眼中露出了感激的笑容。「婧婧，妳對我真是太好了，妳為什麼是個女子呢！若妳是個男子，我一定毫不猶豫地嫁給妳。」

姚婧婧瞬間起了一層雞皮疙瘩，她誇張地抖了抖身子，撇著嘴說：「陸大小姐，妳還是饒了我吧，這種動不動就被人踹下床的日子我可不想過一輩子。」

姚婧婧的調笑惹來了陸倚夢的不滿，她迅速向姚婧婧伸出了魔爪，兩人頓時鬧成一團。

雖然已經做足了準備，但第二天極早無比的起床時間，還是讓姚婧婧苦不堪言。

衛辭音雖然不能同行，但她卻是整個衛國公府最緊張的一個人。她幾乎一夜都沒有合眼，早早地就帶著一大幫丫鬟、婆子來替姚婧婧和陸倚夢梳妝打扮。

兩人的衣物是府裡的繡娘昨晚才送過來的，雖然時間緊迫，但緊趕慢趕之下的成品卻讓人挑不出毛病。

兩人的衣衫樣式大致相同，內裡是一件散花水霧綠草百褶裙，外披一件薄如雲煙的輕紗罩，唯一的區別就是顏色不同，一件嫣紅，一件淺藍。

紅的那件自然是為陸倚夢準備的，她身材高䠷，皮膚又白，這樣顯眼的顏色穿在她的身上竟然毫無違和感。

陸倚夢繞著裝扮一新的姚婧婧走了一圈，高興地點頭讚道：「婧婧，這藍色穿在妳身上清清爽爽的，竟然有一種說不出的動人之感，咱們倆這樣子像不像是孿生姊妹？」

姚婧婧卻轉頭看著衛辭音問道：「夫人，還有別的衣服嗎？」

衛辭音奇道：「怎麼了？妳不喜歡這衣服嗎？」

「不是。」姚婧婧搖了搖頭。她今日的任務只是用來陪襯陸倚夢的，穿戴自然是越低調越好，最好讓她看起來像陸倚夢身邊的丫鬟，這樣就可以徹底消失在眾人的視線中。

衛辭音彷彿看出了她心中的想法，微笑著解釋道：「婧婧，妳不用想太多，是金子就總會發光，像妳這樣冰雪聰明的姑娘，這輩子注定不可能一直隱匿於眾，一切就看命運的造化吧！」

姚婧婧想了想，的確是自己太過糾結了，在這個階級觀念森嚴的年代，以她的身分和容貌，就算是刻意想要出風頭只怕也不是一件易事。

衛國公夫人派人送來的不僅有衣衫、鞋襪，還有整套的頭面、首飾。

這一次姚婧婧沒有聽從衛辭音的勸導，堅持只用一根簡單的髮簪和一對小巧玲瓏的珍珠耳墜子。那些能把人脖子壓斷的繁雜頭飾實在讓她吃不消，要是真讓她一整天都頂著它們，她估計會分分鐘都想要逃跑。

好不容易將一切都收拾妥當，就到了早飯時間，衛國公夫人派人來請姚婧婧和陸倚夢到她的院子裡吃早飯。

衛辭音連忙帶著兩人趕了過去，衛國公夫人早已坐在花廳中等著她們，她通身的裝扮隆重而華麗，身上穿的是一品誥命夫人的朝服，看起來氣派極了。

三人正準備向她行禮，她卻輕輕揮了揮手。「不必了，時候不早了，趕緊坐下吃吧！」

她們進府也有些日子了，這還是第一次和衛國公夫人在一張桌子吃飯。

姚婧婧發現衛國公夫人果然是個養生達人，桌上的食物無論從數量還是種類都經過嚴格的搭配，味道也十分清淡，淡到讓一般人覺得難以下嚥。

隨隨便便地吃了幾口，她和陸倚夢就紛紛表示已經吃飽了，衛國公夫人也不勉強她們。

「少吃點也好，出門在外，姑娘家家如廁什麼的也不方便。」

她們還未出門，衛辭音已經開始緊張了，生怕她們今日會出什麼岔子。

了。

又等了一會兒，衛國公夫人也放下了碗筷，眾人漱口之後又喝了半盅茶，便起身出發

當姚婧婧和陸倚夢跟在衛國公夫人身後走出大門時，卻看見盛裝的衛萱兒帶著丫鬟直挺挺地等在門外。

衛萱兒見到眾人出來，立即躬著身子行了一個大禮，態度恭敬地喚道：「萱兒給祖母請安。」

衛國公夫人皺眉道：「妳來做什麼？我不是說過讓妳閉門思過嗎？是哪個不怕死的又把妳放了出來？」

「祖母息怒，這事和她們沒關係，是我以死相逼，強迫她們把我放出來的。萱兒已經知錯，求祖母帶萱兒同行。」

「妳在京城什麼樣的場面沒有見過，區區一場壽宴值得妳如此大費周章？」衛萱兒的異常表現讓衛國公夫人感到有些奇怪。

「祖母，您就成全萱兒吧，萱兒保證絕對不會瞎胡鬧的。整個臨安城的世家千金們都知道我回來了，若是我今日沒有與您同去，不知道會傳出什麼閒話呢！」衛萱兒對這個祖母還是有些瞭解的，知道她心裡最在乎的就是衛國公府的清譽。

果然，衛國公夫人的語氣有些鬆動了。「妳能保證一切行動都聽我的安排，不再和夢兒發生爭吵嗎？」

衛萱兒連忙點頭。「保證、保證，萱兒一定聽話，多謝祖母垂憐。」

衛萱兒原本就生得明豔動人，再加上滿頭閃著華光的珠翠，簡直耀眼得讓人睜不開眼。姚婧婧不得不承認，這樣的女子無論走到哪裡都是眾人矚目的焦點。

衛國公府門外停著三頂四人抬的紅帷大轎，排在最前面的那頂自然是供衛國公夫人使用。

衛萱兒二話不說就鑽進了第二頂轎子，姚婧婧和陸倚夢對視了一眼，只能默默地一同坐上第三頂轎子。

衛國公夫人和衛萱兒都帶了兩名貼身丫鬟隨侍在側，陸倚夢和姚婧婧畢竟是客人，不好太過張揚，便只帶了心思細膩的雪姨一同前去。

第三十二章　壽宴

淮陰長公主的公主府修建在臨安城內風水最好的一處土地上，這裡三面環山，一面鄰水，簡直是隱藏在鬧市中的桃花源。

由於淮陰長公主身分貴重，想要找機會討好奉承的人多不勝數，當她們趕到時，公主府門外的空地上已經停滿了各色肩轎車馬。

好不容易停好了轎子，衛國公夫人整了整服飾，領著幾個小輩進了公主府的大門。

公主府的管家雖然已忙得焦頭爛額，但對於衛國公夫人還是不敢怠慢，立即親自陪著往後院走去。

這是姚婧婧來到這個時代以來第一次見到所謂的皇家建築，雖然不是帝后所住的大內皇宮，但其奢華程度當真不是一般的豪門世家所能比擬的。

幾人走了大約有半炷香的時間，突然聽到前面的園子裡傳來一陣陣熱鬧的嬉笑聲，看樣子應該已經聚集了不少人。

繞過一處迴廊後，眼前的景象讓姚婧婧有些愣神兒，公主就是公主，一場壽宴而已，這陣仗快要趕上她上學時舉辦運動會的場面了。

能容納幾百人的涼棚臨湖而建，湖面上搭著一座高高的戲臺子，上面有粉墨濃妝的戲子正在一板一眼地唱著京戲，淮陰長公主就坐在人群中間最上首的位置。

領路的管家老遠高唱了一聲。「衛國公夫人到。」

衛國公夫人疾走兩步，跪了下去。「臣妾拜見淮陰長公主，長公主殿下千歲千歲千千歲。」

跟在身後的姚婧婧、陸倚夢、衛萱兒三人立刻也跟著拜了下去，看來昨日的訓練還是有些用處的，姚婧婧覺得自己的動作已不再那麼生硬。

「衛國公夫人無須多禮，快快請起。」

也許是因為多年征戰沙場的原因，長公主的聲音聽起來渾厚有力，完全不像是一個年逾四十的婦人。

「臣妾謝過長公主。」在兩位丫鬟的攙扶下，衛國公夫人滿臉含笑地站直了身子。

由於衛國公府在臨安城裡的特殊地位，所有賓客的目光都聚集在衛國公夫人的身上。

「算起來本宮也有小半年的時間沒有見過夫人了，夫人看起來好像消減了不少，來，趕緊坐到本宮身邊來。」長公主對待衛國公夫人的態度倒是很親暱，看起來彼此應該還算熟悉。

「謝長公主賜座，臣妾一把年紀的人了，容顏衰退也是沒有辦法的事。長公主在臨安城內建府已有數年之久，模樣、氣度竟沒有絲毫變化，這份福氣可真讓我們這些凡夫俗子羨慕不已。」

是個女人都愛美，衛國公夫人一句話說得長公主哈哈大笑。「這老與不老全看個人心境，反正本宮還不覺得自己老，只是與那些年輕姑娘們還是沒法比嘍！」

衛國公夫人與長公主聊得正興起，一位坐在長公主左下首的中年美婦突然嬌笑了起來。

「今日是長公主的壽辰，衛國公夫人姍姍來遲不說，竟還在長公主面前談論什麼老不老的問題，世人誰不知道淮陰長公主年輕時曾是名動天下的第一美人，即便是現在也是雍容華貴，非常人所能及呢！」說話的這名婦人大概三十五、六歲的樣子，雖已不再年輕，但一雙修長的丹鳳眼眼波流盼，彷彿飽含著無限的風情。

這名婦人是皇帝特派的巡撫徐洪浩的妻子，徐洪浩雖然沒有爵位，但卻有當朝太子做靠山，在臨安城屬於一等一的實權人物。

至於這個徐夫人也不是個簡單的角色，她出身於江湖，性格潑辣，擅長交際，臨安城裡無論哪裡有個風吹草動，都少不了她的身影。

由於衛國公和徐洪浩在朝中分屬不同的陣營，兩人算是政敵，臨安城就是他們最大的戰場。兩人之間的明爭暗鬥持續了數十年之久，之前一直都是衛國公穩占上風，可自從兩年前衛國公逐漸病重之後，情勢就發生了翻天覆地的變化，可以說，如今整個臨安城都成了徐洪浩的天下。

官場之間的傾軋反映在夫人圈子裡就更加現實了，從前由於衛國公夫人瞧不上這個沒有背景的徐夫人，眾人也跟著排擠她；如今風水輪流轉，徐夫人也有些得意忘形了，尤其是在衛國公夫人面前，總是忍不住想要出言諷刺一番，好吐一吐多年屈居於人下的晦氣。

衛國公夫人自視甚高，雖然被徐夫人當眾搶白，神色依舊是淡淡的，一副不屑與她爭辯的模樣。

在座的夫人、小姐對這種場面彷彿已經司空見慣，個個臉上都是一副看戲的表情。淮陰長公主這麼多年一直深居簡出，堅決不插手臨安城內的軍政要務，也只有在這一年一度的壽宴之上，眾人才有機會見識這位天之驕女的真容。

「徐夫人可真會說話，誇得本宮都有些飄飄然了，只不過生老病死本是天道輪迴，哪有人能夠真的遺世獨立？」淮陰長公主臉上的表情讓人捉摸不透，她可沒有當判官的興趣，對於這些權貴夫人之間的嘴上官司，她一向是聽之、任之。事實上，對她而言，應付這些七嘴八舌的婦人，比上戰場殺敵還讓人感到心累。

徐夫人眼看自己這馬屁算是拍到馬蹄子上了，心裡雖然有些不忿，但礙於淮陰長公主的威嚴，也不敢再多說什麼，只是暗暗地瞪了衛國公夫人一眼。

「衛國公的身子最近可還好？」由於同樣出身軍旅，長公主和衛國公之間還是有幾分交情的，自從衛國公病重之後，每隔一段時間她就會派人去衛國公府上看望。

雖然衛國公夫人極力隱瞞，但衛國公的病情在權貴之間已是公開的秘密。大家都已經認定衛國公的身體恐已無力回天，只是拖的時間早晚而已。就連長公主的詢問，也只是例行的關心，她甚至已經準備好如何安慰傷心難過的衛國公夫人。

衛國公夫人卻突然挺了挺胸膛，事實上，她今日前來為的就是這個時刻，她要讓整個臨安城的人都知道，衛國公不會就這麼死去，衛國公府還會有重回鼎盛的那一天。「多謝長公主殿下的關懷，老天保佑，前些日子有幸尋得一位神醫，我們家老爺的身子已經有了痊癒之勢。」

此話一出，在座的眾位夫人們頓時鴉雀無聲，一個個目瞪口呆地看著衛國公夫人。這消息實在是太震撼了，如果衛國公夫人說得是真的，那這臨安城的天只怕又要變了。

徐夫人一臉的難以置信，由於太過震驚，她的身子猛地一晃，如果不是丫鬟在旁邊扶著，恐怕就要當眾出醜了。

淮陰長公主倒是有幾分歡喜。「那可真是太好了，衛國公乃一代名將，為了大楚的安定一輩子鞠躬盡瘁，聖上和本宮都希望他能夠長命百歲、安享晚年。」

衛國公夫人即刻又跪了下去。「臣妾代老爺謝過陛下和長公主垂憐。天恩浩蕩，我家老爺絕不會辜負朝廷的信任，希望他有生之年還能為大楚的江山社稷盡一分綿薄之力。」衛國公夫人眼含熱淚，說得那叫一個情真意摯。

長公主彷彿也受到了感染，竟然親自伸出手將她扶了起來。「本宮知道夫人這些年受了不少委屈，既然衛國公的病情已經有了起色，那今後只會越來越好，夫人只須盡心盡力將衛國公的身子調理好，過些日子，本宮會去府上親自探視的。」

長公主這話讓眾人更加坐不住了，要知道，在這臨安城之內，淮陰長公主代表的就是當今聖上，在此之前，從來沒有哪個豪門世家享受過這種待遇，這其中暗含的深意，不得不讓眾人細細揣測。

衛國公夫人自然是喜不自勝，感激涕零地謝了又謝，才在長公主右手邊的椅子上坐了下來。

「國公夫人身後跟著的這幾位姑娘怎麼看著有些眼生？都抬起頭來，讓本宮好好瞧瞧。」

每每遇到這種場合，各家的夫人都會不遺餘力地將府中的小姐們帶在身邊，好讓她們有一個露臉的機會，這也是一種變相的相親手段。也許是自己沒有經歷過，長公主對這些並不太感冒，今天的壽宴上人來人往，這還是第一次有年輕的女子入了她的眼。

衛萱兒和陸倚夢一左一右地站在衛國公夫人身邊，而姚婧婧則刻意退後一步，站在陸倚夢身後一步開外的位置，看起來和她身旁的丫鬟毫無二致。

三人原本一直謹記著容嬤嬤的教誨，從進入公主府的大門到現在，一直弓腰垂首，連眼神都不敢抬一下，此時聽到吩咐，才敢緩緩地抬起頭。三人原本對這位名動天下的淮陰長公主充滿了好奇，可當她們終於看清楚這位傳奇女性的真容時卻不由得愣住了。

首先她們不得不承認，徐夫人的奉承之詞並不算誇張，淮陰長公主的確有著絕世的容顏和宛如九天神女般的高貴氣質。她雖已不再年輕，可歲月並沒有在她身上留下什麼痕跡，那一雙清洌如甘泉的雙眼還保留著少女的純真。

然而，這一切的美好都被她臉上那道從耳際一直劃到脖頸的鮮紅色疤痕給破壞掉了。姚婧婧一眼就看出那是一道陳年老傷，應該是在戰場上被利箭劃過所留下的痕跡。

由於淮陰長公主的皮膚非常白皙，這道傷痕看起來格外明顯，尤其是對生人而言，乍看之下簡直怵目驚心。

三人中最先回過神的竟然是陸倚夢，她的臉上帶著淡淡的笑容，對著淮陰長公主款款拜下。「民女陸倚夢叩見淮陰長公主，長公主殿下千歲千歲千千歲。」
衛辭音連日來的辛苦教導總算沒有白費，陸倚夢聲如黃鶯，一舉一動都落落大方，比起那些大家閨秀有過之而無不及。
衛萱兒和姚婧婧連忙跟著拜了下去。
莫名其妙失了先機，讓衛萱兒恨得牙根發癢。
「都起來吧！年輕就是好，看這一個個嬌俏玲瓏的模樣，讓人想不喜歡都難。」
關鍵時刻，衛國公夫人還是存有一些私心的，她一把拉過衛萱兒，率先介紹道：「長公主恐怕已經不記得了，這是臣妾的嫡親大孫女萱兒，她小的時候臣妾還曾帶著她來拜見過您幾次。」
淮陰長公主瞇起了眼睛，腦中卻是印象全無，只能不痛不癢地敷衍道：「是嗎？竟然都這般大了，果然是個難得一見的美人胚子，這眉眼之處和國公夫人竟還有幾分相似。」
衛萱兒只當長公主是在誇獎她，忍不住面露喜色。
「長公主殿下，您一個人住在這偌大的公主府一定很寂寞吧！只怪萱兒這些年一直跟隨父親在京城生活，否則萱兒一定會經常來給您請安的。」
衛萱兒這沒頭沒腦的一番話惹得衛國公夫人大驚失色。「萱兒，妳胡說什麼呢！長公主殿下開恩，臣妾這個孫女自小被她娘寵壞了，說話行事毫無分寸，並非有意冒犯，還請長公主殿下恕罪。」
在場的夫人、小姐們也開始竊竊私語，這個衛萱兒還真是個奇葩，聽她說話的口氣，竟然有些可憐長公主殿下的意思呢！要知道，公主府的大門可是出了名地難進，別說她一個名不見經傳的小姑娘了，就是那些專程從京城前來探望的皇親國戚都經常吃閉門羹。

淮陰長公主也覺得有些好笑，堂堂的正一品國公府竟然有一個如此拎不清的大小姐，也不知她是天性如此，還是為了譁眾取寵而刻意為之？「無妨，衛小姐也是一片赤誠。這些年本宮長居於此，的確是給大家添了不少麻煩，就拿每年的壽宴來說，本宮雖然已經再三傳令相關事宜一切從簡，可各級官員送上來的壽禮依舊擺滿了整個前廳。讓大家為了一個閒人如此破費，本宮心中實在難安。」淮陰長公主說的是心裡話，這些地方官員的俸祿有限，如果是為了討好她而想方設法地斂財，那她的罪過可就大了。

徐夫人此時已經鎮定下來，她不知道衛國公夫人所說的話是真是假，可她非常瞭解淮陰長公主在臨安城內的超凡地位，為了丈夫的仕途，自己一定要竭盡所能地給長公主留下好印象。「長公主言重了，當年長公主能夠選擇定居在臨安城，對咱們大夥兒來說實在是天大的喜事，大家每年也只有這一次聊表敬意的機會，可不都卯足了勁想要博您一笑？臣妾記得以往都是衛國公夫人送的壽禮最得長公主殿下的歡心，今年倒不知衛國公夫人又搜羅了什麼咱們沒見過的好玩意兒？」徐夫人彷彿已經養成了習慣，不管什麼事，不酸衛國公夫人兩句就不會說話了。

衛國公夫人依舊是淡淡一笑，一副成竹在胸的樣子。

「就是、就是，臣妾還記得有一年衛國公夫人送了一支比手臂還要粗的千年野山參，後來臣妾說出去根本就沒人相信，要不是沾了長公主殿下的光，咱們這些凡夫俗子哪有福氣見到這些舉世罕見的奇珍異寶。」說話的是一位同知夫人，她絮絮叨叨了半天，目的就是想讓淮陰長公主把衛國公夫人送的壽禮展示給眾人瞧瞧。

「既然要看，那就一起看吧！」淮陰長公主輕輕擺了擺手，她雖然頗關心衛國公的狀況，可也不想讓眾人產生一種她在背後支持衛國公府的錯覺。

更何況，眼前這些人有很多都拚著一口氣想要露一露臉，她總要給大家一個機會。

戲臺子上的戲仍舊不疾不徐地唱著，而戲臺之下，一場充滿火藥味的壽禮大比拚已正式拉開了序幕。

第三十三章　壽禮大比拚

眾人準備好的壽禮在進府之前就已經交到管家手裡，為了節省時間，管家安排了一大群年輕貌美的丫鬟將那些壽禮一一呈現在眾人眼前，供大家欣賞品評。

第一個出場的自然是萬眾矚目的衛國公夫人送的禮物，眾人都瞪大了眼睛，生怕錯過了什麼精彩之處；然而很快大家就失望了，因為向來大手筆的衛國公夫人竟然送了一本破破爛爛的古籍，這本書薄薄的，看起來稀鬆平常，沒有絲毫特別之處。

淮陰長公主的神色原本一直淡淡的，可當她看清楚最下面的落款時，臉上的表情終於有所轉變。「這真的是無妄天師的手跡？」

「如假包換。」衛國公夫人篤定地回答道。

「無妄天師？」在座的眾人卻是一頭霧水，沒有幾個聽明白的。

事實上，這個所謂的無妄天師是前朝一位戰神級的人物，他曾經根據自己一生不敗的傲人戰績潛心寫下了一本兵法秘笈，被後世之人奉為傳世之作。

「這本兵法秘笈不是已經失傳了嗎？本宮曾派人尋遍了整個大楚，都沒有見過它的蹤影，夫人又是從何處得來的？」

衛國公夫人並沒有直接回答長公主的問題，只是意味深長地說了一句。「也許是冥冥中注定它和衛國公府有幾分緣分吧！」

長公主也不深究，即刻招了招手，在身旁伺候的丫鬟立即將書送到了她的手上。她匆匆忙忙地翻了兩頁，眉宇間的興奮之情越加明顯。「沒想到無妄天師竟然如此厲害，這些兵法招式就是放到現在仍然有奇效，本宮要派人將這本書的內容多加抄錄，讓每一位駐守邊關的將領都用心揣摩，衛國公夫人對此可有什麼異議？」

衛國公夫人正色道：「妾身既已將此兵法獻給長公主殿下，如何處置它全憑長公主殿下的心意。長公主殿下不愧是巾幗英雄，這份心懷天下的氣度實在是讓臣妾等無知婦孺自嘆不如。」

這本所謂的奇譎兵法在淮陰長公主眼裡是千金不換的瑰寶，可在其他的夫人、小姐們眼裡卻是一本散發著霉爛氣息的破爛貨，沒想到衛國公夫人竟然靠著它又一次拔得了頭籌，這讓旁人如何能心平氣和地接受？

尤其是她的死對頭徐夫人，一雙杏眼直直地盯著長公主手裡那本捨不得放下的破書，彷彿下一秒就要噴出火來一把將它燒掉。

事已至此，心中有再多的不忿也無濟於事，雖然注定只能淪為陪襯，但費盡心思準備好的壽禮還是要獻出來供大家觀賞。

衛國公夫人並不想成為眾矢之的、眼中釘，眼看長公主竟然如癡如醉地研讀起兵法了，只得微笑著出聲提醒。「長公主殿下，這本兵法雖妙，可在今天這種場合，未免顯得太過生硬；臣妾聽說徐夫人特意找人為您打造了一件精美絕倫的金步搖，還請長公主殿下讓臣妾等跟著一起開開眼界。」

「啊？哦，那就趕緊呈上來吧！」淮陰長公主彷彿如夢初醒般，依依不捨地將手中的兵書交給身邊的大丫鬟，並再三叮囑她仔細收好。

徐夫人的壽禮裝在一只鑲滿珍珠的寶盒之內，單單是這只盒子就已經價值不菲，讓人不由得對其中之物心生期待。

為顯鄭重，徐夫人親自起身將寶盒打開，無論如何，她不能讓衛國公夫人一人將風頭全部占盡。徐夫人的長指甲上染著猩紅的蔻丹，襯得那雙纖纖玉手更加柔若無骨。

「啪嗒」一聲脆響，寶盒應聲而開，一隻流光溢彩的金孔雀展翅欲飛，那活靈活現的模樣看得眾人都目瞪口呆了。

陸倚夢驚奇之下也顧不得什麼儀態端莊，抓起姚婧婧的胳膊興奮地大叫。「婧婧，妳快看，那隻孔雀的眼珠子還會動啊，真是太神奇了。」

姚婧婧也有些震驚，這金孔雀不是她來臨安城之前熬了一整個晚上才設計出來的嗎？那金老闆的動作還真快，這才不到半個月的時間，他就已經把成品製作出來了，奢華的程度還大大超出了她的想像。姚婧婧忍不住又盯著得意洋洋的徐夫人看了一眼，這個巡撫夫人為了這次壽宴還真是下了血本，大概估算一下，這件金步搖頭飾的價值至少要以數千金計。

與衛國公夫人的兵法古籍相比，徐夫人帶來的這隻金孔雀明顯更能引起在座諸位的共鳴。

在淮陰長公主的帶領下，大家紛紛站起身圍在寶盒四周觀看，有些好奇心強的小姐們甚至想要伸手摸摸孔雀頭上那閃著翠綠色光華的翎毛。

女子天生就愛美，然而淮陰長公主自從被毀了容貌之後，便和這些珠翠首飾徹底告別，就連在今天這樣的場合，她也只是用一條銀色的絲帶將滿頭秀髮攏在腦後，渾身上下再無其他的飾物；可就是這樣一個人，面對這隻金孔雀也忍不住讚嘆連連。「真是難以想像，設計出這隻金孔雀的匠人該有一顆怎樣的玲瓏剔透心，這份心思要是能運用在兵器製造上，何愁大楚戰力不強。」

姚婧婧差點笑出聲來，這個淮陰長公主還真是有趣，表面上做出一副歸隱的姿態，實際上卻時時刻刻心繫著大楚的江山社稷。看她的年紀還不算太大，與其這樣彆彆扭扭，倒不如重返沙場來得痛快。

徐夫人眼見自己送的東西終於引起了淮陰長公主的注意，立即非常得意地誇口道：「長公主殿下，您久居府中怕是有所不知，在咱們臨安城內有一位聲名鵲起的能工巧匠，他設計出來的各種首飾一直都是大家爭相追捧的物件，這件金步搖正是臣妾特意請他專門為您製作的，可以說是前無古人、後無來者，普天之下僅此一件。」

「原來是出自於金老闆之手啊，怪不得這麼漂亮呢！」

在座的夫人、小姐們都是懂行的人，聽到徐夫人如此介紹立即就反應過來了，紛紛異口同聲地誇道。

淮陰長公主感到有些奇怪。「金老闆？哪個金老闆？」

同知夫人立刻搶著開口解釋道：「就是玲瓏閣的金老闆啊！這個金老闆不僅心靈手巧，還很有經營頭腦，聽說玲瓏閣現在已經成為整個大楚規模最大的首飾鋪子，分號都已經開到京城去了，連宮裡的娘娘都對他青睞有加呢！」

金老闆是個什麼東西，陸倚夢和姚婧婧最是清楚，聽到這些人竟然如此推崇他，兩人都覺得憤憤不平。

尤其是陸倚夢，雙手握拳，一副立即就要衝出去揭穿他的樣子。

姚婧婧連忙按住了她，悄悄對她使了個眼色，示意她萬萬不可輕舉妄動。

陸倚夢也知道此時此刻並沒有她說話的資格，只能咬咬牙忍了下去，忍得她胃都痛了。

「不僅如此，大家可能不知道，這金老闆本名金善仁，真是人如其名，有著一副扶危濟困的菩薩心腸，這兩年他是掙了不少銀子，可大部分都捐給了官府用於修建學堂、廣設粥棚等善事，一個商人能做到如此地步，實在是太難得了。」

徐夫人覺得同知夫人誇得不夠生動，自己又補充了一大堆，聽得淮陰長公主不住地點頭。

「如果真像妳們所言，那這個金老闆倒是一個棟梁之材，他為朝廷解難排憂，朝廷自然也不能虧待於他，適當地嘉獎一下也是應該的。」

徐夫人等的就是這句話，即刻點頭如搗蒜。「長公主說得是，咱們大楚每年都會挑選一位品行優秀的商家作為皇商，這對那些地位低賤的商人可是莫大的榮耀。金老闆是土生土長的臨安人，如果有幸能被選中，一定會更加努力地為百姓造福。」

陸倚夢忍不住在姚婧婧耳邊罵道：「一個黑心爛肝的奸詐小人竟然取了一個如此道貌岸然的名字，實在是滑稽至極。」

淮陰長公主對於皇商還是有所瞭解的，被授予這個稱號的商人不僅能獲得一個從六品的虛職，還能在契稅方面得到諸多優惠，對於官府採購也會有優先權。因此，朝廷對於皇商的選拔標準也非常嚴格，不僅需要多方考察，還需要一個有身分的皇族成員作為介紹人。

徐夫人打鐵趁熱。「長公主殿下，京城離臨安隔了千山萬水，咱們有幸能夠認識的皇親貴戚也只有您一人而已，您看看如果方便的話，能否幫一幫這個金老闆呢？」

雖然淮陰長公主的心思都用在了戰場之上，可對待這些平民百姓也是飽含善意，這件事對她來說只是舉手之勞，如果能夠幫到別人也算是好事一樁，於是，不明就裡的她便轉頭對管家吩咐道：「明日你出去打聽一下這個金老闆的為人到底如何，如果一切屬實，本宮倒是可以為他寫一封介紹信，至於最後成不成，那就要看他的造化了。」

眼見事情有了眉目，徐夫人簡直高興壞了，忙不迭地屈身給長公主行了一禮。「多謝長公主殿下抬愛，改日臣妾一定讓金老闆親自到公主府叩謝您的聖恩。」

淮陰長公主無所謂地擺了擺手。「本宮幫他只是為了讓他有更多的機會幫助那些需要幫助的人，叩謝就不必了，有那工夫，倒不如多搭幾個施粥棚子來得實在。」

徐夫人陪笑道：「長公主殿下說得是，臣妾一定將您的意思轉達給金老闆。在座的諸位夫人也幫忙監督，如果日後金老闆沒有實現他的承諾，變得為富不仁，就算他有幸被選為了皇商，咱們也要把他拉下來。」

徐夫人說話的神情極富感染力，惹得諸位夫人、小姐拍手贊成。

陸倚夢肺都快氣炸了，姚婧婧和雪姨兩人眼看已經快拉不住她了，情急之下姚婧婧湊到她耳邊一陣低語，陸倚夢的眉頭才終於慢慢舒展開來。

徐夫人的獻禮非常成功，她挑釁地瞪了衛國公夫人一眼，才在自己的座位上坐下了。有兩位夫人的珠玉在前，其他人所獻的禮物感覺都沒有什麼出色的，眾人也只是走馬看花似地瞅了一遍。

這場壽禮品評大會眼看已到了尾聲，在一眾小姐們所送的繡品當中，一條看似毫不起眼的帕子卻突然引起了淮陰長公主的注意。

「等等，把那件拿到本宮面前來。」一向雲淡風輕的長公主臉色突變，眉宇之間平添了許多愁絲，就連呼吸都變得有些急促。

眾人心中起疑，都伸長了脖子去瞅長公主手中捧著的那條帕子。

那上面繡著的東西很奇怪，一顆圓滾滾的小石頭上面竟然開出一朵黃色的小花，薄如蟬翼的花瓣好像禁受不了一點風雨的摧殘，隨時都有折斷的危險。

最堅硬的石頭與最脆弱的花朵，這兩種風格截然不同的東西組合在一起竟然給人帶來一種心靈震撼之感。

這些夫人、小姐們誰都沒見過帕子上繡的東西，更不瞭解這朵花對淮陰長公主的意義。大家只是覺得有些不可思議，因為高坐在鳳座之上的淮陰長公主竟然對著這條帕子流下了一滴清淚，不斷起伏的胸膛昭示著她此刻如潮水般洶湧的情緒。

「二十年了，整整二十年了，本宮竟然又看到了它。」淮陰長公主此時已經完全陷入久遠的回憶當中，她伸出右手小心翼翼地在帕子上摩挲著，眼角流露出來的溫柔讓她看起來終於像一個平常的女人。

衛國公夫人有些擔心地問道：「長公主殿下，您怎麼了？」

淮陰長公主像是突然驚醒了一般，接過丫鬟遞過來的帕子拭去臉上的淚水，只是情緒看起來依舊很低落。

徐夫人也跟著問道：「長公主殿下，不知這條帕子有什麼蹊蹺之處，竟惹得您如此傷心難過？」

「沒什麼，本宮只是突然想起了一些舊日的人和事，一時情難自制，讓大家見笑了。」

淮陰長公主與定南王府小公子之間這段石生花的塵封往事，除了少數幾個知情者外，其他人根本無從知曉。淮陰長公主自然也不願向眾人說明，便平了平心緒，開口問道：「這條帕子是誰呈上來的？」

姚婧婧和陸倚夢此時緊張得要死，因為淮陰長公主的表現大大出乎她們的意料。她們對淮陰長公主的行事風格並不瞭解，實在不該冒然就聽從了容嬤嬤的建議行此險招，若是因此弄巧成拙可就糟了。

然事已至此，已沒有回轉的餘地，姚婧婧準備改變策略，自己將這件事揹下來，大不了被淮陰長公主當眾訓斥一頓趕出府去，對她並沒有任何影響；但陸倚夢就不同了，如果惹怒了淮陰長公主，那陸倚夢想在臨安城尋一個好婆家的願望就要徹底落空了。

第三十四章　嶄露頭角

「回稟長公主殿下，此帕正是出自於民女之手，願長公主殿下福壽雙全，平安喜樂。」姚婧婧正欲張口說話，陸倚夢已經搶先一步跪了下去。

和姚婧婧在一起相處這麼久，陸倚夢對她的心思也算是有了幾分瞭解，可自己絕不允許她這麼做。人與人之間的相處貴在真誠，如果有了好事就往自己身上攬，眼看風向有變就把別人推出去頂罪，那還算什麼真朋友？她陸倚夢寧可一輩子老死在清平村，也絕不能做這種背信棄義的小人。

姚婧婧沒有辦法，只能暗自咬了咬牙，一切見機行事。

多年之後，這朵早已銷聲匿跡的石生花竟然又重新出現在她的面前，縱然淮陰長公主心思再純正，也不得不起了疑心。「衛國公夫人，這位姑娘也是跟著妳來的吧？還請夫人替本宮介紹介紹。」

衛國公夫人此時也有些慌亂，她行事一向謹慎，今日清晨還親自檢查過她們三個所獻的壽禮，左右不過是一些親手縫製的帕子、荷包等，並沒有什麼不合規矩的地方。

至於陸倚夢繡的這朵怪模怪樣的花，她之前還真是沒有注意到。

「回長公主的話，這丫頭姓陸名倚夢，是臣妾名下的一個庶出外孫女，這回跟著她娘一起回來看望國公爺。小姑娘家家的在府裡待不住，臣妾便想著帶她一起出來見見世面，如有得罪之處，還請長公主殿下恕罪。」

長公主看起來有些意外。「哦？竟然是衛國公的外孫女，怪不得言談舉止頗有大家風範。陸小姐，起來回話吧！」

陸倚夢謝恩之後施施然地站起身來，巧笑倩兮地看著長公主，眼中沒有一絲畏懼之色。淮陰長公主忍不住點頭表示讚許，一般人看到她臉上的傷疤時，眼神都會不自覺地閃避，像陸倚夢這樣小的年紀竟然能如此沈穩，的確不太容易。「陸小姐是哪裡人？父親現居於何種職位？」

聽到這個問題，衛國公夫人的臉色瞬間有些不自然，陸倚夢的出身實在太低，拿到這個場合來說肯定會遭人詬病。

反觀陸倚夢好像從來沒想過這個問題，落落大方地答道：「回長公主的話，民女乃是長樂鎮清平村人，家父名叫陸興醇，是清平村的里正。」

「里正？」

這稱呼對於在座的夫人、小姐們來說太過陌生，眾人呆愣了好一會兒都沒有反應過來。

「那算是什麼官職？頂多是一個鄉紳而已。」

也不知是誰率先喊了一句，眾人集體「噓」了一聲，緊接著便是一陣哄堂大笑。

徐夫人斜著眼睛譏諷道：「衛國公夫人竟然將府裡的庶女嫁給一個野山溝裡的鄉巴佬，真真是連臉面都不要了。好歹人家也叫妳一聲母親，妳怎麼能如此狠心？」

衛國公夫人的臉一陣紅、一陣白，她這輩子還從未如此丟人過，更憋屈的是，她竟然連一句辯白的話都說不出。她總不能為了擺脫自己苛待庶子女的罪名，而將衛辭音當年與人私奔的舊事翻出來，這對衛國公府的聲譽會是莫大的打擊。

正當衛國公夫人無法下臺時，陸倚夢卻挺身而出，義正辭嚴地反駁道：「徐夫人此言差矣，家父雖然只是一介鄉紳，但為人正直，對民女的母親也是極好的，母親嫁給他實屬心甘情願，並未受到任何人的強迫威脅。外祖母寧可被人誤解也要成全女兒的幸福，實屬大義之舉，怎麼能說是狠心呢？」

徐夫人翻了一個白眼，有些嫌惡地說：「妳這個丫頭真是不知好歹，活該一輩子吃苦受窮。妳母親雖然只是一個庶女，但依國公府的地位，再怎麼說也能嫁一個五品以上的地方官，妳的身分也能跟著水漲船高，官宦人家的千金和地主家的傻丫頭能相提並論嗎？」

陸倚夢搖了搖頭，一臉認真地說：「徐夫人，民女雖然年紀小，但最基本的道理還是懂的。如果民女的母親當年沒有嫁給民女的父親，就不會有如今的民女，還談什麼千金、萬金？民女的父母雖然沒有給民女一個顯赫的出身，但對民女的疼愛卻一點都不比別人少，民女對他們只有感恩，哪裡還敢心存不忿？」

「說得好！」淮陰長公主忍不住拍手讚道：「沒想到陸小姐小小年紀竟然有如此見識，和那些世家豪門的千金小姐們相比真是有過之而無不及。大楚歷來以孝治國，何以為孝？本宮認為並不只是表面上的恭敬奉承，而是發自內心的尊重認可，這一點說起來容易，可真正能做到的人卻是寥寥無幾。」

衛國公夫人眼見局面驟轉，自然是高興不已，她皮笑肉不笑地對徐夫人回敬道：「長公主殿下這一番高論猶如醍醐灌頂，讓臣妾等獲益匪淺；只是聽說徐夫人自小便被生身父母賣進戲班子裡，自然無法感知這份舐犢之情，實在是可惜至極啊！」

「就是，也不看看自己的出身，連我身邊的大丫鬟都不如，還敢去嘲笑別人，真是貽笑大方。」同知夫人是一個神奇的存在，她丈夫的官職雖然沒有衛國公和徐巡撫高，但她卻有一個被招為郡馬的狀元兒子，因此在氣勢上絲毫不輸給任何一個官夫人。在衛國公夫人和徐夫人的鬥爭中她好像誰都不幫，可兩人中只要有一個吃癟，她保准要上去踩一腳。

這在姚婧婧看來，簡直是一種心理疾病。

徐夫人惡狠狠地瞪了同知夫人一眼，出身這個問題就是她心頭的一根刺，她說旁人可以，若是旁人敢拿這個來攻擊她，那她一定會恨毒了此人。

淮陰長公主對她們的爭鬥沒有興趣，只是迫不及待地問出了想問的問題。「陸小姐，妳可識得這帕上所繡之花？」

陸倚夢明顯是有備而來，非常淡然地點了點頭。「回長公主的話，此花名為石生花，由於它對生長條件的要求非常苛刻，因此十分罕見。在民女的家鄉有一座高聳入雲端的山峰，在一次偶然的機會下，民女在山巔之上尋到了一朵石生花。因為它的樣子非常奇特，讓民女印象特別深刻，後來民女遍尋古籍，才終於找到了這朵花的出處。」

「陸小姐倒是個有心人，看來妳對這朵花的瞭解比我深刻多了。」

陸倚夢驚奇地問：「哦？長公主也曾見過此花？」

淮陰長公主有些傷感地點了點頭。「見倒是見過一次，只是時間久遠，竟然有些模糊了。」淮陰長公主說著說著，竟然從懷裡掏出一只其貌不揚的小木盒，打開盒子，裡面是一堆早已乾枯風化的粉末。

突然，一陣大風颳過，盒子裡的粉末隨風飄散，轉眼消失得無影無蹤。

「啊！」長公主身邊的大丫鬟見狀，嚇得驚叫起來。在淮陰長公主身邊伺候的人都知道，這個小木盒是她最寶貴的東西，平常除了沐浴更衣，其他時間都會貼身帶著。有一次，一個在公主府很有臉面的嬤嬤不小心將盒子掉進了水裡，一向善待下人的淮陰長公主竟不由分說地命人打了她二十大板，打完之後還不解氣，最後直接將她攆出府才了事。「長公主殿下，這、這……這可如何是好啊？」大丫鬟竟然伸手想抓住那些漫天飛舞的粉末，結果當然是徒勞。

「罷了，從前以為這世上只有本宮一人識得此花，若是本宮有一日記不起來了，此花就會從這個世界上徹底消失，可現在看來卻是本宮多慮了。妳們瞧瞧，這丫頭繡得多好啊！」

陸倚夢不好意思地笑了笑。「多謝長公主誇獎，民女手藝不佳，讓長公主見笑了。長公主既然識得此花，那就一定聽說過關於石生花的花語吧？」

淮陰長公主皺著眉反問道：「花語？」

「對啊！每一朵花都有自己獨特的花語，而這石生花的花語就是堅強及永不停歇的愛。」陸倚夢趁人不注意時對著姚婧婧擠了擠眼，這些話自然全都是姚婧婧教給她的。

「永不停歇的愛？」淮陰長公主只覺得有一道閃電突然在自己腦中炸開，沈積多年的不甘與憤懣突地一掃而空，心中逐漸有了豁然開朗之感。是的，有些東西不會因為身死而消散，只要她的心中有愛，那這份感情就會一直綿延下去。「陸小姐一語驚醒夢中人，本宮應該好好感謝妳。」淮陰長公主對眼前這個小姑娘是越看越喜歡，甚至有了幾分想將她留在身邊做伴的衝動。

衛國公夫人見陸倚夢竟然得到了淮陰長公主的青眼，便極力想要抬高陸倚夢的身分，這也是在給她自己長臉。

「長公主殿下，陸家雖然如今看起來家世不顯，其實卻是大楚開國大將軍陸進的後代。夢兒的父親陸興醇也曾考取過功名，只是因為志不在此，才辭了官職歸隱山林。」

長公主眼睛一亮。「陸進？那可是名垂青史的一代神將啊！陸小姐能有如此風範，到底還是有些淵源的。」

陸倚夢盈盈一拜。「多謝長公主謬讚，家父時常告誡我們，祖宗的功勛固然能給家門帶來榮耀，可過日子還是要腳踏實地，方能長久。」

「這話聽起來雖然樸素，但卻是至理名言，怪不得陸小姐的父親能夠安守田園之樂，原來早已悟透人生的真諦。衛國公夫人，妳給女兒選的這門親事果然不錯。」

淮陰長公主毫不掩飾對陸倚夢的喜愛，連帶著衛國公夫人也得到誇獎，這下子不僅徐夫人之流心中不服，就連衛國公夫人身旁的衛萱兒也都氣得牙癢癢的。

正當衛萱兒按捺不住想要出言諷刺兩句時，一個穿著雪白直襟長袍的青年男子驀地像一陣風似地飄了進來。

第三十五章　郡王蕭啟

「姑母，姪兒來晚了，您這裡可真熱鬧啊！」

在座的夫人、小姐們一下子都驚呆了，今天來給長公主祝壽的也有不少男賓，但全部都被安排在前面的大廳裡，像這樣莫名其妙闖入後院之內的實屬大不敬之舉。

可淮陰長公主不僅沒有惱怒，反而非常欣喜地迎了上去。

「啟兒，你不是奉聖上之命前去看望西涼國主了嗎？怎麼這麼快就回來了？」

眾人逐漸回過神來，這名男子喚淮陰長公主「姑母」，那應該屬於皇族蕭氏無疑了。

姚婧婧心中一動，不知為何，這個慵懶而略帶磁性的聲音竟然讓她產生了幾分熟悉之感，好似在哪裡聽過一般。

男子伸手扶住淮陰長公主，模樣顯得很親暱。「今日是姑母的壽辰，大丈夫一言既出，駟馬難追，啟兒既已答應來給姑母拜壽，就算是刀山劍雨也會按時而來的。」

淮陰長公主寵溺地戳了戳男子的額頭。「你這一張嘴，就會哄姑母開心。不過你既然有皇命在身，還是要用點心思，否則到時候聖上怪罪下來，姑母可幫不了你。」

男子毫不在意地笑了笑。「姑母大可放心，前些日子西涼境內有些異動，聖上怕那西涼老國主心有反意，特地派我前去一探虛實，結果您猜怎麼著，那個糊裡糊塗的老國主竟然被自己的親兒子篡了權，正被軟禁在一間陰濕狹小的地牢中等死呢！後來我略施小計將他救了出來，還幫他手刃了那個逆子，成功復位，那個老傢伙感激得老淚縱橫，發下毒誓一定會世世代代效忠大楚，如有違背，必遭天譴。」

「好、好、好！」淮陰長公主聽得激動不已，豎起大拇指誇讚道：「你這差事辦得好，回京之後聖上一定會嘉獎你。如今你行事的風格和你父親當年如出一轍，假以時日，必成大器。」

「什麼大器、小器，姑母可不要因為當著眾人的面，就對著姪兒胡誇一通。放眼整個大楚，誰不知道我蕭啟是京城排名第一的紈袴子弟，我今日前來一則是為了給您祝壽，二則嘛，就是聽說這臨安城裡多美女，特意前來一飽眼福。」

這個名叫蕭啟的男子原本背對著眾人，此時卻突然轉身，瞇著一雙黑白分明的桃花眼，眼神輕佻地在眾位小姐臉上一一看過。

這些小姐們哪裡受得了這個，當即一個、兩個嬌羞得掩面，但卻又忍不住從指縫裡偷偷朝外看。

姚婧婧的實際年齡足以被這些嬌小姐們叫一聲老阿姨，臉皮自然也比旁人厚些，便大剌剌地瞅著這個一出現就引起軒然大波的男子。

這個叫蕭啟的男子大約十七、八歲的年紀，身材修長，五官俊美，眉宇、唇間帶著一絲若有還無的淺笑；他看起來雖然有些放蕩不羈，可隨隨便便往那兒一站就能吸引絕大多數女孩子們的注意。眼看原本矜持穩重的千金小姐們集體大發花癡，姚婧婧不得不承認這個蕭啟的確是一個非常有魅力的美男子。

淮陰長公主無奈地嘆了一口氣，輕聲斥道：「啟兒，休要胡鬧，這些姑娘可都是正經官宦人家的小姐，哪裡容得下你在此輕浮孟浪，你連個招呼都不打就這樣沒頭沒腦地闖進來，簡直是不知禮數，還不趕緊給各位貴賓賠禮道歉。」

蕭啟一臉無辜地眨了眨眼，一個男子竟然有如此濃密漆黑的眼睫毛，這讓姚婧婧這樣不修邊幅的女子情何以堪？

「道歉？道什麼歉？本郡王走到哪裡都是人見人愛、花見花開，大家稀罕我還來不及呢，難道還有人想趕我走不成？」

淮陰長公主被堵得沒有話說，對於這個行事跳脫、不按常理出牌的姪子，她是一點辦法都沒有。

「郡王殿下，你來了。」原本一直黑著臉的衛萱兒自從蕭啟到來之後，整個人散發出癡迷的神情，然而等了半天，蕭啟都沒有注意到她，她便忍不住上前一步，含情脈脈地喚道。

蕭啟的目光終於轉到了衛萱兒身上，可那茫茫然的表情卻明明白白地告訴大家，他並不認識眼前這個女子。

衛萱兒一下子急了，衝到蕭啟面前連聲道：「郡王殿下，你不認識我了嗎？我是萱兒啊！半年前我們在一次宮宴上見過的，當時我穿的就是今天這身紅衣，你還誇我比天上的太陽還要亮眼呢！」

蕭啟猛地一拍手，露出一副恍然大悟的樣子。「哦，原來是萱兒啊！可粗算一下，本郡王認識的叫萱兒的姑娘大概有七、八個，妳到底是哪個萱兒呢？」

「嘻嘻。」

蕭啟的話引來一旁的小姐們一陣嬌笑，這個衛萱兒明顯是對蕭啟有情，沒奈何她心目中的如意郎君對她卻完全無意啊！

衛萱兒又羞又氣，跺了跺腳，語帶哽咽地訴道：「郡王殿下，你怎麼能這樣？當初你可不是這麼說的，你說、你說……」

淮陰長公主不由得雙手扶額，這個放浪成性的姪子最大的愛好就是調戲姑娘，無論是哪裡的姑娘，只要稍有顏色，都逃脫不了他的魔掌。「衛小姐，本宮這個姪子哪裡都好，就是愛到處招蜂引蝶、拈花惹草，所以無論他說了什麼、做了什麼，妳聽過就算了，千萬不要當真，否則吃虧的只能是妳自己。」

長公主的話讓衛萱兒既傷心、又絕望，她想起自己千里迢迢從京城趕來，受了幾個月的罪，為的就是見眼前這個男子一面，可蕭啟的表現卻讓她的希望全部化為泡影，越想越難過，衛萱兒竟忍不住放聲大哭起來。

然而，蕭啟這個始作俑者卻沒有一點憐香惜玉的意思，反而豎起大拇指對淮陰長公主笑道：「還是姑母瞭解我。」

「衛國公夫人，您這孫女可真有意思，追男人都追到這裡來了，人家明明不認識她，她還非要覥著臉往上湊，真是執著啊！」沈默了好一會兒的徐夫人終於又逮著了機會，她那一張伶牙俐嘴損起人來毫不留情。

衛國公夫人差一點背過氣去，衛萱兒竟然在大庭廣眾之下做出這種事情，整個衛國公府的臉都被她丟盡了，早知如此，自己絕不會因為一時心軟就將她帶過來。「還不趕緊去把她給我拽回來。」

身邊的兩個大丫鬟聽到衛國公夫人的吩咐，連忙弓著腰跑上前，一左一右強行將衛萱兒扯了回來。

衛萱兒猶不死心，嘴裡還一直深情款款地喚著蕭啟的名字。

要不是當著眾人的面，衛國公夫人肯定會賞她幾個大巴掌。「妳還嫌丟人丟得不夠徹底？安安靜靜地待著，否則我就關妳一輩子禁閉。」

衛國公夫人橫眉豎目的樣子還是有些震懾力的，衛萱兒的雙眼雖然依舊不離蕭啟，卻再也不敢發出任何聲響。

淮陰長公主怕蕭啟再做出什麼荒唐之舉，便催促著要他離開。「好了，啟兒，這裡都是女眷，你一個大男人待在這裡實在是不成體統，有什麼話咱們晚些再說，你現在趕緊到前面去替姑母招呼那些地方官。臨安城可是一個藏龍臥虎的地方，多認識些人對你還是有好處的。」

蕭啟卻絲毫沒有要走的意思，反而一本正經地說道：「姑母不要急著趕我走，我這次來可是肩負皇命的，聖上已經放話，如果我完成不了任務，就不允許我再回京城。」

淮陰長公主奇道：「聖上還有什麼吩咐？」

「聖上關心姑母，說您年紀漸大，實在不適合再獨居於此，讓我此行無論如何都要把您接回京城。聖上還說，如果您不願住在宮裡，就找一個風景秀麗的地方為您修建一座公主府，這樣也方便聖上時時照顧。」

淮陰長公主的神色有些動容，她對著京城的方向拱了拱手，以示感恩之意。「聖上國務繁忙，還總是為我這個閒散婦人操心。姑母之前已經再三上表陳情，說在這裡住慣了，不願意再挪窩，也省得你們跟著一起大費周折。」

「姑母此言差矣，聖上對您的感情與旁人不同，您一人孤身漂泊在外，聖上如何能放心得下？聖上的耐心已經用盡，我看您還是乖乖地和我回去吧，否則他老人家肯定會親自出宮來接您的。」

淮陰長公主大驚失色。「萬萬不可，豈能因為姑母的一點小事就驚動聖駕，聖上年歲已高，哪裡禁得起如此舟車勞頓？」

蕭啟聳聳肩、攤攤手，一副任憑君作主的模樣。

淮陰長公主低頭沈吟了片刻，突然開口道：「聖上不就是怕本宮孤身一人寂寞嗎？你回去告訴他，說姑母已經認下了一名義女，她會時時陪伴在姑母身側，很能討姑母的歡心，你們大家誰也不必再為本宮擔心了。」

此話一出，不僅是蕭啟，在座的眾人全部都愣住了。

淮陰長公主什麼時候收了一名義女？怎麼連一點風聲都沒有聽過？

「姑母，您可不要騙姪兒，聖上是何等英明之人，怎麼會被您三言兩語就蒙混過關，到時候又要怪我辦事不力了。」

淮陰長公主擺了擺手。「姑母怎麼會騙你？你直接去聖上面前回稟就是了，有什麼事都由姑母負責。」

蕭啟依舊不依不饒。「那可不行，您身分貴重，若真要收一名義女可不算是一件小事，怎麼說也得讓我看上一看，否則到時候聖上問起來，所認之女姓甚名誰，家世及相貌、秉性如何等等，我卻一個字都答不出來，姑母這是故意想害我挨板子呢！」

蕭啟誇張的表情惹得淮陰長公主忍不住想要發笑。「看你平日裡一副吊兒郎當的樣子，倒跟姑母在這裡較上勁了，恰好這丫頭今日也在這裡，你要看就看吧！」淮陰長公主說完，竟然衝著陸倚夢招了招手。「夢兒，這是本宮的姪子蕭啟，從今以後妳便要喚他一聲表哥了，還不趕緊前來拜見。」

這場壽宴進行到現在，中間的插曲多不勝數，但卻沒有一件比淮陰長公主這句話更讓人感到震驚，所有人都目瞪口呆地看著淮陰長公主。

當事人陸倚夢更是驚得一個趔趄，險些摔倒。淮陰長公主這話是什麼意思？難道是想收她為義女嗎？不，這怎麼可能，一定是她會錯了意，又或者是她大白天裡產生了幻覺。「婧婧，妳掐我一下，快點掐我一下。」

事情轉變得太快，姚婧婧也有些糊裡糊塗的，聽到陸倚夢呼喚，她便沒輕沒重地伸手掐了她一下。

「啊！」陸倚夢疼得直齜牙，這竟然不是夢。

這下就連見多識廣的衛國公夫人也坐不住了，站起身慌裡慌張地問道：「長公主殿下，您這話是什麼意思？難道您是想……」

淮陰長公主斬釘截鐵地說：「沒錯，本宮就是想收陸小姐為義女；不過夫人既然身為她的外祖母，這件事還需要得到妳的允准才行。」

雖然衛國公夫人還沒弄明白箇中的緣由，可這件事對於衛國公府來說實在是天大的好事，她自然不會有什麼異議。「多謝長公主殿下的恩賞，您能看上這個丫頭，不僅是這個丫頭的福氣，也是整個衛國公府的福氣，長公主殿下千歲千歲千千歲，臣妾給您磕頭了。」衛國公夫人五體投地地拜倒在長公主腳下，由於太過激動，就連說話的聲音都在顫抖。

陸倚夢手足無措地看著眼前這一幕，一時竟然不知應該做何反應。

淮陰長公主又笑著衝她招了招手。「陸小姐，本宮臨時起意，是不是把妳給嚇著了？本宮雖然貴為公主，可認親一事講究的是緣分，妳若不肯，本宮絕不會強求。」

「肯、肯、肯，當然肯！夢兒，妳怕是喜昏了頭吧！還不趕緊跪下來拜謝長公主殿下的大恩大德。」衛國公夫人眼見陸倚夢一直呆呆地杵在那裡，急得也顧不上什麼禮節，伸手使勁扯了扯她的裙角。

陸倚夢如大夢初醒，她只覺得心裡緊張極了，下意識地轉過頭去看姚婧婧。

姚婧婧衝著她輕輕地點了點頭，有一個身分如此高貴的義母，陸倚夢的身分也會跟著水漲船高，未來就會多一重保障；更何況事已至此，淮陰長公主雖然做出一副自由平等的姿態，可實際上陸倚夢根本沒有拒絕的權利。

陸倚夢定了定神，深吸一口氣，提起裙角，鄭重其事地拜了下去。

「民女陸倚夢拜謝長公主殿下，承蒙長公主厚愛，民女一定竭盡所能，絕不辜負長公主殿下的期待。」

蕭啟的眼睛都看直了，忍不住著急大叫。「這算什麼？姑母您怕是今天才第一次見到這丫頭吧！您可不能為了打發我，隨意找一個丫頭就認為義女。」

淮陰長公主一副理直氣壯的樣子。「本宮的確是今天才見到陸小姐，可本宮就是相中了她，這就叫冥冥之中自有天意。」

「姑母，您這是賴皮，我要去向聖上告狀。」蕭啟被自己這個天馬行空的姑母給弄得沒了脾氣。

「想告就去告吧，反正本宮這個義女是認定了。擇日不如撞日，所幸今天大家都在，就把這認親儀式一併給辦了吧！」

淮陰長公主一聲令下，管家立即前去準備認親需要的東西。

眾人這才意識到，淮陰長公主並不只是說說而已，這個出身鄉野的陸小姐真的要飛上枝頭做鳳凰了。

眾人嘴上說著恭賀之詞，可心裡的醋意卻飄到了十里外。

尤其是她的死對頭衛萱兒，一對滿含嫉恨的雙眼簡直快要噴出火來。為什麼會這樣？這個窮鬼有什麼資格做淮陰長公主的義女？此刻被人注視、接受這份榮譽的人應該是她才對。

更重要的是，如果換做是她成了蕭啟的表妹，那就有無數的機會接近他，只要給她時間，她有信心一定會讓他愛上自己的。

陸倚夢的大腦此時依舊是一片空白，她木然地按照管家的指示，跪在地上對著淮陰長公主行了三跪九叩的大禮，禮畢之後還給淮陰長公主獻上了一杯茶，美其名曰「認親茶」。

淮陰長公主接過茶盞一飲而盡，而後親自起身將陸倚夢扶了起來。

「多謝長公主殿下。」

淮陰長公主拍了拍陸倚夢的手笑道：「我已經喚妳夢兒了，妳卻還稱我為公主，難道是非要等到收了認親禮才肯改口嗎？」

陸倚夢臉色一紅，匆匆忙忙地說道：「長公主不要誤會……不，應該是母親大人，母親大人在上，請受女兒一拜。」陸倚夢說完，作勢又要往下跪。

淮陰長公主連忙攔住她。「不錯，好閨女，以後咱們就是母女了，我雖然比不上妳的親娘，卻也不是一個難相處的人，妳在我面前大可不必如此拘束。」生平第一次被人喚作母親，淮陰長公主心裡突然產生一種奇妙的感覺。

自從聖上透露出想要為她尋一個繼子的念頭，這些年不知有多少世家貴族想要把家中的子女塞進這公主府，可她卻一直不肯鬆口。從前她只以為自己天生就是一個薄情的人，現在她才明白，人與人之間的相處，講究的是緣分，緣分到了，自然一切水到渠成。

淮陰長公主親切的態度讓陸倚夢逐漸放鬆下來，她終於露出了一個甜甜的笑容。「多謝母親大人的教誨，夢兒明白了。」

淮陰長公主像個孩子一般，得意洋洋地對蕭啟說道：「看，姑母已經有了這麼好的一個閨女，以後你們就不必再為我操心了。你這個做表哥的，第一次見到自己的表妹，是不是該送點禮物？聽說你此次前往西涼國帶回來不少奇珍異寶，是不是該隨便拿出幾件給夢兒玩呢？」

蕭啟翻了個白眼，無奈地回道：「東西都給您留著呢，您愛給誰就給誰，可千萬不要扯上我。」

「你這是什麼態度？算了，我今天高興，懶得和你計較。夢兒，表哥的禮物是有了，可我這個做母親的是不是也應該準備一份大禮送給妳啊？」

陸倚夢連忙擺手。「不用了，母親肯讓我陪在您身邊就是給我的最大禮物了，女兒也沒什麼想要的東西，就不煩勞母親大人費心了。」

「那怎麼行，該有的禮數還是要有，更何況，妳說妳沒有什麼想要的東西，這話可就是在敷衍我了。」

「什麼？」陸倚夢聞言一愣。

淮陰長公主轉頭指了指擺在最前面的兩張無比寬大的案几，上面滿滿當當地擺放著眾人所送之壽禮。「自從徐夫人獻出那隻金孔雀後，妳的眼睛就沒從它身上移開過，妳敢說自己真的對它無意？」

陸倚夢的表情有些局促。「回母親大人的話，愛美之心人皆有之，女兒雖然覺得這件金步搖很特別，可它畢竟是別人獻給您的壽禮，女兒絕不敢有絲毫非分之想。」

「無妨，妳我既然已經成為母女，說這些話就顯得太過見外了。今日我就將這隻金孔雀當作信物贈予妳，想必徐夫人也不會有什麼意見吧！」

明眼人一聽就知道淮陰長公主說的是一句過場話，別說此物已經歸其所有，就算不是，她堂堂一介長公主殿下，想要什麼也不過是一句話的事，又有誰敢說一個「不」字？

可偏偏徐夫人彷彿吃了熊心豹子膽一般，一臉的不情不願，語氣中甚至還帶著幾分焦灼。「長公主，這金孔雀是臣妾特意命人為您量身打造的，陸小姐年紀尚小，恐怕擔不起此福。」

「放肆。」淮陰長公主雖已久離沙場，可一身修為未散，一掌下去，鳳座上的黃花梨木把手險些被震得粉碎。

除了蕭啟，在場的所有人都嚇得變了臉色，紛紛跪在地上請求長公主息怒。

公主雖然不是皇上，可姚婧婧還是體會到了什麼叫做伴君如伴虎，這些上位者可能上一秒還在言笑晏晏地和你談天，可若是有一句話不對，下一秒就會立刻翻臉，而惹怒他們的後果卻是一般人承受不起的。

淮陰長公主指著徐夫人的鼻子罵道：「徐夫人只當本宮方才所說的話都是放屁嗎？本宮既然已經收了夢兒為義女，來日聖上至少會賜給她一個縣主的名號，別說這金孔雀了，就算是一隻金鳳凰她也戴得。妳整日裡嘰嘰喳喳地說一些酸話本宮懶得搭理妳，可妳竟然敢說本宮的女兒福薄，當真是沒把本宮放在眼裡。」

「長公主殿下息怒，臣妾不是這個意思，臣妾是想說……臣妾一時口誤，罪該萬死，請長公主殿下責罰。」徐夫人畢竟曾經混跡於江湖，還是有些眼力見兒的，知道在長公主面前爭辯只是火上澆油，索性直接認錯請罰。

長公主的面色稍霽，可口中的責罵卻不停。「徐夫人，本宮警告妳一句，禍從口出。徐洪浩爬到如今的位置也不容易，妳可不要在背後扯他的後腿。」

徐夫人不停地磕頭求饒。「長公主殿下教訓得是，臣妾再也不敢了，請長公主殿下饒了臣妾這一回吧！」

淮陰長公主一聲冷哼，揮了揮手，有些厭惡地說：「起來吧，看看妳像什麼樣子，堂堂二品大員的夫人，一點形象都沒有，真是給你們家老爺丟臉。」

徐夫人抹了抹臉上的淚水，諾諾地從地上爬了起來，低頭喪氣地站在一邊。

一旁的大丫鬟見淮陰長公主面露疲色，便在一旁陪笑道：「時候也不早了，要不奴婢先帶諸位夫人、小姐們到前面的花廳休息片刻，宴席一會兒就開場了呢！」

淮陰長公主點了點頭。「也好，本宮也要回去換身衣服。夢兒，妳隨我一同去吧！」

陸倚夢只能恭順地點了點頭，臨走時依依不捨地看了姚婧婧一眼。

姚婧婧衝她點了點頭，示意她不用為自己擔心。

第三十六章　再見

淮陰長公主的鳳駕離開之後，眾人都鬆了一口氣，開始在府中下人的安排下前往花廳休息。

衛萱兒和姚婧婧一直安安靜靜地坐在衛國公夫人身旁喝茶，衛國公夫人此時還沈浸在喜悅中，不停地在心裡盤算著如何利用此事為衛國公府爭取最大的利益。

「祖母，我要出去一趟。」

一直黑著臉的衛萱兒突然站起身，把衛國公夫人嚇了一跳。

「妳又要做什麼？規規矩矩地給我坐著，再鬧出什麼醜事，仔細我扒了妳的皮。」

衛萱兒兩手絞著帕子，臉上現出著急。「祖母，我……我要小解。」

衛國公夫人不耐煩地瞪了她一眼。「就妳破事多，忍著。」

「忍不了了，祖母，求求您，我就出去一下下，很快就回來。」衛萱兒簡直快急哭了。

「沒出息的東西。」

罵歸罵，衛國公夫人也知道這事是忍不了的，然而放衛萱兒一人出去她又不放心，思慮之下，她將目光轉向姚婧婧。

「姚姑娘，麻煩妳跟著去一趟，一定要替我把她看得死死的，這丫頭被鬼迷了心竅，不知道又會做出什麼驚世駭俗的事來。」

姚婧婧原本不想攬下這個吃力不討好的破差事，可一向對她橫眉豎目的衛萱兒突然走到她的面前，一把抱住她的胳膊，模樣看起來十分親暱。

「姚姑娘，就煩勞妳跟我一起去一趟吧！反正坐在這裡也是無聊，就當是出去透透氣。」

還來不及反應的姚婧婧就這樣被衛萱兒連拖帶拽地扯了出去。

雪姨放心不下，也緊隨其後地跟了出去。

誰知一出花廳的大門，衛萱兒就馬上翻臉，滿臉嫌棄地將姚婧婧一把推開，惡狠狠地說：「妳站在這裡等著，本小姐可不想讓人誤會我和妳這個窮鬼有什麼關係。」衛萱兒說完這話就轉身匆匆忙忙地走了。

姚婧婧滿頭黑線，這就是所謂的過河拆橋了吧！

「唉，大小姐，您去哪兒啊？國公夫人可是說了不讓您亂跑啊！」雪姨急得直跺腳，不住地在身後呼喚，可衛萱兒卻猶如一隻脫兔般，一轉眼就不見了蹤跡。「姚姑娘，怎麼辦？大小姐就這樣跑了，咱們回去怎麼跟國公夫人交代啊？」

姚婧婧也是頗為無奈。「還能怎麼辦，找吧！」

雪姨只覺得頭都大了。「可公主府這麼大，咱們怎麼找啊？」

姚婧婧嘆了一口氣。「先找找看吧！雪姨，妳往那邊走，我往這邊走，實在找不到就算了，說不定一會兒她自己就回來了。」

兩人商議好之後就開始分頭行動，姚婧婧順著一條寬闊的宮道一直往前走，來來往往的下人很多，可姚婧婧的打扮看起來稀鬆平常，並沒有引起旁人的注意。

走了好一會兒，姚婧婧突然看到前面有一個紅影一閃而過，看起來是衛萱兒無疑。

姚婧婧立即加快腳步跟了上去，左拐右拐竟然跟到了一座閣樓前面，這座閣樓裝修得精緻典雅，看起來就像是一處藏書閣。姚婧婧豎起耳朵聽了聽，裡面靜悄悄的，不像是有人的樣子，可不知為什麼，她總覺得心裡不安，因此決定還是進去察看一番。

推開閣樓的大門，裡面的陳設果然和姚婧婧設想得一樣，一排排跟屋頂一般高的書架密密麻麻地緊挨著，各式各樣的藏書分門別類地擺在上面，看起來就是一個非常豪華的私人圖書館。

「衛小姐，妳在裡面嗎？衛小姐。」由於書架太多，姚婧婧完全沒有辦法看清楚裡面的情況，只能一邊試探地往裡走，一邊輕聲喚著衛萱兒的名字，就這樣一直走到了閣樓的最裡面，姚婧婧終於看到了衛萱兒的身影，她穿著一身紅衣，安安靜靜地躺在地上，就像一片飄落的楓葉，看起來既心驚、又淒美。「衛萱兒，妳怎麼了？」姚婧婧心驚不已，衛萱兒該不會是遇到什麼不測了吧！

「哈哈！」

姚婧婧剛想衝上前去一探究竟，旁邊的架子後卻突然發出一陣惡作劇般的笑聲。

「什麼人？」姚婧婧立即警覺起來，她偷偷地從袖裡抽出一把小巧玲瓏的利刃藏在手心裡。自從上次在靈谷寺遇到那個爛人之後她就長了記性，一直隨身攜帶著這個武器。

一名容貌絕美的年輕男子笑盈盈地從書架後走了出來，姚婧婧定睛一看，此人正是淮陰長公主的姪子——蕭啟。

此時他已經換了一身青色的長衫，少了幾分之前的飄逸之感，整個人看起來沈穩不少，只是嘴角那戲謔的笑容昭示著他還是一如既往的放浪不羈。

姚婧婧厲聲斥道：「你把衛萱兒怎麼樣了？」

蕭啟反而嘆了一口氣，好像很不高興的樣子。「唉，想找本書都不得安寧。妳又是誰？是這個煩人精的丫鬟嗎？膽子倒還不小，妳知道我是誰嗎？我可是當今皇上的嫡親內姪，人稱天下第一風流倜儻的端恪郡王是也。」

「我管你是誰，我只問你，你到底把她怎麼樣了？」姚婧婧心裡焦急萬分，哪有心思聽他瞎扯。

蕭啟眨了眨眼睛，沈默片刻後突然說出一句。「妳沒看到嗎？本郡王把她殺了。」

「什麼?!」姚婧婧的腦袋「嗡」地一下子炸開了，她雖然不喜歡這個驕傲自大的衛萱兒，可這畢竟是一條活生生的生命啊！就這樣莫名其妙地在她眼皮子底下消失了，讓她如何能夠接受？「來人啊！殺人了。」她一邊大聲疾呼，一邊使勁推開面前的蕭啟，朝地上的衛萱兒撲過去；然而，當她的手碰到衛萱兒的肌膚時，她便知道自己被耍了，這溫熱的體溫、跳動的脈搏，無一不說明衛萱兒並沒有遭遇不測，只是暈了過去而已。姚婧婧氣得轉頭罵道：「你神經病啊！」

看到姚婧婧真的上當，蕭啟顯得很開心，笑得叫一個沒心沒肺。

「怎麼，妳的主子沒死，妳好像很不開心的樣子，要不本郡王真的把她殺了，好讓妳稱心如意。」

姚婧婧翻了個白眼，懶得再理他，只是低下頭替衛萱兒檢查身體。

衛萱兒的身上並沒有傷痕，脈象也很正常，看樣子應該是被擊中了什麼穴位而暈倒的。姚婧婧對所謂的武功沒有什麼研究，可她卻相信這個世上有一些人能透過長期艱苦的訓練，來獲得一些普通人難以企及的力量，眼前這個蕭啟應該就是這樣的人。

衛萱兒雖然沒有什麼大礙，可一時半刻只怕也醒不過來，總不能一直讓她在這裡躺著，姚婧婧決定去找幾個人來把她抬走。

然而她剛跨出去一步，蕭啟就如同鬼魅一般，擋在了她的面前。

「喂，妳這個臭丫頭，本郡王跟妳說的話妳到底聽到沒有？現在的丫鬟都這麼跩，見到本郡王竟然不下跪，小心本郡王回了衛國公夫人，讓她把妳打出門去。」

姚婧婧面無表情地看了他一眼，這個傢伙好像真的把她當作衛萱兒身邊的丫鬟了，這樣倒也省去了不少麻煩。姚婧婧衝著他躬了躬身，緩緩地開口道：「奴婢參見郡王殿下，奴婢之前以為小姐遇害，一時心急才對郡王殿下出言不遜，還望郡王殿下不要和奴婢計較。」

蕭啟點了點頭。「這還差不多，其實本郡王也不想對妳家小姐出手，只是她一直陰魂不散地跟著本郡王，若被旁人看到實在有損本郡王的英明。等她醒過來後妳告訴她，本郡王對女人的要求可是很高的，像她這樣空有美貌、沒有大腦的女人，本郡王一點興趣都沒有，讓她不要再跟著本郡王了。」

姚婧婧垂首道：「奴婢知道了，奴婢一定會替郡王殿下轉達，郡王殿下如果沒有別的事，可否讓奴婢請人將小姐帶走？」

蕭啟一副通情達理的樣子。「當然可以，本郡王是一個憐香惜玉的人，看著美人受凍，本郡王也於心不忍。」

姚婧婧屈身一福，轉身朝門外走去。

「等等。」

就在她即將走出大門之際，身後的蕭啟突然出聲叫住了她。

姚婧婧沒有轉身，淡然地回道：「郡王殿下有何吩咐？」

蕭啟的聲音依舊帶著笑意。「本郡王看妳有些眼熟，咱們是不是在哪裡見過？」

「郡王殿下說笑了，奴婢只是一個身分低下之人，您卻是高高在上的主子，咱們怎麼可能見過。」

「真沒有？」

「沒有。」姚婧婧的語氣非常肯定。

身後的人好像鬆了一口氣。「那就算了，或許是本郡王見過的姑娘太多，一時看走了眼。妳去吧！」

姚婧婧沒有片刻遲疑，快步走了出去，一直走到宮道之上依舊沒有回頭，因為她知道，背後有一雙眼睛一直在盯著她。拐過了幾個迴廊之後，姚婧婧確定再沒人能夠看得見她，她才扶著路旁的柱子停下了腳步。

一陣風吹過，竟讓她感到幾分寒意，不知不覺間，她的後背已經起了一層密密的細汗。

姚婧婧長舒了一口氣，有一種逃出虎口的感覺。

剛才她說了謊；事實上，她已經認出了那個叫蕭啟的男子。

在他攔住她時，他們之間的距離很近，姚婧婧清楚地聞到他的身上散發著一種獨特的藥香，那是她親手研製出來的創傷藥，在這世上絕沒有人能夠仿製出來；而直到今天為止，她只在一個人身上用過此藥，那個人就是那天在靈谷寺中遇到的神秘的蒙面男子。

雖然兩個人無論從眼神還是氣質，甚至於說話的語氣都截然不同，可姚婧婧心裡百分之百的確定，他就是他。

這個叫蕭啟的皇室子弟明顯是一個雙重人格的人，或者說，在他放浪形骸的外表之下，還隱藏著另一種不為人知的身分。

姚婧婧幾乎可以斷定，這是一個非常危險的人，因此，她絕對不能讓他知道自己已經認出了他，否則只怕會引火上身，後患無窮。

姚婧婧定了定神，從懷裡拿出一塊黑不溜丟的鐵塊，是那一日在靈谷寺時，那個蒙面男子，也就是蕭啟付給她的訂金。

之前她一直以為這是那個蒙面男子為了賴帳而使出的詭計，如今看來，事情並沒有這麼簡單。

這片鐵塊究竟是什麼東西？又有什麼用處呢？姚婧婧依舊百思不得其解。

姚婧婧重新將鐵塊塞入懷中收好，她決定不再探究這個問題，這背後的陰謀不是她一個小小的農家女能夠承受的。

遠離這個叫蕭啟的男子，就是遠離未知的風險。

為了防止再和他碰面，姚婧婧沒有再返回藏書閣，而是找到雪姨，將衛萱兒的情況大致和她說了一下。

雪姨一聽衛萱兒竟然暈倒了，連忙找了幾個府裡的丫鬟一起去抬她。

姚婧婧平復了一下緊張的心情後，轉身回到了花廳內。

衛國公夫人已經知道了衛萱兒的事，礙於人多，不好發脾氣，只是咬牙切齒地在姚婧婧耳邊說道：「這個丫頭真是冥頑不靈，用不了幾天，關於她苦追端恪郡王而再三被拒的醜事就會傳遍整個大楚，到時候再不會有像樣的世家公子上門提親，她這輩子算是徹底毀了。」

姚婧婧只能低聲勸道：「流言來得快，去得也快，國公夫人不必太過憂心。只是眼下這個情況，衛小姐無論如何是參加不了長公主的壽宴了，要不就由我先將衛小姐帶回府裡，其餘的事情等她醒來之後再作定奪？」

衛國公夫人有些猶豫。「如此安排倒是甚好，只是姚姑娘好不容易來一趟，就這樣提前退場，老身心裡實在是過意不去。」

姚婧婧搖了搖頭。「沒關係的，反正這裡的人我一個也不認識，待著也是無聊，還不如早些回去休息。」

「那就有勞姚姑娘了。」衛國公夫人即刻安排了兩個下人，和姚婧婧一起送衛萱兒先行回府。早點甩開這個惹禍精，她也能安心地吃一口飯。

一行人在公主府下人的帶領下很快走出了公主府的大門，門外的車轎早已備好，眾人先將依舊昏迷不醒的衛萱兒抬上了馬車安頓好，姚婧婧則準備乘坐後面的小轎。

正當她一隻腳踏上轎沿時，公主府的管家氣喘吁吁地從大門內跑了出來，一邊跑、還一邊揮舞著雙手尖聲喊叫。

「姚姑娘請留步。」

姚婧婧詫異地回過頭，一頭霧水地看著轉眼就衝到她面前的公主府大管家。

管家抹了一把汗，匆匆忙忙地問道：「請問您就是姚姑娘嗎？」

姚婧婧點了點頭。「有什麼事嗎？」

「快點、快點，把姚姑娘扶下來，仔細別摔著了。」

管家連忙招呼身後的丫鬟將姚婧婧從轎子上扶了下來，弄得姚婧婧丈二金剛，摸不著頭腦。

「姚姑娘，長公主殿下有請，姚姑娘趕緊隨我去吧！」

姚婧婧指了指自己的鼻子，不解地問：「請我？發生了什麼事嗎？」

「這我就不知道了，咱們做奴才的只能按照主子的吩咐行事。姚姑娘，您還是快一點跟我去吧，再磨蹭下去，長公主要是怪罪下來，咱們可都擔待不起。」

沒辦法，姚婧婧只能讓雪姨先送衛萱兒回去，自己則跟在管家身後返回了公主府。

管家徑直將姚婧婧帶到了府中央一座異常豪華的宮殿前，這裡正是淮陰長公主休息的地方。

來到宮殿門口，管家就悄然退下，緊接著是淮陰長公主身邊的大丫鬟領著姚婧婧繼續往裡走。

姚婧婧一邊走、一邊好奇地左瞅右瞅，她發現這宮殿中的裝飾物大多刻有五色彩鳳，看起來既美麗、又高貴，也代表著主人非比尋常的崇高地位。

終於來到了內室，守門的小丫鬟將用珍珠串起來的門簾拉開，裡面傳來兩個女人說話的聲音，姚婧婧仔細一聽，正是剛剛結為母女的淮陰長公主和陸倚夢。

聽到外面的動靜，陸倚夢非常高興地迎上前。「婧婧，妳總算是來了，我都等妳好久了。」

姚婧婧輕輕地拍了拍她的手，衝著她笑了笑。

陸倚夢乘機在她耳邊低語道：「長公主人很好的，妳不用太緊張。」

靠在貴妃榻上的淮陰長公主好像等得不耐煩了，連聲催促道：「夢兒，是妳的閨中密友來了嗎？妳們在說什麼悄悄話呢？還不趕緊把她帶過來讓我見見。」

陸倚夢拉住姚婧婧的手，笑盈盈地將她帶到淮陰長公主面前。「母親，這就是方才我跟您說的那位非常厲害的朋友，她的名字叫做姚婧婧，和我住在同一個村裡，比我還小上一歲呢！」

「民女姚婧婧叩見長公主殿下，長公主殿下千歲千歲千千歲。」還沒等陸倚夢介紹完畢，姚婧婧就屈身拜了下去。她發現自己已經不知不覺習慣了對這些當權者行禮謝恩，這到底算是她適應環境的能力強，還是身體裡的奴性被喚醒？一時之間，她也想不明白。

「起來回話吧！妳既是夢兒的朋友，就無須如此多禮。剛才夢兒一直在本宮面前稱讚妳，看來妳們倆的關係真的是很好。」

姚婧婧還未開口，陸倚夢就搶著回答。

「那是當然啦，婧婧真的很了不起，她不僅治好了我的病，還一路奔波來到臨安城替我外祖父治病；她不僅醫術了得，還知道許多我不知道的事情，總是能給人帶來意外的驚喜。母親大人，您要是有機會和她相處幾天，就會知道我所言非虛。」

淮陰長公主揚眉道：「哦？妳就是衛國公夫人口中的神醫？」

姚婧婧一臉謙遜地回答。「神醫不敢當，醫道一術博大精深，民女也只是學到了一點皮毛而已。」

淮陰長公主心中暗暗稱奇，眼前這個丫頭看起來其貌不揚，再加上身上略顯簡單的裝扮，看起來還沒有她府裡的丫鬟有排場，所以剛才在人群中，她根本就沒有注意到這丫頭。可近距離接觸之後才發現，這個小丫頭雖然年紀輕輕，行為舉止卻是一派雲淡風輕的模樣，看起來一點也不像一個出身農家的貧民之女。

「姚姑娘不必如此自謙，衛國公是位列一品的忠勇大將軍，乃國之棟梁，妳若真的能把他的病醫好也算是大功一件，到時候本宮一定會好好地嘉獎妳。」

「長公主殿下言重了，治病救人是醫者的本分，民女不敢藉此邀賞。長公主殿下請放心，民女一定會竭盡全力救治衛國公老爺。」

淮陰長公主點了點頭。「不錯，的確是個深明大義的好姑娘，夢兒能有妳這樣的朋友，也算是她的福氣。」

陸倚夢見兩人相談甚歡，忍不住高興地拍起手來。

「我說您一定會喜歡我這個朋友，您還不相信，現在知道我說的都是真的了吧！」

姚婧婧心裡暗暗稱奇，這才多大一會兒工夫，陸倚夢竟然在淮陰長公主面前撒起嬌來了；再看淮陰長公主也是一臉慈愛地看著陸倚夢，兩人之間的相處看起來沒有一絲隔閡，彷彿真正的母女那樣自然與和諧，不得不說，緣分真是一個很奇妙的東西。

三人正說話間，長公主身邊的大丫鬟進來稟告道：「長公主殿下，金老闆已經帶到了，您是要現在就見他嗎？」

「先讓他在前廳等著。」淮陰長公主換了一個舒服的坐姿，輕輕地說。

「金老闆？」姚婧婧有些奇怪地問道。

「婧婧，怎麼說著說著竟然說忘了，母親叫妳來是有件事想讓妳幫忙看看。」陸倚夢彷彿如夢初醒般，拉著姚婧婧的手走到妝檯前，指著徐夫人送的那支孔雀造型的金步搖，語氣頗有些傷心。「婧婧，剛才母親大人想讓人重新替我綰髮，順便把這金步搖戴上試試，可不知怎地，梳頭髮的丫鬟剛一碰到它，它就出了毛病。妳看看，這金孔雀的眼珠子都掉出來了，看起來真是有些嚇人。」

此時兩人正背對著淮陰長公主，陸倚夢一邊噘著嘴不滿地嘟囔著，一邊衝著姚婧婧輕輕眨眼。

姚婧婧面上不顯，心中卻忍不住會心一笑。

剛才在獻禮大會上，姚婧婧趁著眾人都圍擠在金孔雀周圍的混亂時分，伸手在金孔雀的頭上摸了一把。

由於這金步搖的手稿是她畫出來的，對於這裡面暗含的機關設置她十分清楚，一摸之下已將其破壞掉，之後只要有人碰它，就一定會發生眼前這種狀況。

淮陰長公主對此毫不知情。「由於夢兒特別喜歡這隻金孔雀，所以本宮已經請人把它的設計者金老闆請了過來，本宮相信，他一定會有辦法將它修好。」

陸倚夢急忙喊叫著。「母親大人，婧婧也會修的。」

「好好好，那就讓姚姑娘先修。」淮陰長公主對這個新收的義女可謂是百依百順。「姚姑娘，夢兒非說妳也會修，那就煩勞妳先看看吧，修不好也沒關係，反正金老闆已經在前廳等著了。」

姚婧婧點了點頭，小心翼翼地將那金步搖捧在手上，只是細細地觀察了一遍。

陸倚夢一臉期待地問：「怎麼樣？能修嗎？」

姚婧婧沒有說「能」，也沒有說「不能」，只是將金步搖重新放回匣子裡，轉過頭對淮陰長公主說道：「長公主殿下，要不咱們還是讓金老闆先看吧！」

淮陰長公主只當她是不會修，倒也沒有往心裡去，讓丫鬟們伺候自己更衣之後，便帶著陸倚夢和姚婧婧一起往前廳去了。

第三十七章　露餡兒

金老闆並不知道發生了什麼事，只當是那件孔雀金步搖受到了長公主殿下的青睞，她要賞賜自己呢！可當他看清楚淮陰長公主身後跟著的那兩個人時，他的臉色突然變得慘白，撲通一聲跪倒在地上。

對於姚婧婧其實他已經沒有多大印象了，可陸倚夢前幾天還在齊慕煊家裡和他發生過爭執，之後竟然還派人將他趕了出去。後來他找了一大幫打手想要回去找她報仇，卻發現齊慕煊家裡已經人去樓空，那一大幫的人都不知道躲到哪裡去了。

他怎麼也沒想到，這兩個看似平常的丫頭竟然和臨安城裡地位最高的人有關係，今日之事，只怕是難以善了。「長公主殿下，小人是被冤枉的，小人什麼也沒做。」

淮陰長公主皺眉道：「金老闆，本宮叫你來是想讓你幫忙修樣東西，你怎麼莫名其妙叫起冤了？」

金善仁有些糊塗了。「修、修東西？」

「喏。」陸倚夢一看到這個人面獸心的金善仁就氣不打一處來，恨不得衝上前去將他暴打一頓，可她也知道現在還不是時候，只能咬緊牙關暫且忍著，將那隻損壞的金孔雀放到金善仁眼前。

金善仁瞅了半天終於搞清楚了其中的原委，原來淮陰長公主叫他來是為了讓他修理這隻掉了眼珠子的金孔雀，可這隻金孔雀並非出自他手，他連裡面暗藏機關的原理都沒有搞清楚，更妄談修理了。

陸倚夢有些不滿地斥道：「金老闆磨磨蹭蹭的，難道是不願為長公主效力？你看清楚了，這可是你們家玲瓏閣出品的東西，現在出了問題，你必須負責到底。」

「負責、負責，小人一定負責。」金善仁雖然搞不清楚陸倚夢的身分，可從淮陰長公主對她慈愛的態度來看，此女如今已是非比尋常。

他知道她就是想讓他當眾出醜，乘機扒開他隱藏的秘密，這樣一來他就徹底完了。不行，他絕對不允許這樣的事情發生。金善仁硬著頭皮拿起那金孔雀，左掰掰、右掰掰，甚至還想強行把眼珠子給按回去，結果不僅沒有修好，反而越修越壞，到最後金孔雀的羽毛也動不了了。

陸倚夢又在一旁催促道：「金老闆，你到底行不行啊？我怎麼覺得你不太行啊，這金孔雀真的是你設計的嗎？」

金善仁笑道：「這位小姐說笑了，玲瓏閣的東西都是由小人設計出來的，這事整個臨安城的人都知道呢！」金善仁這輩子從未如此緊張過，豆大的汗珠不停地從額頭上滾落，連眼睛都被糊住了。

姚婧婧突然有些可憐他，金老闆如今已是騎虎難下，可就這樣硬扛又能扛多久呢？

最後金善仁將心一橫，跪倒在地請求道：「回長公主殿下的話，這東西一時半刻實在是修不好，要不小人先將它帶回去，等修好了再給您送來，或者直接讓人再給您做一件新的，您說好不好？」

「不好、不好、不好。」一聽說修不好，陸倚夢的嘴噘得老高，滿臉的不樂意。「我就喜歡這件，而且現在就要戴。」

淮陰長公主雖然覺得事情有些蹊蹺，可架不住女兒拉著她的胳膊一再撒嬌，只能板著臉對著金善仁連聲訓斥。「金善仁，你到底是怎麼回事，竟然拿一件壞了的東西來糊弄本宮，如果今天你不把它修好，本宮非治你一個大不敬之罪不可。」

跪在地上的金善仁簡直快要哭了，這些人非逼著他修什麼金孔雀，這簡直比要他的命還讓人難受。「長公主殿下明鑒，不是小人不願意修，而是實在修不好啊！」

姚婧婧眼看差不多了，便往前跨了一步，對著淮陰長公主垂首道：「長公主殿下，要不還是讓民女再試一下吧？」

「可以、可以，婧婧，這事就全靠妳了，我是真的很喜歡這隻金孔雀呢！」陸倚夢的臉上重新燃起希望，不由分說地將裝金孔雀的寶盒塞到姚婧婧手上。

姚婧婧非常淡定地將金孔雀放在掌心，用兩隻手指在它的腹部上一推一按。

「啪嗒」一聲，原本已經成形的金孔雀瞬間散落成一個個細小的零件，讓在場的人都看傻了眼。

陸倚夢瞪著眼睛說：「天啊，怎麼會變成這樣？」

姚婧婧看起來卻是成竹在胸，她非常熟練地將那些零件按順序重新組裝起來，大約一炷香的工夫後，一隻栩栩如生的金孔雀就這樣煥然一新地出現在大家面前。

陸倚夢高興得跳了起來。「婧婧，我就知道妳一定有辦法的，妳真是太棒了！」

「給妳。」姚婧婧將修好的金孔雀遞到陸倚夢手中，衝著她淺淺一笑。

陸倚夢立即跑到長公主面前替她邀功。「婧婧出馬，一個頂倆。母親，這下您該相信我沒有吹牛吧！這個世上就沒有什麼事能難倒我的婧婧。」

淮陰長公主的眼神忽明忽暗，盯著姚婧婧的臉審視了片刻後，嘴角終於露出一絲笑。「姚姑娘，今日妳的確讓本宮開了眼界，只是不知姚姑娘如何習得這一手好本領的？」

姚婧婧正色道：「長公主殿下英明睿智，民女不敢有絲毫隱瞞。民女能夠將此金孔雀恢復如初，只是因為之前見過他人如此操作，民女只不過照葫蘆畫瓢而已。」

「他人？」淮陰長公主雙眉皺起，面露不解之色。「這金孔雀不是金善仁所創嗎？怎麼還會有其他人比他更瞭解詳情？」

姚婧婧坦然地直視著淮陰長公主的眼睛，義正辭嚴地說道：「淮陰長公主慧眼獨具，應該早已看出來金大老闆對首飾設計一事完全沒有涉獵，這金孔雀絕不可能出自他手，他只是利用一些陰謀詭計，將他人的心血占為己有而已。」

「什麼？」姚婧婧說得振振有詞，連見多識廣的淮陰長公主都忍不住感到無比訝異。

金善仁眼見事情敗露，卻仍然做著垂死掙扎，指著姚婧婧呼天搶地地大喊。「胡說八道！長公主殿下明鑒，這個小丫頭片子在這裡信口開河，您可不要受了她的矇騙啊！」

淮陰長公主雙眼微瞇。「哦？你的意思是她在說謊了？那本宮問你，這件孔雀金步搖真的是你想出來的嗎？」

金善仁有一瞬間的遲疑，緊接著高聲說道：「當然是小人想出來的，除了小人還會有誰，小人可是整個大楚排名第一的首飾匠人——」

啪！金善仁的話還沒說完，淮陰長公主手掌一翻，一杯滾燙的熱茶已連杯帶水直愣愣地朝他的腦袋上砸去。

「哎喲！」巨大的衝擊力之下，金善仁光光的腦門瞬間血流如注，再加上沸水的強烈刺激，疼得他直哀號，抱著腦袋滿地打滾。

「大膽刁徒，竟然敢在本宮面前信口雌黃，看你適才笨手笨腳的樣子，哪裡像是能設計出如此精巧首飾的人，還敢自吹什麼天下第一，趕緊把你那些齷齪勾當一五一十地交代出來，否則本宮即刻派人把你押入地牢大刑伺候。」

金善仁頓時嚇得魂飛魄散，連頭上的傷都顧不上，整個人匍匐在地上，渾身上下不住地發抖。「長公主殿下，小人……小人……」

眼看金善仁被嚇得連一句話都說不出來，姚婧婧沈聲道：「長公主殿下，看金老闆這個樣子，估計也說不出個所以然來，還是讓民女來說吧！」

淮陰長公主點了點頭表示應允。

「設計出這隻金孔雀的的確不是金老闆，而是民女的一位朋友，他的名字叫做齊慕煊。」

「齊慕煊？」這一下連陸倚夢都震驚了，她一直以為是姚婧婧設計出這金孔雀，所以她才那麼肯定姚婧婧能夠將它修好。

「事實上這五年來，整個玲瓏閣的首飾都是由齊慕煊所創，金老闆喪盡天良，利用一些下作的手段，逼迫我的朋友為他賣命，齊慕煊的日子過得簡直是生不如死；還請長公主殿下能夠主持公道，嚴懲凶徒，還齊慕煊一個公道。」姚婧婧跪在淮陰長公主面前懇求道，至於淮陰長公主會不會幫忙，她心裡一點把握都沒有；可金善仁明顯和那位巡撫夫人相互勾結，整個臨安城除了淮陰長公主，只怕再沒有人能夠撼動他的地位。

淮陰長公主沒有回答她，反而將目光移向了陸倚夢。「夢兒，妳老實告訴母親，妳是不是也認識那個叫齊慕煊的人？這些事情妳是不是老早就知道了？」

陸倚夢連忙跟著跪了下去。「母親大人恕罪，夢兒並不是有意欺瞞，我們是在無意中認識了齊公子的，他被這個喪盡天良的金善仁害得險些丟了性命，我們雖然可憐他的遭遇，但人微言輕，根本沒有辦法幫他伸張正義。」

「所以妳們就想借我這個老太婆的手來揭開真相？我就說嘛，好好的金步搖怎麼說壞就壞了，原來是妳這個鬼丫頭在背後搞鬼。」淮陰長公主說的話看似多有不滿，實則充滿寵溺，她很欣賞陸倚夢的俠義心腸，沒有一點要責怪她的意思。

可不明就裡的陸倚夢還是嚇了一跳。「母親大人明鑒，我們就是有一百個膽子也不敢利用您，我們只是不想讓這個黑心爛肝的大壞蛋再到處招搖撞騙，不得已才出此下策的。母親大人可以派人去查，如果夢兒所說有一句虛言，願遭五雷轟頂、永世不得超生。」

「呸呸呸！」淮陰長公主連忙起身將她扶起。「小姑娘家家的，不要動不動就說這些喪氣話，母親並沒有怪妳的意思。姚姑娘，妳也起來吧！」

姚婧婧鬆了一口氣，謝恩之後跟著站了起來。

「本宮心裡自然是相信妳們的，可這件事太過匪夷所思，妳們還須將其中的細枝末節都向本宮說清楚。」

姚婧婧和陸倚夢互相看了一眼，定了定神後，便將發生在齊慕煊身上的事完完整整地講了一遍。

第三十八章 伸張正義

淮陰長公主的性情在某些方面和陸倚夢有著相似之處，這也是她能夠一眼看中陸倚夢的原因，所以在聽到金善仁是如何利用鴉片將齊慕煊控制在手掌之中時，她恨不得一劍刺下去，直接讓這個道貌岸然的無恥小人血濺當場。

「我大楚素來民風淳樸，實在是難以想像竟然還有你這種惡人在興風作浪、魚肉百姓。這次你既然栽在本宮手上，本宮絕對會讓你知道什麼叫做善惡終有報。來人啊，去前面把徐洪浩給本宮請過來，本宮倒要問問他是如何治下御民的，如此大奸大惡之徒，竟然還讓他四處招搖、名利雙收，實在是可恨之極。」

下人們聽到吩咐，轉身就要去前面請人，卻被姚婧婧出言阻攔了。

「請長公主殿下三思，這件金孔雀可是徐夫人親手獻上的。」

姚婧婧這一提醒，淮陰長公主才想起來剛才徐夫人一直在她面前誇獎金善仁，還想替他爭取皇商之位，要說兩人之間毫無利益關係，只怕是鬼都不會相信。

淮陰長公主立即改變主意。「去把臨安知府王康給本宮叫來，記住一定要悄悄的，不要引起他人的注意。」

王康身為知府，雖然一直被官高兩級的徐洪浩壓得死死的，可作為臨安城的父母官，他還是盡自己最大的努力為臨安城的百姓做了一些實事，因此在百姓口中，他的風評一直很好。

淮陰長公主召喚，王康自然很快就趕到。淮陰長公主將事情的始末又向他講了一遍，他聽過之後也是心驚不已，撲通一聲跪在地上開始請罪。

「下官身為知府，境內竟發生如此窮凶極惡之事，實屬下官監管不力，還請長公主責罰。」

「起來吧，你身為臨安城的父母官，在你眼皮子底下發生了這種事，你當然責無旁貸，可本宮也知道，有些事你也是無能為力。但如今事情既然已經捅到了本宮這裡，本宮就不能坐視不理，這件事本宮就交給你去查，金善仁是如何迫害良民的，又是如何弄虛作假欺騙百姓的，這兩年那玲瓏閣統共有多少盈利，以及這些不法之財的去向，樁樁件件全部都要給本宮徹查清楚。」

「下官領命。」王康說完後，臉上現出猶豫之色。「有一事還請長公主殿下明示，如若這案子背後觸及到某些重要人物，那下官是查還是不查？」

淮陰長公主黑著臉思考了片刻，終於下定了決心。「查，不管牽連到誰，都給本宮一查到底，出了任何事情，都由本宮替你撐腰。」

「下官明白了，下官一定會盡快給您一個交代，方不負長公主殿下的厚望。」知府王康謝過恩之後帶著金善仁走了。

也許是惡事做多了，金善仁也知道自己恐怕難逃此劫，整個人如同爛泥一般癱軟在地，最後還是被兩個下人給拖著帶走了。

此事就這樣一錘定音，姚婧婧和陸倚夢心裡都很高興。她們兩人只是單純地想要替齊慕煊報仇，至於背後所引發的其他事情就不在她們的考慮範圍之內。

出了這樣的事情，淮陰長公主的心情也受到了影響，接下來的宴席只走了一個過場，最後就草草地結束了。

壽宴過後，眾人開始散去，由於剛剛結為母女，兩人都想再熟悉彼此一些，陸倚夢便決定留在公主府陪伴淮陰長公主幾日。

衛國公夫人當然樂見其成，便帶著姚婧婧高高興興地回府了。

兩人剛進府門，便有下人來報，說衛大小姐已經醒來，正在房裡哭鬧不止。

衛國公夫人一聽就忍不住氣血上湧，怒氣沖沖地趕過去，準備給她點顏色看看。

姚婧婧一個人回到了住所，還沒來得及伸伸腿，衛辭音就如同一陣風般衝了進來。

「姚姑娘，妳可回來了，這到底是怎麼回事？夢兒怎麼會被淮陰長公主收為義女？她怎麼沒和妳一起回來？她是不是以後都回不來了？老天爺，我該怎麼辦啊！」

姚婧婧連忙扶住手足無措的衛辭音，將她按在椅子之上。

「夫人不必驚慌，夢兒雖被淮陰長公主收為義女，但您永遠是她的親娘，她只是在公主府多住幾天而已，很快就會回來見您的。」

衛辭音依舊是坐立不安。「妳說的是真的？可她畢竟是公主啊，她要是不想讓夢兒回來，夢兒又能有什麼辦法？」

「噗哧。」看著心急如焚的衛辭音，姚婧婧竟然很不厚道地笑出聲來。

衛辭音的表情有些發愣。「姚姑娘笑什麼？難道我說得不對嗎？」

「沒有，我只是覺得夫人現在就如此緊張，等到夢兒真的嫁出去之後，您該有多失落啊！真是可憐天下父母心。」

衛辭音也意識到自己的表現有些過頭，不好意思地摸了摸頭髮。「嫁人和這哪能一樣？姚姑娘，我也知道自己這些想法有些可笑，可我就是擔心夢兒會受人欺負。公主府可不像在自己家裡，時時刻刻都須謹言慎行，夢兒她真的能適應嗎？」

「夫人一片愛女之心讓人動容，不過請夫人放心，我看淮陰長公主對夢兒是真心喜愛，她不會讓人欺負夢兒的。」

「真的嗎？」

衛辭音不再說話了，可姚婧婧卻敏銳地發現她臉上的落寞之意。

「夫人，您可還記得您辛辛苦苦帶著夢兒來到這臨安城為的是什麼？父母之愛子，則為之計深遠，您一心想給夢兒尋一個如意郎君，可夢兒的身分卻總是遭人詬病，如今有了淮陰長公主這個義母，誰還敢再輕視於她？這件事對夢兒來說實在是有百利而無一害啊！」

姚婧婧的一番話讓衛辭音茅塞頓開，她有些羞愧地說：「多謝姚姑娘提醒，的確是我想岔了，能有一個身分如此高貴的義母，的確是夢兒的福氣。」

姚婧婧笑道：「夫人能做如此想那便是極好的，夫人請放心，夢兒是您生的，任誰也搶不走。」

衛辭音終於重新展露笑顏，兩人又說了一會兒話，衛辭音見姚婧婧面露疲色，便起身告辭，安排雪姨伺候她好好休息。

然而姚婧婧卻是天生勞碌命，送走了衛辭音之後便趕到衛國公的住處察看他的情況。

南星見到她很是高興，湊過來喜孜孜地對她說：「姚大夫，今天上午我在後花園裡發現了一隻跌斷腿的大花貓，我用您交給我的包紮之術替牠處理傷勢，才一會兒工夫牠又生龍活虎起來，拖著一條長長的纏布，用三隻腿走來走去，惹得府裡的下人都來看熱鬧呢！」

姚婧婧想想也覺得有些好笑，對著南星豎起大拇指。「南星，你可真是菩薩心腸，俗話說人在做，天在看，你會有好報的。」

南星不好意思地撓撓頭。「能治好別人的病我就開心，就算是這些小貓、小狗，也是一條命啊！」

姚婧婧點了點頭，忽然問道：「南星，你認字嗎？」

「識得幾個，不過都是我自己偷偷學的，也不知對是不對。」

「識字就好。」姚婧婧從身上的提包中掏出幾本醫書遞了過去，這還是當初陸倚夢送給她的，一直被她當作寶貝似地帶在身邊。

「這、這是給我的？」南星有些不敢相信，在姚婧婧的再三催促下才如獲至寶地將它們接過去。

「這幾本醫書很是難得，你若是能將其悟透弄懂，便差不多能算半個大夫了，剩下的就是要在實踐中慢慢領悟。」

姚婧婧之所以肯忍痛割愛，不僅僅是因為看出南星身上有行醫的潛能，更重要的是他那顆難得的博愛之心。

南星捧著醫書呆立了片刻，突然撲通一聲跪倒在姚婧婧腳下。

「師父在上，請受徒兒一拜。」

這下換成姚婧婧目瞪口呆了，這是什麼狀況？她只是送了他幾本醫書而已，什麼時候說過要收他為徒了？「南星，你快起來，我比你大不了兩歲，又是女流之輩，怎麼可能做你的師父？你可不要亂喊。」

「姚大夫，您聽我說，我想拜您為師並不是臨時起意，從第一天見到您開始，我就有了這個想法。您不僅醫術高超，為人也是極好，自從我父母過世之後，從來沒有人像您這樣關心我、照顧我，我求求您，就收下我這個徒兒吧，我一定會孝敬您的。」南星一字一句說得情真意摯。

姚婧婧鼻子一酸，險些淌出淚來，可她依舊堅持地搖了搖頭。「南星，你是一個好孩子，只是我並沒有收徒的打算。等衛國公的病情再穩定一些，我就要回到自己的家鄉去了，根本就沒有機會教授你任何東西，為了不耽誤你的前途，你還是另尋名師吧！」

南星卻比她更堅持。「不要，事實上您教給我的東西已經夠多了，我想拜您為師，是仰慕您的才華與人品，至於前不前途的，對我來說根本就不重要。」

姚婧婧忍不住扶額道：「好南星，我求求你了，你趕緊起來吧！這根本就是一件不可能的事情，你就不要為難我了。」

可沒想到一向聽話順從的南星固執起來，是幾頭牛都拉不回。
「姚大夫，您就收下我吧！您放心，我不會給您添任何麻煩的，您要是不願意收我為徒，我就跪在這裡不起來了。」
姚婧婧徹底沒了脾氣。「你愛跪就跪吧，我先走了。」姚婧婧說完，真的轉身一溜煙跑掉了。
「師父，等等我。」南星急得在她身後緊追不捨。
繞著衛國公府跑了大半圈，姚婧婧終於將黏人的小南星甩掉了，累得她一屁股坐在地上，半天爬不起來。
可事情並沒有就此結束，自從那天起，南星對姚婧婧的稱呼就自動改了，整天師父來、師父去，雖然姚婧婧再三警告他，他卻依然我行我素。
姚婧婧沒有辦法，只能由他去，反正自己不認帳，他就是喊破天也沒用。
又過了兩天，陸倚夢終於從公主府回來了，衛國公夫人帶著府內眾人親自在大門口迎接。
看得出淮陰長公主對這位義女是真心地好，竟然讓她乘著自己專用的二十四人抬大轎，這在等級森嚴的古代可是嚴重的違制行為。
陸倚夢卻還是從前的樣子，並沒有因為身分的改變而變得驕縱，她甩開身邊扶著她的丫鬟，張開雙臂朝衛辭音撲了過去。「娘，我想死您了。」

衛辭音眼含熱淚，一把將陸倚夢抱在懷中。「娘也想妳，我的夢兒啊，妳總算是回來了。」

衛國公夫人在一旁笑道：「到底是從妳肚子裡出來的，這份血脈親情是割捨不了的。」

陸倚夢伸手替娘親擦乾眼淚，輕聲勸慰道：「娘，不哭，長公主殿下對我很好，她說改日要接您一起去公主府小住。對了，她還讓我給您帶了不少禮物呢！」

衛辭音有些受寵若驚。「這、這怎麼好意思？我怎麼能收她的禮物呢！」

陸倚夢這趟回來帶的東西還真不少，綾羅綢緞、金銀首飾，還有各種珍貴的藥材及吃食，滿滿地裝了好幾大箱子，這些東西大部分都是御用的貢品，尋常百姓別說用了，就連見都沒機會見到。

眾人皆是一片恭賀之聲，紛紛誇獎衛辭音養了一個好閨女，小小年紀就能給家族帶來榮光。

誰也沒有注意到，站在大門後的衛萱兒正用一雙仇視的目光恨恨地注視著這一切。

陸倚夢帶回來的不僅僅是各色禮物，還有關於金善仁一案的最新消息。

在陸倚夢的幫助下，知府王康很快找到了藏身於陸宅的齊慕煊，緊接著又在他舊日的居所中找到了許多還未來得及被銷毀的手稿。

人證、物證齊全，金善仁不得不低頭認罪，將他如何陷害利用齊慕煊的經過一一交代。

王康請了幾個懂行的老工匠將玲瓏閣內的飾品全部拿去檢驗，發現一半以上的產品都存在以次充好、偷工減料的情況。玲瓏閣利用大家對它的信任，肆意斂取不義之財，這種可惡的行徑即刻在臨安城內引起了一片譁然，那些曾經在玲瓏閣買過東西的買主都義憤填膺地聚集在玲瓏閣門口，想討要一個說法。

「婧婧，妳知道嗎？這次金善仁的事牽扯出許多臨安城裡的官員，淮陰長公主聽說之後發了好大的脾氣，親自向皇帝上書要求嚴懲呢！」回到房間之後，陸倚夢湊到姚婧婧耳邊憤憤不平地說：「果然是當官不為民作主，不如回家賣紅薯。」

姚婧婧卻一點也不覺得意外。「有徐洪浩這個二品巡撫首當其衝，其他人當然是緊隨其後，所謂上梁不正下梁歪，正是如此。」

陸倚夢深以為然。「雖然我沒有見過徐洪浩本人，可那個徐夫人一看就不是個好相與的，像這樣的貪官就應該全部抓起來，流放到南邊的野蠻煙瘴之地去做苦力，方能解大家心頭之恨。」

「既然淮陰長公主已經插手此事，這些人怕是難逃罪責。對了，齊慕煊怎麼樣了？現在還住在妳哥哥家裡嗎？」

陸倚夢搖了搖頭，臉上的表情有些落寞。「他被知府大人帶走之後，就再也沒回來過，我還特意讓人去衙門裡問過，也沒有一點新的消息。」

小青在一旁鼓著腮幫子打抱不平。「這個齊慕煊真是沒有良心，小姐和姚姑娘為了救他，可是費了九牛二虎之力呢！還有，這次要不是您兩位在長公主面前替他伸張正義，他怎麼可能有沈冤得雪的機會？可他倒好，一句感謝的話都沒有，就這樣平白無故地消失了，真是豈有此理。」

陸倚夢將臉一沈，低聲斥道：「不許妳這麼說齊公子，他現在身體不好，又牽涉到如此重大的案件中，很多事情都是身不由己，我相信等事情全部了結之後，他一定會回來找咱們的。妳說是不是，婧婧？」

姚婧婧點了點頭，心裡突然產生了一種異樣的感覺，她盯著陸倚夢瞅了片刻，就見陸倚夢的眼神怔怔的，也不知在想什麼。姚婧婧正欲開口詢問，雪姨突然掀起簾子從外面走了進來。

「為了恭賀二小姐被淮陰長公主收為義女，國公夫人特地在府中大擺筵席，此時客人都已來得差不多了，夫人讓我來請兩位趕緊到前面去面見客人呢！」

姚婧婧和陸倚夢同時發出了一聲痛苦的叫號，兩人都被幾天前那場高潮起伏的壽宴給弄怕了，一聽說又要宴客就頭疼。

可該來的躲不了，兩人都被雪姨給按在椅子上整裝打扮起來。

姚婧婧倒還好，陸倚夢作為今天的主角，從頭到腳都被改造了一番。

尤其是頭上那根九鳳繞珠赤金纏絲珍珠釵，是淮陰長公主年輕時配戴過的，滿滿的皇家風範，讓原本就身材修長的陸倚夢多了幾分貴族之氣。

自從衛國公生病之後，衛國公府已經有好幾年沒有舉行如此大的宴會了，因此對於今天的宴會，衛國公夫人格外上心，從兩天前就開始準備，府中上下皆被裝飾一新，務必要給人一種欣欣向榮之感。

陸倚夢和姚婧婧趕到前廳時，衛國公夫人正坐在上首的位置和客人們聊天。

姚婧婧瞅了一眼，發現來的人還真不少，估計除了因金善仁一案落馬的那些，其餘所有在臨安城裡有頭有臉的人物全都來了。

「夢兒，妳總算是來了，快到外祖母這裡。」衛國公夫人看到兩人進來，立刻臉含微笑地衝著陸倚夢招了招手。

陸倚夢雖然被淮陰長公主收為義女，可真正代表身分的爵位要由皇帝下旨之後才能正式擁有，因此這些夫人、小姐們並沒有起身向她行禮，只是稍微欠了欠身以示尊敬。

陸倚夢大大方方地來到衛國公夫人跟前，非常恭順地對她行了一禮。

衛國公夫人一臉的驕傲，將陸倚夢拉到自己身旁的椅子上坐下。「這可使不得，妳馬上就要當縣主了，等級且在我之上，到時候外祖母見到妳還要行禮呢！」

陸倚夢神色有些惶然。「外祖母這說得是哪裡話？不管我的身分如何變化，您永遠都是我的長輩；況且，要不是有您的提攜，孫兒哪裡會有這麼大的造化，孫兒心裡會一輩子感激您的。」

「好孩子，外祖母就知道沒白心疼妳。」陸倚夢的一席話惹得衛國公夫人眼含熱淚，感動不已。

在座的各位夫人見狀，紛紛開始誇獎陸倚夢的孝心，並對衛國公夫人的好命表示羨慕。

其中有一位嚴夫人，她的丈夫曾經是衛國公手下的一名參將，雖然衛國公已久不在朝，卻依然對其忠心耿耿。嚴夫人對陸倚夢是越看越歡喜，就算知道不太可能，卻仍然忍不住開口道：「國公夫人真是不夠意思，家裡藏著這麼一個知書達禮的好閨女，也不早早地介紹我們認識，否則我就是擠破頭，也要替我家裡那小子求她一求；若是能有這麼一個嬌俏可人的媳婦，咱們老嚴家一定會把她寵到天上去的。」

嚴夫人的話讓陸倚夢羞得跟什麼似的，紅著臉躲到衛辭音的身後，那副小女兒情態惹得眾人哈哈大笑。

笑過之後，衛國公夫人忍不住感嘆道：「之前我也一直想著在這臨安城裡為夢兒尋一個好婆家，讓她離我近些，也好方便照顧，可現在她既然認了淮陰長公主為母，她的婚姻大事自然輪不到我再插手了，希望老天眷顧，保佑她一生順遂，圓圓滿滿。」

嚴夫人點頭道：「國公夫人請放心，我也知道自己是癡心妄想，看陸小姐的面相就是福澤深厚的，不知道哪天就被哪位皇子看上，娶回去做王妃也不可知呢！」

衛國公夫人聞言一愣，電光石火之間，她的心裡突然產生了一個想法。

那位喜歡懟人的同知夫人也出現在這場宴會上，她突然嘆了一口氣，一副感觸良多的樣子。「這人與人之間的際遇還真是玄妙，陸小姐才來臨安城幾天，就飛上枝頭做了鳳凰；反觀徐巡撫家的千金，原本早已與當朝太傅之子訂了親，可如今父親驟然出事，她那未來的夫家怕受牽連，快馬加鞭地送來了退親文書。好好的一名大家閨秀瞬間成為遭人嫌惡的罪臣之女，未來只怕是會被貶入奴籍，此生再無出頭之日了。」

坐在最末端的一名夫人翻了一個白眼，語帶嫌惡地說：「活該，這就叫做自作孽，不可活。當初徐夫人得勢時，把咱們欺壓得還不夠慘嗎？依我看，就應該稟明淮陰長公主，把他們一家都抓入大獄，直接秋後問斬，方能解大夥兒的心頭之恨。」

在座的眾人紛紛表示附和，也不知是真的恨極了徐家，還是為了討好衛國公夫人才故意為之。

衛國公夫人只是低著頭靜靜地聽著，沒有發表任何評論。眼看眾人批評得差不多了，她才揚了揚手，示意大家安靜下來。「徐家既已伏法，自有官府替他們定罪，咱們這些無知婦人不好在背後多議論什麼。今天早上我聽下人來報，說是徐夫人為了替夫求情，在公主府的大門外跪了兩天兩夜，最後直接昏死過去，聽起來實在讓人唏噓不已。」

那位嘴尖舌巧的夫人努了努嘴，不屑地說：「也就是國公夫人您寬容大度，才肯不計前嫌地可憐她，可惜她這一套苦肉計在淮陰長公主面前沒用。我聽說知府王大人奉命抄徐家時，從徐家的地庫裡拉出來的金錠子比臨安城的庫銀還要多，徐洪浩這回算是徹底栽了。」

衛國公夫人突然正色道：「徐洪浩是罪有應得，咱們大家也要以此為鑒，當好各位大人的賢內助。要知道，這個世上沒有不透風的牆，規規矩矩地做官、切切實實地為百姓謀福祉才是萬全之道。」

在座的夫人聽見衛國公夫人突然訓話，全部起立欠身道：「國公夫人教訓得是，妾身記住了。」

衛國公夫人非常滿意地點了點頭，那意氣飛揚的樣子讓一直冷眼旁觀的姚婧婧心裡突然產生了幾許反感。

衛國公夫人今日如此大張旗鼓的設宴，不僅僅是為了慶賀陸倚夢榮身之喜，更重要的是要在這臨安城的貴婦人們面前重塑自己的威嚴。

徐家倒臺之後，獲益最多的就是衛國公府，如此天降驚喜，讓一向沈穩的衛國公夫人也按捺不住，迫不及待地想要昭示全城。

姚婧婧懶得再看眾人對著衛國公夫人毫無下限的吹捧與奉承，正準備趁人不備時悄然退下，可外面卻突然橫衝直撞地跑進來一個下人，那驚慌失措的樣子，彷彿天都要塌下來了。

第三十九章　暴斃

「夫人，大事不好了。」

「青天白日的，鬼吼鬼叫什麼？沒看見這裡坐著滿屋的貴客嗎？」

衛國公夫人雖然一本正經的怒斥，可心裡卻突然有些慌亂，她已經認出這名下人是在衛國公身邊伺候的。

那名下人依舊驚懼不已，渾身顫抖地伏在地上，連一句完整的話都說不出來。

「國公爺、國公爺……他……他……」

衛國公夫人突地站起來，高聲問道：「老爺怎麼了？」

姚婧婧心裡突然產生了一種不好的預感，她顧不上再聽這名下人的回答，轉身朝著衛國公的住處狂奔而去。當她跑到門口時，就聽到裡面傳來一陣陣丫鬟們的哭泣之聲，她的心突然沈入了谷底。「南星，到底怎麼回事？」

驚慌失措的小南星看到姚婧婧來，眼神即刻亮了起來，就像看到了救星似的。「師父，您總算是來了。徒兒也不知道是怎麼回事，國公老爺剛才還好好的，就吃了一頓飯的工夫，突然渾身發抖，不省人事了。」

姚婧婧伸出手指，在衛國公的鼻下探了探，發現他竟然已經呼吸全無，忍不住厲聲責問道：「你們給他吃了什麼！」

負責餵飯的兩個丫鬟嚇得渾身一抖，立即跪倒在地上大哭不已。

「奴婢們只是按照往常的慣例，給國公老爺餵了一些清粥而已，至於國公老爺為什麼會變成這樣，奴婢們的確是不知道啊！」

說話間，衛國公夫人也趕到了樓上。當她看到眼前駭人的景象時，忍不住發出一聲哀號，要不是衛辭音和陸倚夢在一旁攙扶著，她非要暈倒在地不可。

陸倚夢也是焦急不已，忍不住對著姚婧婧催促道：「婧婧，外祖父這是怎麼了？妳快想辦法救救他吧！」

姚婧婧伸手替衛國公把了把脈，發現他的脈搏和心跳都已處於停滯狀態，這讓姚婧婧也有些絕望了。「南星，幫我把國公的嘴撬開。」

姚婧婧一聲令下，小南星立刻衝到前面，費了九牛二虎之力，才將衛國公已經僵硬的門牙撬了開來。

驀地，一股烏黑色的鮮血順著衛國公的嘴角流了出來，散發出來的腥臭之氣瞬間瀰漫整間屋子，讓人忍不住作嘔。

姚婧婧原本跪坐在病榻上，看到眼前此景卻突然嘆了一口氣，停止了手中的急救動作，緩緩地站起身來。

衛國公夫人目瞪口呆地問道：「姚姑娘，妳……妳這是什麼意思？妳站在這裡做什麼？快想辦法救救老爺呀！」

姚婧婧神色肅穆，垂首回道：「來不及了，國公老爺已經暴斃，還請夫人節哀。」

姚婧婧這句話就像一記悶雷，震得衛國公夫人兩眼一翻，當即暈死過去，整個衛國公府陷入了一片慌亂。

這麼多年來雖然衛國公一直纏綿病榻，萬事不管，可他的存在就是衛國公府最堅強的柱石。如今，一座府邸的頂梁柱突然間倒了，結果可想而知。

剛剛還高朋滿座、花團錦簇的衛國公府，突然之間已換上了白幡。

所謂樂極生悲，大概就是這個意思吧！

逝者已逝，活著的人卻仍然要面對這紛雜世事。

衛國公夫人由於傷心過度，一病不起，衛辭音寸步不離地照顧著她。

關鍵時刻還是陸倚夢挺身而出，開始安排衛國公的喪葬事宜。

當下最緊要的就是前往各處報喪，衛國公府如今看起來雖然有些蕭條，可真正算下來，與之有關聯的親眷還是不少的，單單是衛國公的兒孫之輩就有數十人之多，散落在大楚的各個地方。

其中由衛國公夫人親生的嫡出兒女卻只有兩人，一個是衛國公府的嫡長子衛良弼，也就是衛萱兒的父親。他並沒有子承父業地當一名武將，而是在京城任正三品的大理寺卿；而另一名就是當年以一曲水袖舞名動天下的衛瓊音，如今她已成為皇帝身邊最得寵的衛賢妃，育有一名尚未成年的皇子。

衛國公驟然離世，衛賢妃深居內宮，自然無法回來為父親奔喪，而衛良弼聽到消息則是快馬加鞭，在第一時間趕回來主持大局。

衛良弼回來之後，忙碌了三天三夜都未合眼的陸倚夢終於鬆了一口氣，她剛想回房好好睡一覺，卻聽到下人來報，說衛良弼要見她和姚婧婧。

這幾天姚婧婧的心情很不好，長久以來悉心照顧的病人眼看就有痊癒之勢，卻突然慘死在她的眼前，這讓一向對自己要求很高的姚婧婧如何能夠釋懷？她帶著南星在停放衛國公屍首的停屍房內盤桓了數日，發誓一定要找出衛國公暴斃的原因。

衛良弼身為大理寺卿，相當於現代最高法院的院長，當然不可能看著父親就這樣不明不白地死了，這也是他剛進門就要召喚陸倚夢和姚婧婧的原因。

兩人一進正廳的大門，就看見風塵僕僕、連衣服都沒來得及換的衛良弼滿臉倦意地靠坐在椅子上閉目養神，看得出這位衛大人也是身心疲憊。可作為衛國公府的嫡長子，最新一屆的當家人，他甚至連為父親哭上一哭的時間都沒有。

兩人剛準備躬身行禮，衛良弼卻突然起身將她們攔住了，非但如此，他反而不顧身分，對著她們兩個小姑娘作了一揖。

陸倚夢嚇了一跳，趕緊上前扶住他。「大舅舅，您這是在做什麼？」

衛良弼雖是文臣，但卻繼承了父親衛國公豪爽俐落的性情，在回府的路上，下人就將這些天發生在家中的事情一一稟報於他，他的心裡早已經對這兩名姑娘充滿敬意。

「夢兒，記得多年前舅舅見到妳時妳還是一個話都說不索利的小丫頭，如今已經長得這般大了。這幾日辛苦妳了，這麼多事都壓在妳一個小姑娘身上，虧得妳還能挺得住。」

陸倚夢有些不好意思地笑了笑。「我有什麼辛苦的，其實我也沒做什麼，很多事情我都弄不明白，全等著大舅舅您回來作主呢！」

衛良弼拍了拍她的肩膀讚道：「妳已經做得夠好了，聽說妳已經拜了淮陰長公主為義母，大舅舅敢斷言，假以時日，妳的前途將不可限量。」

衛良弼謙遜有禮的態度，讓姚婧婧很是驚訝，有這樣一位通情達理的父親，衛萱兒怎麼會養成那樣驕縱的性格？

衛良弼將目光轉到姚婧婧身上。「夢兒，這位就是小神醫姚姑娘吧！」

陸倚夢點了點頭。「婧婧是我的好朋友，跟著我一起來臨安城，為外祖父治病，外祖父原本已經有了好轉之勢，可不知為什麼突然……唉，真是老天不開眼。」

衛良弼對著姚婧婧拱了拱手。「無論結果如何，有勞姚姑娘辛苦數日，本官心中仍是感激不盡。」

姚婧婧連忙回了一禮。「衛大人言重了，國公老爺在民女的照料之下依舊沒能保住性命，作為一名醫者，此事民女有推卸不掉的責任，心中實在難安。衛大人若要責罰，民女絕無開脫之詞。」

陸倚夢一下子慌了，連忙替姚婧婧辯解道：「大舅舅，這件事可不是婧婧的錯，大家都看見了，她是盡心盡力為外祖父醫治的。」

衛良弼嘆了一口氣，擺手道：「姚姑娘請放心，本官絕對不會因為此事而遷怒於妳，只是我父親的死實在是有些蹊蹺，按妳們所說，他的情況正在漸漸好轉，又怎麼會毫無徵兆的突然暴斃？本官以為，還是需要請一名仵作前來查驗一番。」

「不用了。」姚婧婧一副了然不惑的樣子。「這兩日民女已經將衛國公的死因查探清楚，如果衛大人還肯信任民女，就請聽民女一言。」

衛良弼的眼中出現欣喜之色，連忙催促道：「姚姑娘但說無妨，本官洗耳恭聽。」

「國公老爺暴斃時渾身上下呈現一種烏黑之色，連牙齒都不例外，吐出的污血還散發著一股腥臭之氣，這是典型的中毒之兆。」

「哦？之前姚姑娘不是診斷出我父親身中異毒已有數年之久，難道是……」

「不。」姚婧婧斬釘截鐵地否決道：「這兩者並無關聯。之前衛國公中的是一種慢性毒藥，且毒性已被民女控制住，並無蔓延之勢，造成衛國公突然死亡的，是另外一種極其厲害的劇毒。」

衛良弼焦灼地問道：「那又是什麼毒？」

「民女將衛國公嘔出來的東西拿去化驗後，初步認定這種毒是一旦進入體內就藥石罔效的百毒之首——鶴頂紅。」

「鶴頂紅?!」這下連陸倚夢都震驚了，怪不得衛國公從毒發到身亡僅僅不到一刻鐘的時間。這個下毒之人既然用了鶴頂紅，那就是鐵了心的要立刻將衛國公置於死地。

作為朝廷命官，衛良弼對鶴頂紅也不陌生，一般皇帝想要了結某位大臣，就會賜給他一杯含有鶴頂紅的毒酒，這位惹怒了天子的大臣很快就會命喪當場。「可父親是如何中毒的呢？」衛良弼實在是想不通，自從發現衛國公被小人暗害之後，衛國公夫人就加強了對衛國公身邊的人和物的監管，尤其是入口的食物、湯藥，全部都得由下人先試過之後才會餵給衛國公本人，如此重重嚴防之下，竟然還會被歹人找到下毒的機會，實在是匪夷所思。

姚婧婧繼續陳述自己的發現。「衛國公臨死之前曾食用過半碗清粥，民女在剩下的粥裡發現了高劑量的鶴頂紅，就是這碗粥要了衛國公老爺的性命。」

陸倚夢好像想到了什麼，皺著眉毛說道：「不對呀，如果真的是粥裡有毒，那提前試用的下人不應該早就死了嗎？可我並沒有聽到任何動靜啊！」

姚婧婧沒有再開口，只是定定地看著衛良弼，要說查案，恐怕沒有人比這位衛大人更拿手了。

衛良弼背著手在大廳裡來回踱步了兩圈後，眼裡突然露出一股精光。「問題就出在這個驗毒之人的身上，他根本就沒有嚐過這碗粥。」

陸倚夢瞪著一雙迷茫的大眼睛看著衛良弼。

「至於原因嘛，要麼是他被人收買了，要麼他就是那個下毒之人。」

姚婧婧點了點頭，衛良弼的推測與她不謀而合。

「夢兒，此人如今身在何處？我要立刻提審他。」

陸倚夢不假思索地回答。「由於事發突然，我也搞不清楚到底是哪裡出了問題，便第一時間將在外祖父身邊伺候的人全部都拘押在一起了，等待您回來詳查。」

「很好，夢兒，妳做得很對。還有姚姑娘，妳的確是個難得一見的奇女子，待此事了結，本官一定會重謝於妳。現在妳們倆可以回去休息了，剩下的事就交給我吧！」衛良弼說完，帶著下屬匆匆忙忙地走了。

姚婧婧看著他的背影，心中卻不甚樂觀，她想起之前抓到的那名長年給衛國公下毒的貼身近侍章丘。這些人應該都是替某個神秘人物效命的死士，想要從他們嘴裡審出什麼東西，只怕是難於登天。

第四十章　無頭案

很快地，姚婧婧的預感就成真了。

衛良弼剛剛將此人找出，還未來得及對質，那個看似毫不起眼的下人就決然地咬舌自盡，很快就一命嗚呼了。如此死法，和之前的章丘如出一轍。

線索至此徹底斷了，到底是誰在背後操縱著這一切，似乎成了一個永遠的謎團。

衛良弼雖然心有不甘，卻也無可奈何，只得將追凶一事暫且放下，開始張羅起父親的喪葬事宜。

由於整個衛國公府都籠罩在一片愁雲慘霧之下，姚婧婧也沒什麼心思幹別的事，只有每日前去替衛國公夫人調理身子，剩下的時間就待在院子裡給小南星教授行醫之道。

這一日，姚婧婧帶著小南星正從衛國公夫人的住處往回走，路過一處小花園時，卻和迎面走來的衛萱兒碰了個正著，姚婧婧頓時頭痛不已，這就是所謂的冤家路窄吧！

「娘，就是那個死丫頭一直想要害我，上次還把我推到池塘裡險些淹死呢，您可一定要替我報仇啊！」

姚婧婧瞬間無語了，這個衛萱兒是不是腦子有問題啊？自己怎麼說也曾經救了她兩次，她毫無感激之情也就罷了，竟然還總是想著誣衊自己，如此顛倒黑白的行為實在是讓人不齒。姚婧婧不想和這種人多費唇舌，轉身準備繞道而行。

然而衛萱兒卻不打算就此放過她，疾走兩步攔在她的前面。「想跑？沒那麼容易。我告訴妳，我娘可是衛國公府未來的女主人，妳最好給我小心點，否則有妳好看的。」

姚婧婧看著她趾高氣揚的樣子，忍不住心生厭煩，便不客氣地懟道：「衛國公夫人身子硬朗著呢，一看就能長命百歲，想要接她的班，且慢慢等著吧！」

「好一個嘴尖舌巧的丫頭。萱兒一直向我訴說妳的惡行，我之前還不相信，現在看來竟然是真的。妳也不看看這裡是什麼地方，妳又是什麼身分，竟然敢欺負堂堂國公府的嫡出大小姐，妳真當沒人治得了妳嗎？」說話的正是衛萱兒的母親，衛良弼的元配夫人。

衛夫人是出身於官宦人家的小姐，是一個非常守舊的女人，自從嫁到衛家之後，一直勤懇地伺候丈夫與公婆，跟隨衛良弼去往京城之後，更是將全部的心思都用在了丈夫與兒女身上，在外人眼中，她絕對是一名合格的妻子與母親。

可衛夫人最大的毛病就是護短，尤其是對待自己的愛女。從小到大，她總是盡自己最大所能去滿足女兒的全部願望，絕不讓女兒受到一丁點兒委屈。

因此，當她跟隨衛良弼回到臨安城，聽到衛萱兒向她哭訴這幾個月的悲慘遭遇之後，頓時讓她這個當娘的心疼不已。

衛國公夫人是她的婆婆，她當然不敢對婆婆的行為有所質疑。

可眼前這個一身鄉土氣的小丫頭片子又是什麼東西？不過是來他們家裡打秋風的小叫花子，竟然敢蹬鼻子上臉，欺負到主人頭上，讓人如何嚥得下這口氣？

姚婧婧看著眼前這個如花似玉的美婦人卻瞪著眼、一副凶神惡煞的模樣，終於明白衛萱兒的脾氣由何而來，果然是慈母多敗兒。

「衛夫人也知道這是在你們國公府內，民女說了什麼、做了什麼，都有一千隻眼睛盯著，若是我真欺負了衛大小姐，國公夫人能夠容我到現在？衛大小姐若是真記不清曾經發生過什麼事，我倒是可以替妳扎上幾針，保證妳心思清明，絕不會再胡言亂語。」

衛萱兒氣急敗壞，大聲吼道：「娘，您看她當著您的面都敢這麼囂張，您想想這些日子我是怎麼過的，這個家我是待不下去了，我要回京城，我要回京城。」

衛夫人連忙拉住女兒的胳膊勸慰道：「好了，有娘給妳作主，妳還怕什麼？這裡是咱們家，要走也不應該是妳走，而是這個心思歹毒的死丫頭。」

「娘，我也想趕她走，可這丫頭就是一條癩皮狗，怎麼攆都攆不走；還有祖母在背後替她撐腰，所以她才如此有恃無恐。」

衛夫人冷笑道：「姚姑娘，俗話說人要臉，樹要皮，之前妳大言不慚地說能夠治好父親的病，所以母親才以上賓之禮對待妳，如今父親被妳治死了，咱們衛國公府沒拿妳問罪已屬大度，妳還覥著臉待在這裡做什麼？」

姚婧婧冷眼看著眼前這一對張牙舞爪的母女，心中突然覺得很沒意思。

算起來她在這臨安城待了也有大半個月的時間，每日忙忙碌碌，比之前在村裡種地還要辛苦。如今衛國公已死，她留在這裡也沒有什麼用，是時候該回去了，何況，她爹娘一定在家裡望眼欲穿地等著她。

「衛夫人請放心，用不著您下逐客令，民女自會離去。」姚婧婧說完便欲轉身離開。

可衛萱兒卻以為她是想藉機脫身，竟然衝上前一把揪住了她的衣領。

「妳以為我們跟祖母一樣好糊弄嗎？我告訴妳，今日妳不跪在我面前磕頭認錯，我絕對不會與妳善罷干休。」

姚婧婧畢竟是幹過幾天粗活的人，論力氣衛萱兒哪裡是她的對手？可姚婧婧實在不想在此時此地與衛萱兒發生衝突，否則她以客欺主的罪名怕是要更加坐實了。

「衛小姐，請自重。」姚婧婧用一隻手死死地扣住衛萱兒的手，兩人誰也動彈不得，只能瞪著眼睛互相對峙著。

衛萱兒突然咬牙切齒地在她耳邊低聲斥道：「我就想不明白了，就憑妳這個又黑又醜的醜八怪，有哪一點值得郡王殿下特意在我面前提起？妳說，妳究竟行了什麼狐媚手段去勾引郡王殿下？」原來那日衛萱兒跟到藏書閣去尋找蕭啟時，蕭啟曾經向她詢問過有關姚婧婧的事情，衛萱兒以為蕭啟對姚婧婧產生了什麼不一樣的興趣，因此心中嫉恨不已，這便是她今日鐵了心要找姚婧婧麻煩的原因。

姚婧婧愣了一秒鐘，才瞬間明白過來是怎麼回事。她正欲想辦法為自己辯白，突然聽到身後響起一聲熟悉的厲叱。

「衛萱兒，妳在幹什麼？趕緊把婧婧放開。」

原來是衛辭音帶著陸倚夢從衛國公的靈堂返回，剛好從這裡路過，撞見了眼前的情形。

竟然有人敢欺負婧婧，這還得了！陸倚夢立即放開衛辭音的手，朝著兩人撲了過去。

「啊！」衛萱兒沒有防備，登時被高她一頭的陸倚夢一掌推翻在地，忍不住發出一聲哀號。

「萱兒，妳怎麼了萱兒？」衛夫人連忙蹲在地上想要扶自己的愛女起身。

可衛萱兒卻坐在地上撒起潑來，用尖尖的手指指著陸倚夢，大聲哭喊。「娘，您看她們兩個聯合起來欺負我，您可要為我作主啊！」

衛夫人心中惱怒不已，自己當寶貝一樣捧在手心裡的女兒，竟然被這兩個不知名的野丫頭給如此輕賤，真真是豈有此理。

衛辭音也嚇了一跳，又怕陸倚夢和姚婧婧吃虧，連忙跑上前去擋在兩人身前。「大嫂，發生了什麼事？萱兒，妳怎麼樣了，有沒有摔著？地上這麼涼，姑母先扶妳起來好嗎？」

衛夫人一把打掉她的手，指著她的鼻子怒罵道：「衛辭音，妳只不過是區區一個庶女，夫家又是那樣上不得檯面，母親願意讓妳回來省親已屬格外開恩，妳老老實實地待著也就罷了，竟然還敢帶著兩個不知天高地厚的死丫頭在府裡作威作福，妳還真把這裡當成自個兒家了嗎？」

衛辭音和這位出身高貴的大嫂統共只見過兩次面，可以說相互一點也不熟悉，突然被這樣莫名其妙地臭罵一頓，她也是惶恐不已。「大嫂，您可能有些誤會，她們小孩子家家的，在一起玩耍起些爭執也屬正常，何來作威作福一說？」

「妳不要在我面前狡辯，看看妳教出的好女兒，一點規矩都沒有，舉止粗魯、言行輕浮，妳們既然住在我家裡，那我這個做舅母的就有責任替妳好好教導她。來人啊，把這兩個丫頭給我關到柴房裡，沒有我的命令，誰也不准把她們放出來。」衛夫人簡直快氣瘋了，在她看來，就是因為衛國公夫人生病無法理事，才導致府裡亂烘烘的，沒個體統，這種情況正是需要她這個媳婦出面擺平問題。

跟在衛夫人身後的婆子們聽到主人發令，立刻朝姚婧婧和陸倚夢兩人撲了上去，對於如何料理這些不聽話的小丫頭，她們有著豐富的經驗。

「大嫂，您不能這麼做，不能……」衛辭音身邊只有雪姨一個人，哪裡是這些婆子們的對手，很快地，她們就被人擠到一邊去了。

姚婧婧正想著是不是應該拉著陸倚夢直接逃跑，可這小花園內道路狹窄，一時找不到機會。

「住手！妳們在幹什麼！」

關鍵時刻，一身孝服的衛良弼帶著兩個下人出現在眾人背後。

由於連日來的辛苦操勞，衛良弼的眼睛裡充滿血絲，整個人看起來陰沈、暴躁。

姚婧婧一眼就看到藏在眾人身後的小南星正古靈精怪地衝著她眨眼，怪不得剛才一直不見他的身影，原來是去找大救兵了。

那些婆子們震懾於男主人的威嚴，都乖乖地停下手中的動作，退到衛夫人身後。

衛夫人和丈夫的感情向來不錯，此刻以為他是來為自己和女兒出頭的，立即紅著眼眶迎了上去，向丈夫哭訴自己和女兒受到的委屈。「老爺，您不知道，這兩個丫頭實在是欺人太甚——」

「妳給我閉嘴。」

衛夫人沒料到一句話還沒說完，對她一向溫柔體貼的丈夫竟然像變了一個人似的，梗著脖子衝著她怒吼。

「看來我之前和妳說的話妳是一點也沒聽進去。妳的女兒已經成為整個臨安城的笑柄，妳這個做母親的非但不好好檢討，反而由著她繼續瞎胡鬧，妳以為妳這是為她好嗎？錯，妳這是在害她，而且會害了她一輩子。」

衛夫人這下是真的流淚了，她不可思議地看著自己的丈夫，囁嚅地說：「老爺，您怎麼能這麼說我？您知道我的心思……」

衛良弼揮了揮手，有些不耐煩地斥道：「收起妳那些小心思，現在正值父親的喪期，妳不在靈堂守著盡孝，卻跑到這後院鬧得雞犬不寧，讓別人看到成什麼樣子？」

「不是我要鬧，而是這兩個丫頭——」

衛良弼皺著眉頭打斷她。「夫人，我再提醒妳一句，夢兒雖然叫妳一聲舅母，可她已經被淮陰長公主收為義女，論身分，比妳這個三品誥命夫人還要高出一大截，希望妳以後見到她能夠謹守規矩，不要再像今天這樣以下犯上，妳聽明白了嗎？」

對於陸倚夢被淮陰長公主收為義女一事，衛夫人並不是不知道，而是選擇性的忽視。這下被自己的丈夫當眾點明，她的臉頓時一陣紅、一陣白，羞愧不已，猶豫了半天，她終於躬下身子，對著衛良弼行了一禮。「妾身知道了。」

衛良弼忙得分身乏術，替妻女向陸倚夢和姚婧婧賠了一禮後便帶著人匆匆趕回靈堂。

衛夫人心中雖然依舊不能服氣，可一向謹遵夫綱的她還是不顧女兒的抗議，強行帶著她，緊隨衛良弼而去。

衛辭音拍了拍胸脯，長出一口氣。

「真是嚇死我了，沒想到我這個大嫂竟然這般厲害，以後妳們若是再見到她，還是遠遠地避開為妙。」

陸倚夢挺著胸膛說：「怕她做什麼？我看她能把我們怎麼樣。」

衛辭音的憂慮未減。「夢兒啊，現在大家都知道妳和淮陰長公主之間的關係，自然不會把妳怎麼樣，可姚姑娘就不同了，剛剛要不是大哥及時趕到，姚姑娘肯定是要吃些苦頭的。」

陸倚夢看著姚婧婧，臉上突然出現羞愧之色。「婧婧，要不是我占了妳那朵石生花的便宜，被淮陰長公主看中的應該是妳才對。」

姚婧婧淡然一笑。「話可不能這麼說，人與人之間存在著一種神秘的吸引力，淮陰長公主喜歡妳的率真與開朗，並不單單只是因為那朵石生花。」姚婧婧說的是心裡話，若那一日獻花的是她，只怕會引起淮陰長公主無限的懷疑；只有澄淨如陸倚夢這樣的姑娘，才能將那些無證可查的事情說得真實而自然。

衛辭音並不知道其中的曲折隱情，因此不解地問道：「妳們在說什麼？」

「沒什麼，今日又給您添了麻煩，我心裡實在是過意不去。」

衛辭音連忙擺手。「姚姑娘，妳可千萬別這麼說，是我沒能照顧好妳，倒讓妳受了不少委屈。」

「夫人，有件事我想跟您稟告一聲，當初我出門時曾向爹娘保證，最多一個月一定會回去，眼看時間所剩無幾，且如今我待在這裡也沒什麼事做，倒不如早些回村子裡去。」

陸倚夢聞言一愣。「婧婧，妳要走？是不是那個衛萱兒跟妳說了什麼？妳不要害怕，我去找她算帳。」

姚婧婧連忙拉住暴跳如雷的陸倚夢。「不是的，夢兒，這事和她沒關係，我總歸是要回去的，難不成還能一輩子待在這裡？」

「要走也要等我們一塊兒走啊！反正我也在這臨安城裡待膩了。婧婧，妳就再待幾天吧，等外祖父的喪禮一結束，我們就一起回家去。」

姚婧婧看著陸倚夢黏在她身上的樣子，突然不知該說什麼好。這個小丫頭還不明白，命運的齒輪已經開始轉動，有些地方怕是她這一輩子再也回不去了。

衛辭音也怔怔地看著自己的女兒，這幾天衛國公夫人和她說了許多，雖然她已經做好了心理準備，可當離別真正來臨時，她卻依舊無法接受。

「姚姑娘，妳就再等兩天吧，既然是我把妳帶出來的，我就有責任好好地把妳帶回去，否則我該如何向妳的爹娘交代？」

姚婧婧奇怪地看著衛辭音，難道她已經做了選擇，要將自己心愛的小女兒獨自一人留在這陌生的臨安城嗎？

既然衛辭音已經開了口，再待兩天就再待兩天吧，大不了她閉門不出，總歸不會再碰到那個想方設法和她作對的衛大小姐。

第四十一章　玲瓏閣易主

這天上午，姚婧婧正躺在床上閉目養神時，小青匆匆忙忙地從外面跑進來，在她耳邊大聲喊道。

「姚姑娘，快起來，有人來弔唁了，小姐喊您去呢！」

姚婧婧連眼皮都沒抬一下。「這幾日來衛國公府弔唁的人從早到晚絡繹不絕，有什麼好稀奇的？需要我去看個什麼勁兒？」

小青急得直跺腳。「這個人可不一樣，您趕緊起來吧！」

姚婧婧懶洋洋地問：「哦？到底是誰來了？」

「來弔唁的是知府王大人，還有那個齊公子也跟著他一起來了。」

姚婧婧揚眉道：「齊慕煊？」

「對啊！」小青連連點頭。

「小姐已經趕去見他了，您也快點吧！齊公子說有要事要跟您商議呢！」

此時此刻，離靈堂不遠的一座小亭子裡，陸倚夢正滿臉驚喜地看著多日未見的齊慕煊，她心中有無數個問題想要問他，可話到嘴邊卻又一句都說不出口。

「齊公子，你好像胖了一些。」

「是嗎？」齊慕煊撓撓頭，有些不好意思地笑了笑。

也許是因為擺脫了毒癮的緣故，齊慕煊整個人發生了巨大的改變，眉眼之間竟然有了幾分俊朗的英氣。

「齊公子，你怎麼會出現在這裡？」陸倚夢的疑問是有原因的，按照齊慕煊的身分，應該不會和衛國公府有什麼交集。

「在下是特意來尋陸小姐的，前幾天在下聽人說陸小姐曾經派人到衙門找過在下，在下這才知道陸小姐竟然是衛國公府家的小姐。以前多有唐突之處，還請陸小姐見諒。」齊慕煊說完，對著陸倚夢行了一個大禮。

陸倚夢連忙閃身避開，急得滿臉通紅。「齊公子誤會了，衛國公只是我的外祖；再說了，你我朋友一場，何必以身分論交情？這樣未免也太過俗氣。」

齊慕煊突然嘆了一口氣。「身在這俗世中，有些俗氣是無法避免的，況且在下本身就是俗人一個。前日聽王大人說，您已被淮陰長公主收為義女，從此您我更是雲泥之別，若想再見一面只怕是難於登天了。」

陸倚夢一下子紅了眼眶，使勁一跺腳，嗔怒道：「齊公子今日前來就是為了與我說這些不著邊際的話嗎？你消失了這麼多天，不知我們有多擔心，你不打算解釋一句嗎？」

看到陸倚夢竟然當著他的面哭了，齊慕煊一下子亂了陣腳，慌裡慌張地勸道：「陸小姐，您別哭，都是在下不對，在下都是亂說的，您別往心裡去。」

姚婧婧恰好從遠處趕來，見狀還以為齊慕煊在欺負陸倚夢，忍不住發出一聲怒喝。「好你個齊慕煊，你在幹什麼？」

齊慕煊冷不丁被嚇了一大跳，連忙向姚婧婧解釋道：「姚大夫，在下真的什麼都沒做啊！」

姚婧婧卻不太相信，像一隻老母雞一樣護在陸倚夢身前，瞪著眼睛看著齊慕煊。

陸倚夢連忙擦了擦眼淚，整理好自己的情緒，笑著對姚婧婧說：「好了，婧婧，齊公子真的沒做什麼，妳就別為難他了。」

「哼，諒你也不敢。」姚婧婧又瞪了他一眼。「你今天到底是來幹什麼的？」

齊慕煊一直把姚婧婧當成自己的救命恩人，再加上姚婧婧雖然年紀比較小，可氣勢卻極強，讓他一個大男人在她面前總是小心翼翼的，生怕說錯了什麼話。「在下三生有幸，才能得遇兩位貴人，不僅救了在下的性命，還幫在下報仇伸冤，如此大恩大德本該第一時間前來跪謝，無奈知府王大人請在下當證人，徹查金善仁的罪行，這才耽誤了幾日，還請兩位恩人不要見怪。」齊慕煊說完後真的卑躬屈膝，跪倒在地，想要向兩人叩頭。

陸倚夢自然不肯，心急火燎地上前準備將他扶起來。

姚婧婧卻一反常態，死死地將她拽在身邊，任由齊慕煊對著兩人磕了三個響頭。

「婧婧，妳幹什麼？」

姚婧婧使了個眼神，示意她少安勿躁。「我們救你原本也是無心之舉，既然事情已經圓滿了結，齊公子滿腹才華，又結識了王大人這樣的高官，今後的前途定會一片光明，只怕我們再幫不了你什麼了。齊公子若是沒有其他的事，這就請回吧！」

齊慕煊沒有想到姚婧婧竟然會對他下逐客令，呆呆地站了片刻，看模樣好像有些委屈。

陸倚夢再也忍不住了，對著姚婧婧責怪道：「婧婧，妳怎麼能這麼說話？齊公子和我們是朋友，他來看望我們有什麼不對？怎麼從妳嘴裡說出來，他好像要利用我們似的。」

齊慕煊擺了擺手，有些苦澀地笑道：「無妨，也怪我，的確是給兩位添了不少麻煩，姚大夫對我有所誤解也是理所當然的。只是這一回，我的確不是來叨擾兩位的，而是有一件東西想要帶給姚大夫。」

陸倚夢立即來了興趣。「什麼東西？」

齊慕煊從身旁掛著的一只包袱裡拿出了一個小盒，打開盒子，裡面是一大疊各式各樣的票據。

姚婧婧皺眉道：「這是什麼鬼？」

「這些是玲瓏閣的全部家當，包括各種地契、房屋，以及工人的賣身契等等。」

姚婧婧更加不明白了。「玲瓏閣不是已經被官府查封了嗎？這些東西怎麼會在你這裡？」

齊慕煊解釋道：「昨日王大人帶在下一同面見了淮陰長公主，她對於在下的遭遇非常同情，還說玲瓏閣就這樣沒了實在是有些可惜，既然那裡的東西都是在下的心血，倒不如物歸原主，讓在下將其發揚光大。」

姚婧婧眨了眨眼。「這麼說，齊公子就是玲瓏閣的新老闆啦？恭喜、恭喜，這可是一件大喜事呢！」

「不。」齊慕煊突然正色道：「淮陰長公主之所以將玲瓏閣賜給在下，是因為她以為那件孔雀金步搖為在下所創，可在下心裡明白，那件事與在下沒有任何關係，真正設計出那金孔雀的是姚大夫您才對。」

陸倚夢徹底糊塗了。「婧婧，是妳嗎？那妳為什麼說……」

姚婧婧搖了搖頭。「事已至此，究竟是誰設計出那金孔雀已經不重要了，長公主既已把玲瓏閣賜給了你，你就好好經營著，早日讓它重現輝煌，我相信齊公子一定有這個能力。」

「這怎麼行？姚大夫對在下有再造之恩，在下就是窮盡一生也難報一二，怎麼還能將原本屬於姚大夫的東西據為己有？那跟以怨報德的毒蛇又有什麼區別？」

齊慕煊堅持要將手裡的東西塞給姚婧婧，這讓姚婧婧很是頭痛。

「齊公子，實話跟你說了吧，過不了兩天我就要離開這裡，根本沒有時間，也沒有心思去收拾玲瓏閣那個爛攤子，這些東西對我來說一點用處也沒有，你若是不想要，那就一把火燒了吧！」

齊慕煊瞪著眼睛，難以置信地看著姚婧婧，不知她所說的話有幾分真假。

陸倚夢也在一旁勸道：「齊公子，婧婧讓你拿你就拿著吧，沒有人比你更適合經營這玲瓏閣了。這樣吧，你若是覺得心裡過意不去，就分些股給婧婧，這樣豈不兩全其美？」

姚婧婧突然覺得眼睛一亮，這個主意倒是很合她的心意。

齊慕煊自然樂意之至。「如果姚大夫信得過在下，在下就替姚大夫將這玲瓏閣管著，所得之利您占八成，在下得兩成，您說好不好？」

「不好。」姚婧婧的頭搖得像撥浪鼓似的。「弄得像我在欺負你似的，不用多說廢話，如果真賺了錢，咱們就一人一半。」

陸倚夢拍手笑道：「公平合理，真真是極好。」

齊慕煊沒辦法，只能點了點頭答應了下來。「姚大夫，容在下回去準備一下，今天下午就將契約給您送過來。您放心，在下絕對不會辜負您的厚望，一定會拚盡全力，將玲瓏閣經營好的。」

姚婧婧點了點頭，對於齊慕煊的能力她是百分之百相信的。

又說了幾句話後，齊慕煊便準備起身告辭。

剛好靈堂那邊衛辭音派人來請陸倚夢速速前去，陸倚夢只得依依不捨地先行離開了。

齊慕煊望著她的背影，眼神有一瞬間的飄忽。

姚婧婧突然問道：「你在想什麼？」

「啊？沒、沒想什麼。」齊慕煊連忙回頭，表情有些不自然。

「齊公子，我剛才已經說了，我和夢兒之所以會救你是因為我們心存善念，你可不要因此而起了其他的心思。」

齊慕煊頓時鬧了個大紅臉，連說話的語氣也變得有些急促。「姚大夫，您誤會了，在下深知自己的身分，絕不敢妄想一些不屬於在下的東西。」

姚婧婧表情嚴肅地答道：「那就好，夢兒心思單純，有時說了什麼、做了什麼，自己都弄不明白，我希望你以後還是離她遠一點，避免引起一些不必要的麻煩。」

「在下明白了。」齊慕煊稍一頷首，面無表情地說完這句話就轉身告辭離去。

姚婧婧看著他有些落寞的背影，突然覺得自己好像一個面目猙獰的狼外婆，正無比狠心地將這對少男、少女剛剛萌芽的感情扼殺在搖籃之中。作為一個崇尚戀愛自由的現代人，她知道自己的做法實在欠妥，陸倚夢如果知道了，肯定會怨恨於她。

然而當局者迷，旁觀者清，陸倚夢和齊慕煊完全就是兩個世界的人，縱然齊慕煊再有才華，將來能賺再多的錢，所謂士農工商，他的身分永遠是排在社會的最底層。

更何況姚婧婧幾乎可以斷定，衛國公夫人已經將陸倚夢未來的人生之路規劃好了，只待時機成熟，便會付諸於行動。與其那時候傷心難過，倒不如提早斬斷孽緣。

姚婧婧知道這對陸倚夢並不公平，可她實在不忍心眼睜睜地看著陸倚夢去承受感情的創傷與煎熬。

除去這些客觀原因，還有一點則是姚婧婧的主觀臆斷——女人的直覺告訴她，齊慕煊這個男人並沒有承受這一切的魄力與勇氣。

明天就是衛國公下葬的日子，因此今天前來弔唁的賓客格外的多，衛辭音之所以心急火燎地將陸倚夢喊去，就是因為府中來了一位身分極其貴重的客人——淮陰長公主。

長公主親自駕臨，全府眾人全都趕到大門外跪地迎接，包括一直臥床不起的衛國公夫人都在丫鬟的攙扶下，坐著軟轎趕了過來。

為了顯示對衛國公的尊重，淮陰長公主此次出行並沒有用代表她身分的皇家儀仗，而是乘坐了一頂簡潔大方的四人抬小轎，身後跟著的下人也寥寥無幾。

淮陰長公主剛一走下轎子，跪在地上的眾人就在衛良弼的帶領下拜倒在地，齊齊叩拜。

「恭迎長公主殿下鳳駕，長公主殿下千歲千歲千千歲。」

淮陰長公主親自上前扶起衛國公夫人，又揮了揮手，示意眾人起身。「夫人，本宮聽人說妳身子不適，怎麼不在屋裡躺著？」

衛國公夫人臉色蒼白，有氣無力地回道：「臣妾沒事，倒是辛苦長公主殿下跑一趟。老爺在天有靈，若是知道您親自來送他，肯定會很高興的。」

「衛國公就這麼走了，對於我大楚來說實在是莫大的損失，不僅本宮心裡覺得不好受，就連聖上也特意下旨，要求臨安城的地方官務必要將衛國公的身後事辦好，讓他享盡哀榮，安安穩穩地去往極樂。夫人，本宮知道妳心裡難過，可日子總要過下去，妳一定要保重身體啊！」長公主神色哀戚，說話的語氣中飽含難過與不捨。

衛國公的死對衛國公夫人的打擊是致命的，一夜之間，她好像迅速變成了一個孤苦伶仃的老婦人，原本烏黑發亮的頭髮也變得花白一片。「多謝長公主殿下關心，臣妾感激不盡。」

衛國公夫人作勢又要往下跪，卻被淮陰長公主攔住了。

「衛大人，本宮是來送衛國公最後一程的，你又何苦如此興師動眾？趕緊讓大家都散了吧！對了，一定要照顧好你的母親。」

衛良弼朝淮陰長公主拱了拱手。「長公主殿下教訓得是。辭音，妳送母親回房，我帶長公主去靈堂。」

淮陰長公主搖了搖頭。「還是衛大人親自送夫人回去吧，讓夢兒陪著本宮就行了。本宮上一炷香就走，你們都不用為本宮費心。」淮陰長公主一邊說，一邊衝著陸倚夢招招手。

陸倚夢疾走幾步，來到淮陰長公主跟前，屈身行了一禮。「幾日不見，母親大人可安好？」

淮陰長公主面露欣慰之色，拉著陸倚夢的手，慈愛地看著她。「母親很好，只是夢兒妳好像又瘦了？母親聽說這幾日妳操勞過度，無論如何還是要注意身體啊！」

陸倚夢點了點頭。「夢兒知道了，母親大人，我還是先帶您去靈堂上香吧！」

大家都說淮陰長公主對陸倚夢是真心喜愛，可衛辭音卻是不敢相信，此刻終於眼見為憑，她的心裡是既高興、又有些心酸。

女兒漸漸長大，注定要離她越來越遠了。

第四十二章　回不去的家鄉

淮陰長公主很快就上完香，為了不影響喪禮的正常進行，她決定即刻打道回府，陸倚夢自然是要將她送到門外。

兩人邊走邊聊，淮陰長公主突然開口道：「夢兒，本宮已將收妳為義女一事上表稟報給皇上了，最多兩個月皇上的封賞就會下來，到時妳還得趕到京城領旨謝恩。這事說大不大，說小也不小，妳還是先行準備一下為好。」

陸倚夢頓時愣住了，好半天才結結巴巴地說：「京城？可是……我、我……」

淮陰長公主只當她是怕了，握了握她的手輕聲勸道：「夢兒，不用怕，到時候母親會與妳一起去，沒人敢欺負妳的。」

陸倚夢簡直快哭了，這事情來得太突然，她根本沒想過要去京城啊！她已經和姚婧婧說好，過兩日就要一起回清平村去的。可是她也知道，對於淮陰長公主所說的話，她根本沒有任何理由推辭。

好不容易拜別了長公主，陸倚夢便匆匆忙忙地跑回了住處，她要趕緊找到姚婧婧，讓她替自己想個辦法，她哪裡也不想去，只想跟娘親和婧婧一起回家。

好巧不巧，當她衝進門時，發現姚婧婧正在收拾行李，好像已經做好準備，隨時都會出發似的。「婧婧，大事不好了，我跟妳說，剛才長公主對我說，她要帶我去京城。怎麼辦？

我不能和妳一起回去了。」陸倚夢的話中帶著哭腔，她心裡真的很難受，亟需有人好好安慰她一番。

姚婧婧只是淡然一笑。「這是好事啊！妳不是沒去過京城嗎？正好去見識見識。」

陸倚夢更覺得委屈了。「妳怎麼能這麼說？如果我真的跟她去了，前前後後至少也要大半年的時間啊！不行，我不要離開妳和娘，而且我爹還在家裡等著我呢，我要跟妳們一起回家。」

姚婧婧默默不語，任由她一番哭鬧，只是安靜地看著她。

直到陸倚夢傾訴完畢，姚婧婧才走上前拉著她的手，鄭重其事地問了她一個問題。

「夢兒，妳是心甘情願做淮陰長公主的義女嗎？」

陸倚夢不假思索地點了點頭。「長公主對我真的很好，我也很敬重她。」

「除此之外，還有沒有其他的原因？」

陸倚夢低頭想了一下，終於鼓足勇氣坦誠道：「還有就是因為她是淮陰長公主，有了這樣一個身分高貴的義母，旁人不會……或者說是不敢再笑話我了，我娘也能少受許多委屈。就拿國公夫人來說吧，因為外祖父的離世，她的心情很不好，可對待我和我娘的態度卻不知比以前親暱了多少倍呢！」

姚婧婧點了點頭。「捧高踩低乃是世人的通病，我們能夠做的就是盡可能的適應。夢兒，這個世上沒有免費的午餐，萬事有得必有失，妳既然享受了這種身分帶給妳的榮耀和光環，那就要付出相應的代價，跟隨淮陰長公主去往京城也僅僅只是一個開始而已。」

陸倚夢一下子愣住了，她之前從未想過這些問題，在她的潛意識當中還只當自己是個孩子。「可是我娘她……」

「妳娘遠比妳想得更加透澈，否則妳以為她這幾天跟在國公夫人身邊做什麼？夢兒，開弓沒有回頭箭，事情已經發生了，未來的路就只能靠妳自己去走了。」

陸倚夢終於意識到她的生活已經發生了翻天覆地的改變，她再也沒有辦法回到從前，再也不能躺在父母懷裡撒嬌，不能和婧婧一起上山下河，肆意地玩耍。

「娘。」陸倚夢突然發出一聲深情的呼喚。

姚婧婧這才發現不知什麼時候，衛辭音竟然站在門口，眼含著熱淚，注視著自己的女兒。

「姚姑娘，謝謝妳，謝謝妳把我說不出口的話都替我說了。」

姚婧婧搖了搖頭，默默地起身走出了房間。離別在際，她知道母女兩人一定有一肚子的知心話要說。

姚婧婧信步來到院中，放眼望去，整個衛國公府都是白茫茫一片，讓人不由得心生感慨，她不禁想起了從前的事。

很小的時候她就在醫學方面表現出過人的天分，爺爺驚喜之餘便開始有意無意地培養她，希望她長大之後能夠繼承姚家的事業，成為一名救死扶傷的醫生。

可當她大一點時便開始反抗這種安排好的人生，並不是因為她對醫學沒了興趣，而是她發現自己永遠無法像父親和爺爺那樣，用理性而克制的態度來面對世間的生死。

醫生不是神，並不是所有的疾病都能夠醫治，可那種無能為力的感覺會讓她懷疑自己存在的價值。

就好比衛國公，他們相識才短短數日，甚至連一句話都沒有說過，可他的死卻讓姚婧婧陷入了一種消極而焦灼的情緒中，久久不能自拔。

一群黑色的烏鴉呱噪飛過，姚婧婧狠狠地吐了一口氣。

也許離開這裡，一切就都會好起來了。

也不知衛辭音是如何勸慰自己女兒的，陸倚夢的情緒雖然依舊不高，但基本上已經接受了現實。

「婧婧，我娘說等明日外祖父下葬之後，後天一早她就帶著妳一起回清平村。」

姚婧婧有些意外。「這麼快？」以她看來，衛辭音很捨不得自己的女兒，應該是能拖一日、是一日的。

「我娘說出來也有些日子了，我爹一個人在家她也放心不下，早走晚走總歸是要走的，倒不如讓妳的爹娘早些見到妳，也省得他們心裡牽掛。」

對陸倚夢而言，清平村就像是爹娘為她打造的一座城堡，在那裡所有人都順著她、寵著她，只要她看到的東西，都是屬於她的。直到此次臨安之行，陸倚夢才終於認清楚了一點——這個世界遠比她想像中要大得多，從前她之所以能夠無憂無慮的生活，靠的是他人的庇佑。從此以後，她要努力讓自己變得強大，強大到可以為自己在乎的那些人擋風遮雨。

「嗯。」姚婧婧點了點頭。

「婧婧，咱們還有機會再見面嗎？」陸倚夢的話音未落，眼淚就已滴了下來。她是真的很捨不得姚婧婧，她是她這輩子唯一的一個好朋友。

姚婧婧強忍著發酸的鼻尖，拿出帕子替陸倚夢拭去臉上的淚水。「會的，我會在清平村等著妳回來。如果妳沒有機會再回來，那我就去找妳，不管是臨安還是京城，咱們不見不散。」

陸倚夢猛地抬頭，眼中浮現驚喜之色，有些不敢相信地追問道：「婧婧，妳說的是真的嗎？妳真的會來找我？」

姚婧婧捏了捏她的臉蛋，寵溺地回答。「當然是真的，我什麼時候騙過妳？妳不是說了嗎，這個世界上沒有什麼事能夠難倒我。」

「太好了！」陸倚夢一把抱住姚婧婧的脖子，在她臉上親了一口。「婧婧萬歲，我就知道妳一定不會抛下我不管的。」

姚婧婧第一次沒有嫌惡地推開她，兩人又哭又笑，一直鬧到夜深，才相擁著進入了夢鄉。

第二天是衛國公下葬的日子，由於衛國公府在臨安城舉足輕重的地位，前來送行的人擠滿了整個街道。

衛國公的墓地選在臨安城風水最好的靈谷山上，陸倚夢跟著衛辭音走在送葬的隊伍前面，姚婧婧則一路遠遠地跟在人群後面。

這是她第二次來到這個地方，看著不遠處的靈谷寺，姚婧婧突然想起那日在那座小廟中偶遇蒙面人蕭啟的情景。

對於那個表裡不一的男人，她的心裡還有許多疑問，可這些疑問注定得不到答案，因為這輩子他們怕是再也沒有見面的機會了。

一陣涼風拂過，姚婧婧忍不住打了一個寒顫，她的心裡突然產生一種怪異的感覺，好像有什麼人正在暗處盯著她一般。她舉目四望，周圍熙熙攘攘都是人頭，完全看不出個所以然來。

姚婧婧搖了搖頭，有些自嘲地笑了笑，八成是她昨天晚上沒有睡好，精神都有些渙散了。

衛國公入土為安，一連七日的喪禮也終於結束了。

為了感謝眾人的幫忙，傍晚時分，衛良弼在府裡擺了幾桌酒席，想要犒勞一下大家連日來的辛苦。

姚婧婧便正好藉這個機會向主人辭行。

由於衛辭音已提前打過招呼，衛良弼看起來倒不甚吃驚。

「姚姑娘，辛苦了妳這麼些日子，本官心中實在是過意不去，母親大人雖下不了床，卻一再交代讓我替她好好感謝妳。本官為姚姑娘準備了一些薄禮聊表敬意，還望姚姑娘切莫推辭。」

衛良弼大手一揮，站在身後的侍從立即捧了一只朱紅色的木匣上來，打開一看，裡面整整齊齊地擺著十數枚沈甸甸的金錠子，算起來足有幾百兩之多。

旁人倒還不顯，但是坐在衛夫人身旁的衛萱兒立即不樂意了，噘著嘴一臉的憤憤不平。

「父親，她立下了什麼功勞，憑什麼能得到這麼多賞賜？」

衛良弼立即轉過頭去，黑著臉斥道：「妳給我閉嘴，這裡沒有妳說話的分兒。」

姚婧婧站起身行了個福禮，說話的語氣倒是不卑不亢。「衛小姐說得對，無功不受祿，民女既沒能救回國公老爺的性命，自然也不能接受衛大人的賞賜，還請衛大人收回此物。」

衛良弼擺手道：「姚姑娘此言差矣，這些錢財並不是本官對妳的賞賜，而是妳應得的酬勞。本官身為大理寺卿，做事情講究實事求是，我父親的死實屬奸人所害，與姚姑娘沒有任何關係，姚姑娘已經盡到了一個醫者的責任，這些都是妳應得的。」

姚婧婧依舊搖頭道：「舉手之勞而已，衛大人實在是太客氣了；更何況民女在衛國公府住了這麼長時間，也給主家添了不少麻煩，兩者相互抵消，咱們誰也不欠誰。」

衛良弼皺眉道：「不好、不好，我堂堂衛國公府，怎麼能占妳一個小姑娘的便宜？姚姑娘這是存心讓本官為難啊！」

姚婧婧無奈，歪著頭想了半天，終於提議道：「衛大人，這些金子無論如何民女是不會收的，這樣吧，這些日子民女倒是看中了府上一位藥僮有行醫的天賦，民女想用這些金子換他的自由身，不知衛大人能否應允？」

衛良弼有些奇怪地看著姚婧婧。「一個奴才而已，頂多值個三、五兩銀子，姚姑娘這買賣可是虧大了。」

姚婧婧不以為然地笑了笑。「錢財一物要放在最恰當的地方，才能發揮最重要的作用，如果能用這些金子換取一個人的未來與希望，民女以為那是萬分值得的。」

姚婧婧的話引得衛良弼肅然起敬，他立即安排管家將南星的賣身契尋來交給了姚婧婧。

姚婧婧拿著賣身契來到南星面前，當著他的面將其撕了個粉碎。

「小南星，從此以後你就自由了，這衛國公府再也困不住你，天下之大，你可以盡情去做你想做的事情。」

南星呆立了半天才明白發生了什麼事情，立即不由分說地跪倒在姚婧婧面前，不停地磕著響頭。「多謝師父！南星實在不知說什麼好，您……您為什麼要對我這麼好？嗚嗚！」

這個一向以男子漢自稱的大男孩竟然像個小baby一樣，當著她的面哭得泣不成聲。姚婧婧伸手拍了拍他的肩膀，輕聲哄道：「好了，不哭，我對你好自然是因為你是一個善良的好孩子；不過外面的世界也沒有你想像中那麼美好，你孤身一人出去我還真有點放心不下，你有什麼打算嗎？」

南星睜著水汪汪的大眼睛，可憐兮兮地說：「師父，您真的不能讓我跟在您身邊嗎？」

姚婧婧的腦袋搖得像撥浪鼓似的，開什麼玩笑，她出來一趟卻帶回去一個長相如此俊美的小鮮肉，先不說別人會怎麼想，她娘估計會直接暈倒過去。

南星有些可惜地說：「我自然是最願意跟著師父一起，可若是師父覺得不太方便，我就四處去闖一闖。我是一個男子漢，走到哪裡都不會餓死的，師父不用替我擔心。」

姚婧婧還是覺得有些不太穩妥。「闖蕩江湖也總得有個目標吧？如果你想成為一個出色的大夫，那就必須經手足夠多的病例，那些杳無人煙的小地方可不行。」

南星點了點頭，一副躊躇滿志的樣子。「我打算去京城看一看，聽說那裡聚集了整個大楚最優秀的神醫。師父，若我能有發達的一日，一定會把您接過去享福的。」

小南星的話讓姚婧婧覺得既感動、又好笑。

為免她走後事情有變，姚婧婧決定先將南星送走。

當初出門時她曾經帶了五兩銀子以備不時之需，這些日子也一直沒有機會花，這會兒便將它們一股腦兒地全部塞到南星的背囊裡。

「師父，大恩不言謝，您瞧著吧，我一定不會讓您失望的。」

南星堅持又對著姚婧婧叩了三個響頭，這才轉身消失在茫茫的夜色之中。

姚婧婧看著他略顯單薄的背影，忍不住流下了兩行眼淚。

真是怪事，她還沒有成親呢，怎麼就起了如此慈母心腸？

又是一夜未眠，姚婧婧起來時發現陸倚夢已經悄悄躲了出去，姚婧婧知道她是難以面對離別的時刻，她不想讓她的親娘和摯友看到她的眼淚，為她擔心。

姚婧婧也沒有讓人去找她，該說的都已經說完了，剩下的路只能靠她自己了。

府。

衛辭音將雪姨和小青都留在陸倚夢身邊照顧她，自己則帶著姚婧婧和其他的隨從打道回府。

由於衛國公夫人仍在臥床靜養，衛良弼一早也去找知府王大人公幹了，整個衛國公府竟然沒有一個人前來為兩人送行。

衛辭音自嘲地笑了笑。「如此甚好，也省得我對著那些不相干的人強顏歡笑。」

姚婧婧親自將她扶上了馬車，轉身準備去乘坐屬於她的那輛馬車時，衛辭音卻突然伸手拉住她，表情有些慌亂。

「咱們真的就這樣走了？」

姚婧婧沒有說話，只是輕輕地拍了拍她的手，目光堅定而平和。

衛辭音嘆了一口氣，頹然鬆開了手。

第四十三章　今非昔比

躲在大門後面的陸倚夢一直緊緊地摀住自己的嘴巴，不讓自己發出任何聲音。

直到兩頂轎子都消失在街道的另一端，她才衝出衛國公府的大門，站在那裡放聲大哭起來。

雪姨和小青兩人手足無措地站在她的身旁，不知該如何勸慰。

「我當是誰這麼一大早就在這裡哭喪，原來是妳這個小掃把星啊！怎麼，妳娘都走了，妳卻還賴在這裡？真真是厚顏無恥。」衛萱兒帶著一大幫人，氣勢洶洶地走到陸倚夢面前，指著她的鼻子罵道。

衛萱兒這幾日過得可謂是愉快極了，由於祖母臥床，父親又忙於衛國公的喪禮，整個國公府的後院都由衛夫人說了算，而以母親對她的偏寵程度，當然是她想怎麼樣、就怎麼樣。這不，一大早聽說衛辭音和姚婧婧已經離去，只剩下陸倚夢孤身一人，衛萱兒便想著趁此機會來找找她的晦氣。

衛辭音臨走時曾拜託雪姨好好照顧女兒，眼見主子受辱，她立即挺身而出擋在陸倚夢的前面。

「衛大小姐，俗話說得好，今日留一線，他日好相見。我家小姐再怎麼說也算是您的表親，您三番五次前來挑釁，我家小姐看在國公夫人的面子上都是一再忍讓，您何苦說話如此難聽？」

「妳算個什麼東西，竟然敢教訓起本小姐來了？嫌本小姐說話難聽，就帶著妳的主子滾出我家，別像條癩皮狗似的，攆都攆不走。」衛萱兒立即調轉槍頭，對著雪姨一頓狂罵。

陸倚夢本來就心情不好，看到衛萱兒又來找碴，自然是難以忍受。她突然向前一步，盯著衛萱兒的臉，陰沈地問道：「妳說誰是癩皮狗？有種妳再說一遍。」

衛萱兒比起陸倚夢足足矮了大半個頭，這樣緊挨著站在一起便顯得氣勢不足，這讓她心中羞惱不已，對著陸倚夢高聲喊道：「本大小姐說的就是妳！妳是一條小狗，妳娘是一條老狗，你們全家都是一群寄人籬下、恬不知恥的癩皮狗。」

啪！

衛萱兒話音未落，陸倚夢便揚起胳膊，乾脆俐落地在她那嬌嫩的小臉上甩了一巴掌。由於力道過猛，衛萱兒一個趔趄，向後退了兩步，身邊的丫鬟趕緊伸手將她扶住。

「妳……妳竟然敢打我？」衛萱兒一臉的難以置信。

很快地，她的臉上就浮起了五個鮮紅的指印，嚇得身邊的丫鬟發出一聲驚呼。

衛萱兒雖然自己看不見，但臉上火辣辣的疼痛感卻讓她瞬間炸毛了。「好妳個小賤蹄子，竟然敢毀我容貌，我今天非劃爛妳的臉不可！」衛萱兒一邊叫囂，一邊伸出尖尖的指甲朝陸倚夢撲了過去。

雪姨和小青連忙將陸倚夢護在身後，而衛萱兒身邊的丫鬟也加入了戰局，場面頓時混亂不已。

衛萱兒一方到底是人多勢眾，雖然雪姨和小青拚盡全力、一心護主，仍然很快敗下陣來。

眼看陸倚夢就要吃虧，突然，一頂官轎停在了衛國公府的大門外。

「衛萱兒，妳又在做什麼？」

從轎子上走下來的正是一早就出門的衛良弼，眼見女兒竟然在大庭廣眾之下和陸倚夢大打出手，明顯把他說的話當耳邊風，衛良弼氣得七竅生煙，走上前對著衛萱兒另外半邊臉就是一巴掌。

衛萱兒又是驚愕、又是難過，眼淚一下子就流出來了。「父親，您、您竟然幫著外人打我？」衛萱兒長這麼大還從來沒有被人碰過一根指頭，今日這兩巴掌對她來說就是奇恥大辱。

「萱兒，妳怎麼樣了？」衛夫人哭喊著從大門裡面衝出來。事實上，她已在門內暗自觀戰許久，就是因為看見女兒占了上風，所以才沒有出手阻止，誰知丈夫會突然歸來，還不問緣由就拿自己的女兒開刀，讓她這個做娘的怎麼能夠不心疼？衛夫人將女兒一把摟在懷中，轉過頭對著衛良弼質問道：「老爺，您怎麼能連問都不問一聲就對萱兒下如此重手？她可是您嫡親的女兒啊！」

衛良弼猶自氣憤不已，指著衛萱兒繼續罵道：「就因為她是我的女兒，所以我才要管教她，難不成妳還指望我像妳一樣，縱容她無法無天的瞎胡鬧嗎？」

衛夫人覺得丈夫自從回到這臨安城後就像是變了一個人似的，從前的他別說對著自己厲聲呵斥了，就連重話都沒有說過一句；可如今呢？為了一個毫不相干的外人，竟對著她們母女倆又打又罵，縱然她有再好的脾氣，也無法繼續忍受了。

「老爺，您管教女兒，妾身絕對說不出一個不字，可您至少要將事情的始末問個清楚吧？明明是您這個外甥女先動手打萱兒，您非但不替她主持公道，還幫著外人一起欺負我們母女，您這是不給我們留一點活路啊！」

衛良弼根本不相信她的說辭。「這怎麼可能，夢兒向來知書達禮，怎麼可能主動惹事？」

「有什麼不可能的？您看看萱兒的臉竟被打成這樣，女子的容顏有多重要您不知道嗎？若是因此留下疤痕，您要萱兒怎麼見人？」

衛夫人拉開衛萱兒摀著臉的手，那五道看起來無比驚心的手指印就這樣展露於人前。

衛良弼嚇了一跳，轉過頭一臉驚訝地看著陸倚夢。「夢兒，她臉上的傷真的是……」

陸倚夢此時已在雪姨和小青的幫助下重新整理好了儀容，她一臉淡然地對著衛良弼行了一禮。「回大舅舅的話，表姊臉上的傷的確是我打的。」

這下衛良弼臉上的表情更加難看了，這兩個丫頭總是這樣鬧來鬧去，的確讓他左右為難。

衛萱兒突然趴在母親的懷中嚎啕大哭起來，那哭聲哀怨婉轉，好像自己受了天大的委屈般。

衛良弼只能硬著頭皮對陸倚夢說道：「夢兒，大舅舅知道妳這個表姊素來被寵壞了，做事一向囂張跋扈，妳若有什麼委屈，可以來和大舅舅說，大舅舅一定會替妳教訓她；再怎麼說妳也不該親自動手，兩個姑娘家家的在這裡打來打去，實在不成體統啊！」

陸倚夢面無表情地回道：「大舅舅說得有理，然而夢兒今日雖然出手掌摑表姊，實則是一心為了表姊著想，還請大舅舅明察。」

如此巧言令色，衛夫人再也忍受不了，用手指著陸倚夢的鼻子冷冷怒斥。「陸倚夢，妳當我們都是傻子嗎？小小年紀不學好，做了錯事還不敢承認，也不知道淮陰長公主究竟看上了妳哪一點。」

陸倚夢突然笑道：「大舅母，這件事還正好跟淮陰長公主有關係呢！」

「哼，妳不要動不動就拿淮陰長公主來嚇唬我們，長公主英明睿智，如果知道妳行事如此狠毒，連自己的血脈表親都容不下，不知她是否會後悔當初的選擇？」

陸倚夢居然點了點頭，一副深以為然的樣子。「大舅母想知道倒簡單，咱們一起去公主府詢問一下便可知曉，正好再請示一下長公主殿下，如果有人在背後罵她是狗，她會做何感想？」

陸倚夢此話一出，在場的眾人紛紛變了臉色。

尤其是衛良弼，一顆心簡直提到了嗓子眼。他非常警覺地朝四周瞅了瞅，沒發現有什麼異常之後，便迅速將一干人等全部帶到國公府內。

衛良弼的緊張並不是自己嚇唬自己，衛國公府表面上看起來雖然榮耀，可在淮陰長公主面前依舊只是臣子，是奴才；而以奴欺主，實屬大不敬之罪，真要追究下來，甚至可能有殺頭的危險。

「夢兒，雖說妳已被淮陰長公主收為義女，可禍從口出，有些話實在是不能亂說。」

陸倚夢瞪著一雙大眼睛，一臉的無辜。「我可沒有亂說，剛才表姊說我是狗，還說我的母親也是狗，那麼多丫鬟，還有大門口看門的下人，大家可都聽得一清二楚呢！大舅舅若是不信，自可尋人來問。」

「萱兒，夢兒所說是否為真？」衛良弼瞪著雙眼看向衛萱兒，一副要吃人的樣子。

這一下衛萱兒也顧不上號哭了，急著為自己辯解道：「我說的是她那個娘，不是這個娘，我、我、我真的沒有罵淮陰長公主啊！」

雪姨在一旁沒好氣地說：「衛大小姐自己都說不清楚了，還指望旁人能替您辯個明白嗎？」

陸倚夢對著衛良弼正色道：「大舅舅，淮陰長公主的為人您應該比我更清楚，雖然看起來寬和，可若真有人惹怒了她，卻是什麼情面都不講的。她若是知道表姊在背後用如此穢語污言來羞辱她，您猜她會當成是小孩子的瞎胡鬧，還是會以為衛國公府對她，又或是對整個朝廷心有不滿？」

衛良弼心中大驚。「夢兒，我衛家世代忠勇，怎麼可能對朝廷心懷不滿？這件事的確是萱兒犯了大錯，妳掌摑她是應該的。」

衛萱兒心有不甘。「爹，我——」

衛良弼毫不客氣地打斷她。「妳什麼妳？還不趕緊跪下來向妳表妹認錯，讓她原諒妳的無心之舉。」

衛萱兒眼一瞪，撇頭道：「讓我給她下跪？她是個什麼東西？憑什麼讓我給她下跪？我不跪。」

衛良弼死死地盯著她。「我再問妳一遍，妳到底跪不跪？」

「我不跪。」衛萱兒一下子跳起來，躲到母親背後。

「好，妳不跪，為父替妳跪。妳犯下如此大罪還不自知，總覺得自己高人一等，我再三提醒過妳，夢兒的身分已今非昔比，妳真的要以身試險，去挑戰天家的威嚴嗎？妳自己不要命也就算了，不要連累了整個衛國公府。不對，父親死了，這國公府的名號也保不住了，如果聖上開恩，說不定還能允許我降一等襲爵。國公和郡公雖然只差一個字，可相應的地位和待遇卻是天壤之別，往後只怕妳們也要學會夾著尾巴做人了。」衛良弼說話的語氣帶著無限的傷感，如果父親九泉之下知道自己辛辛苦苦掙來的榮耀卻在他的手中消失，一定不會原諒他這個不孝子吧？

衛夫人明顯非常意外。「怎麼會這樣？老爺之前不是進宮見過賢妃娘娘，她不是向您保證一定會在皇上面前幫您求情，勢必要保住這國公府的稱號嗎？」

「聖上的心意哪是我們這些做奴才的可以揣測的？況且如今聖上身邊新人輩出，賢妃娘娘自顧不暇，我這個做哥哥的沒有能力幫她也就罷了，難道還能總是扯她的後腿不成？」衛良弼明顯有些心煩意亂，不想繼續這個話題，轉過身子就打算對著陸倚夢俯首下拜。

陸倚夢自然不會受他的禮，還沒等他動身，就和雪姨一起一左一右將他死死架住。

「大舅舅這是在打我的臉呢！夢兒雖然出身鄉野，沒有受過什麼教導，可做人最基本的道理還是懂的，表姊不願意道歉也就罷了，我是不會放在心上的。」

衛良弼卻依舊堅持。「夢兒，這件事事關重大，大舅舅必須給妳一個交代，如今妳雖然還沒有得到封賞，可那是早晚的事，大舅舅的這個禮，妳也擔得。」

陸倚夢自然不會答應。

兩人正拉扯間，衛萱兒紅著眼眶，撲通一聲跪倒在地。她雖然覺得心中有一萬個委屈，可卻不能眼睜睜地看著父親因為她而給一個比自己還小的黃毛小丫頭行禮。

「這件事都是我的錯，是我不該找陸表妹的麻煩，還請陸表妹原諒我，不要將此事告訴長公主殿下。」

陸倚夢也不想將事情鬧大，雖然知道衛萱兒並沒有幾分真心，卻點了點頭表示接受她的道歉。「這件事到此為止，我絕對不會在長公主面前提一個字的。」

得到陸倚夢的保證後，衛良弼終於鬆了一口氣，他又將衛萱兒臭罵了一頓，然後責令衛夫人將她關在房間靜思己過。「夢兒，妳放心，我絕對不會再讓萱兒為難妳，如果她繼續冥頑不靈，我就讓人把她送到深山裡的尼姑庵裡去修行一陣子，讓她好好吃吃苦頭。」

陸倚夢搖了搖頭。「不必了，大舅舅，長公主殿下派來接我的馬車晌午之前就會到達，只要我不繼續住在這國公府裡，就不會再與表姊發生衝突，也能給大家省去不少麻煩。大舅舅應該知道，我之所以留在這臨安城，就是因為淮陰長公主，反正我也沒什麼其他的事了，趁著現在有時間，剛好可以好好陪陪她。」

陸倚夢這樣說，衛良弼自然無法拒絕。他突然嘆了一口氣，一副心事重重的樣子。「夢兒，妳雖然和萱兒有些不太對盤，可妳外祖母和大舅舅對妳還是不錯的。衛家眼下的形勢用風雨飄搖來形容也不為過，尤其是妳衛然大表哥，他如今身處險地，連他祖父的喪禮都無法參加。咱們畢竟是血親，還請妳看在妳娘親的面子上，在淮陰長公主面前替衛家多說幾句好話；大舅舅不求升官封爵，只是希望衛家上下都能平平安安，不要像妳外祖父一樣死得不明不白。」

衛良弼這個要求並不過分，陸倚夢沒多想便點頭答應了。

兩人又說了幾句話後，管家急急忙忙地進來請，說長公主派來接人的儀仗已經到了。

陸倚夢的行李早已收拾妥當，她趕到衛國公夫人的院落和她告別之後，便帶著雪姨和小青一起離開了。

事後，衛良弼獨自一人坐在書案前，想著這個並不熟悉的外甥女，心裡突然湧起一種奇怪的感覺。

也許衛家的未來，都要繫在這個柔弱的小姑娘身上了。

第四十四章　著家

回去的路依舊顛簸曲折，姚婧婧照例吐得昏天黑地。

衛辭音為了照顧她的身體，特意囑咐車伕放慢了腳程。

一路走走停停，終於在第三天的正午時分回到了清平村的地界。

聞到了山中帶有青草氣息的新鮮空氣，姚婧婧一下子來了精神，將身上的疲累與不適都拋到了九霄雲外。她從車轎旁的小窗戶伸出頭去，就看到前面的村口處烏壓壓地聚集了一大堆人，站在最前面的正是身材魁梧的里正大人，他帶著家中的下人在此迎接自己的夫人。

「爹，娘。」姚婧婧一眼看見站在最旁邊一對打扮樸素的年輕夫妻，正是她多日未見的爹娘。

姚老三和賀穎伸長了脖子，一副望眼欲穿的模樣。這一個月閨女不在身邊，他們兩口子幾乎沒睡過一個安穩覺，整日裡只要一閒下來，就開始擔心閨女過得好不好，在外面有沒有吃飽飯，會不會被人欺負？

昨天傍晚里正大人派人傳來消息，說他們日思夜想的寶貝閨女今天內肯定會回村，兩人頓時喜得跟什麼似的，一整夜都沒有合眼，張羅著要做哪些女兒喜愛的吃食來為她接風洗塵。

今日一早，天剛矇矇亮，兩口子就來到村口，眼巴巴地瞅著，只希望能夠盡早看到自家閨女，哪怕早一刻鐘也是好的。

除了姚老三夫妻倆，湯玉娥也抱著小閨女來接姚婧婧。

還有那個在他們身旁上竄下跳的皮猴子，一看就是姚老二的小兒子姚小勇。

姚老三夫妻倆聽到閨女的呼喚，激動地迎著馬車走上前。

「娘，我想死妳了。」姚婧婧看到賀穎那顫巍巍的身影，心中突然升起無限的感動。她連忙吩咐車伕停車，也不用人扶，自己一下子翻身跳下馬車，朝著賀穎狂奔而去，一下子撲進她的懷裡。

「哎喲，我的好閨女，妳慢點啊！」賀穎緊緊地摟住自己的女兒，還未開口，眼淚就已經落了下來。

姚婧婧非常乖巧地伸手替她擦了擦。「娘，不哭，我這不是好好地回來了嗎？」

賀穎一邊哭、一邊笑，恨不得將女兒嵌進自己的肉裡。「娘這是高興過了頭。二妮，妳不知道，妳不在家的這些天，娘真是掰著指頭數日子呢！回來就好、回來就好啊！」

姚婧婧覺得自己被賀穎勒得快喘不過氣來了，可又不忍心就這樣推開她。

還是姚老三看見她齜牙咧嘴的樣子，趕緊出聲提醒妻子。「穎兒，妳快鬆鬆手，別把二妮給搗壞了。」

賀穎後知後覺，連忙低頭看自己的閨女。

湯玉娥此時也跟了上來，看到姚婧婧回來也是欣喜不已，細細地打量她一番，卻是不住地點頭。「不錯，咱們二妮出了一趟遠門反而長高了不少，臉上的肉也比以往要多了些，看起來有點像是個大姑娘了呢！」

姚老三原本拙於言辭，此刻也是搓著手，圍著閨女不停地轉圈。「的確是胖了，還是大城市的水土養人。二妮，這一路可把妳折騰壞了吧？肚子餓不餓？」

姚婧婧搖了搖頭，衝著姚老三甜甜一笑。「爹，我倒是覺得哪裡都沒有清平村好，瞧瞧這山、這水，還有這些肥沃的田野。對了爹，我種的那些金線蓮怎麼樣了？」姚婧婧突然想起了自己費盡心血種出來的藥材，這一個月她雖然身在臨安城，可心裡卻總是放心不下她這些寶貝。

姚老三拍了拍胸脯，像是在向閨女邀功似的。「好著呢，就等妳回來收割了，交給爹妳還有什麼不放心的？」

湯玉娥懷裡的小靜姝像是認出了姚婧婧一般，張著小手啞啞地向她求抱抱。

姚婧婧看著這個軟萌的小寶寶，心裡也很高興，正準備伸手去抱她，在一旁等了許久的小勇卻不幹了。

「二妮姊，爹說妳從老遠的城裡回來，一定會給我帶許多好吃的果子，快拿出來給我瞅瞅。」

姚婧婧頓時呆住了，糟糕，她怎麼把這一件事給忘記了。

這段時間住在衛國公府，她整日裡忙得不可開交，根本沒有時間到集市上閒逛，所以這次回來的確是兩手空空，除了自己的幾件衣裳，其他什麼東西都沒有。

她正訕訕地不知如何向小勇解釋時，衛辭音卻在丈夫的陪同下朝他們這裡走了過來。

「別著急，你姊姊不僅給你帶了許多好吃的果子，還有許多新奇的小玩意兒，都在後面的箱子裡收著，我一會兒就讓人給你送到家裡去。」

姚小勇一聽說有好吃的，還有好玩的，高興得一跳三尺高，一下子撒腿朝家裡跑去了。

「多謝夫人，讓夫人費心了。」姚婧婧一臉感激地對著衛辭音點了點頭。

衛辭音卻擺了擺手，對她笑道：「此次臨安之行，姚姑娘功不可沒，我知道夢兒能有今日的造化，離不開妳的暗中相助，而我能做的就是替妳為家人準備一些小禮物。都是些不值錢的玩意兒，還望姚姑娘不要嫌棄。」衛辭音說完竟然躬身對姚婧婧行了一禮。

姚老三夫妻倆嚇了一跳，連忙伸手攔住她。「里正夫人，這可使不得，這不是亂了輩分嗎？我們家二妮到底年紀小，這一路上肯定沒少給您添麻煩，您願意帶著她到那大城市體驗一遭，咱們一家心裡都感激不盡呢！至於她一個小丫頭片子，又能給您幫什麼忙？」

衛辭音沒有回答姚老三夫妻倆的問題，只是一臉真摯地對兩人說：「你們養了一個好閨女。」

姚老三夫妻倆互相看了一眼，露出一個憨厚的笑容。

「姚姑娘，臨走之前夢兒曾經拜託我，讓我無論如何一定要照顧好妳，從今以後，不管妳遇到什麼麻煩，記得第一時間來找我。」衛辭音這算是做出了一個承諾。

姚婧婧雖然不想麻煩別人，可她也知道，在這清平村，沒有人說話比里正大人更有分量，於是姚婧婧點頭致謝，表示領了衛辭音的好意。

里正大人也對著姚老三拱了拱手。「咱們既然在同一個村裡住著，以後來日方長，有的是機會來往，還請姚小弟多多帶著你家姑娘上門，我們夫妻倆是真心喜歡姚姑娘。」

姚老三簡直受寵若驚，對著里正大人謝了又謝，兩家人這才惺惺相惜地告別，各自往家裡去了。

姚老三夫妻倆一左一右擁著姚婧婧，興沖沖地回到了姚家老宅，剛一進門便看見姚老大的媳婦朱氏正在院裡搭著的兩根竹竿上曬被子。

自從分家之後，朱氏便被整日裡無休止的家務勞動給折磨得精疲力盡，後來大妮也嫁出去了，更連個幫忙的人都沒有；她將這一切都怪到了賀穎頭上，要不是這個壞心腸的女人想要偷懶，非鬧著要分家，她怎麼會遭這個罪？因此當她看到姚老三一家三口喜氣洋洋的樣子，心裡的氣就不打一處來，故意用竹竿將陳年老棉被打得噼啪響，引得三人不得不注意到她。

賀穎陪著笑問道：「大嫂，忙著呢？」

朱氏翻了一個白眼，陰陽怪氣地說：「喲，我當是誰呢，原來是咱們家最有能耐的人，姚二妮回來了。瞧把妳爹娘給高興的，恨不得一路點著炮仗讓全村人都出來看看呢！」

賀穎雖然很不喜歡朱氏這一副嘴臉，可畢竟在一個屋簷底下住著，不得不耐著性子應付她。「大嫂說笑了，她一個小丫頭片子，能有什麼能耐？我和她爹也是好長時間沒看到她了，這才出去接一接，咱們這就回屋裡去，不打擾大嫂妳幹活了。」賀穎說完，拉著姚婧婧準備開溜。

朱氏卻不打算就這樣放過他們。「怎麼，往臨安城裡去了一趟，就覺得自己了不得了，見到長輩也愛理不理的，難不成還要我這個大伯娘主動給妳請安？」

姚婧婧嘆了一口氣，無奈地衝著朱氏笑了笑。「大伯娘，您可別打趣我了，都是我的錯，還請大伯娘大人有大量，原諒我吧！」

朱氏斜著眼睛打量了她一番，語帶不屑地說：「二妮，不是大伯娘說妳，妳這輩子能有幾次去臨安城的機會，怎麼就不能花些心思好好把握一下？聽說陸家那位小姐就攀上了不得了的高枝，前幾天里正大人還因為此事給每家每戶都發了喜餅呢！可妳看看妳，和人家一同出去的，人家留在臨安城裡享福去了，妳卻灰頭土臉地回來了，連件像樣的衣裳都沒撈到，真不知你們一家子還這麼喜孜孜的幹什麼？」

姚婧婧低頭瞅了瞅自己，由於路上不方便，幾日來她也沒換過衣裳，原本翠綠色的絲裙全部縐成了一團，又沾染了一路飛揚的風沙、泥塵，早已失去原來的光彩，變得像一塊被丟棄的抹布似的；再加上她的頭上、身上沒有一件像樣的首飾，看起來真的有些寒酸。

「大伯娘教訓得是，二妮原本就愚笨不堪，又不會說什麼漂亮話，那些臨安城裡的貴人哪會瞧得上我？」

啪！

姚婧婧的話音剛落，正房的門就被人用力地推開了。

姚老太太背著手，黑著一張臉從裡面慢慢踱了出來。

這個人可比朱氏難纏多了，姚婧婧非常乖巧地趕緊向她行了一禮。「二妮給奶奶請安，多日不見，奶奶身體可還好？」

姚老太太對她的問安置若罔聞，反而一臉嫌惡地看著她。「哼，真是朽木不可雕也，活該一輩子吃苦受窮。」

看來朱氏剛才說的話她都聽進去了，姚婧婧也懶得和她們爭辯，只是低著頭默默不語，任由她們一頓數落。

「果子來了。」

消失了好一陣子的小勇突然從外面跑了進來，一邊跑還一邊指著身後，高興地大喊。

眾人回頭一看，原來是里正家的幾個下人抬了兩個大箱子進了姚家的大門。

進門之後，這些下人並沒有直接將箱子放在地上，反而對著姚老太太躬身道：「我們家夫人特意交代過了，這兩箱子東西有一箱是姚姑娘帶給家裡人的禮物，交給姚老太太您來分配；另外一箱是我們家夫人出門前給姚姑娘準備的衣裳，現在全部交還給姚姑娘。」

姚婧婧覺得很感動，里正夫人真的是設身處地地在為她著想。

「姚姑娘，這箱子還挺沈的，要不咱們直接幫您抬到屋子裡去吧？」

姚婧婧沒有說話，只是直直地看著姚老太太。從這個大門經過的東西，如果姚婧婧沒有經過她的允許就擅作主張，那肯定又會是一場雞飛狗跳。

姚老太太也是個聰明人，對於里正夫人的用意心知肚明，她看了看陸家這些態度堅定的下人，終於點了點頭。

衛辭音的確是很用心，這一點從她為姚家眾人準備的禮物就可以看出來。

臨安城的特產肯定少不了，不僅有各式各樣美味的乾果、點心，還有幾條老字號的風乾臘肉；壓箱底的是兩疋品質上乘、花色清雅的絹布，惹得朱氏一陣眼紅，姚老太太卻一把打掉她的手，連摸都不讓她摸一下。

在這些物件當中，最值錢的當屬那支被紅布包裹著的人參。

從古至今，人參作為一種效果顯著的大補之物，廣受眾人追捧，然而因其高昂的價格，對於普通的貧民之家來說卻是享用不起的奢侈品。

此時姚老大和姚老二兩兄弟恰好從外面趕回來吃午飯，看到姚老太太手裡的人參，眼睛都直了，激動地衝上來細細觀賞。

「老天爺，這可是正宗的長白山野山參啊！就這麼一根，估計值好幾十兩銀子呢！」

姚老大的話，讓姚家眾人忍不住倒抽一口氣。這有錢人的世界，實在讓人難以想像。

姚老二非常興奮地提議道：「既然這玩意兒這麼值錢，咱們把它拿到鎮上賣了吧？換些銀子回來，也好改善伙食。整天活計這麼重，碗裡卻一點油花都不見，就算是鐵打的身子也禁受不住啊！」

按理說，有了姚老三和姚老五兩房每月供奉的二兩銀子，姚家眾人的生活應該是過得很滋潤的，無奈卻有兩個開銷巨大的讀書人要供養，再加上姚老太太還想攢些錢為姚老二續弦並為姚子儒娶媳婦做準備，因此平日裡吃的喝的竟還比不上以往，惹得大家都怨聲載道。

姚老大原本就是一個好吃懶做的傢伙，對此提議自然是萬分附和。「就是，有了它，足夠咱們過活好幾年呢！娘，您把它交給我，保管今天晚上就有大魚大肉可以吃。」

姚老太太一把打掉大兒子急不可耐地伸過來的手，猛地退後兩步，將那支寶貝人參死死地護在懷裡。「吃吃吃，一群餓死鬼投胎，就知道往嘴裡塞，這東西我留著還有別的用處，你們誰也別想打它的主意。」

面對姚老太太的厲聲喝斥，姚老大和姚老二兄弟倆雖然心有不甘，但也沒有別的辦法。

小勇此刻已經趁大人不備打開一盒點心自顧自地吃了起來，其他人見狀，紛紛前去搶食。

姚老太太氣得又是一頓大罵，匆忙將箱子鎖了起來，搬到自己的房間藏好。

姚老三一家三口還有許多貼心話要說，也懶得管這些閒事，轉身就準備回自家的屋子。

「等等，老三，你給我站住。」姚老太太突然踮著腳從房間裡衝出來，攔住了三人的去路。

姚老三有些納悶地問：「娘，還有什麼事嗎？」

姚老太太的臉色並沒有因為這一箱禮物而變得有所緩和，依舊惡聲惡氣地對著姚老三大吼。「什麼事？天大的事，你知道今兒是什麼日子嗎？」

姚婧婧腦中一閃，突然暗道一聲：壞了！

轉眼又到了每月的第一天，按照規定，又該是給姚老太太上交供奉的日子；可她身上的錢已經全部給了小南星做盤纏，別說一兩銀子了，就連一個銅板也沒有剩下。

姚老三面有難色地向母親求情道：「娘，婧婧出門這一個多月，家裡是一點兒進項也沒有，您看，在她給您帶了這麼多禮物的分上，就通融通融兩天吧？」

姚老太太翻了個白眼，說話的語氣中滿是鄙夷。「哼！別以為我不知道，里正夫人這是在往她臉上貼金呢！這些東西究竟是誰帶回來的，大家心知肚明。」

朱氏此時嘴裡塞了滿嘴的核桃酥，那吃相別提有多難看，可卻擋不住她幫著姚老太太討要銀子的熱情。「就是，一碼歸一碼，該給的還是得給，若是挨到明天，那就變成二兩了。」

姚老三愁眉苦臉地看了一眼姚婧婧，他心裡知道，今天若是交不出銀子，姚老太太絕對不會輕易放過他們的，這下該怎麼辦？

姚婧婧心裡已經有了計較，她搖了搖頭，示意爹娘不用著急。「奶奶，您就放心吧，今天晚飯之前，我們一定會把銀子給您交上來的。」

「你們給我記好了，每個月初一就主動把銀子交上來，不要總是裝聾作啞，煩勞我這老胳膊、老腿的上門討要。」姚老太太並不怕他們賴帳，黑著臉告誡了兩句，便轉身催促朱氏去廚房做飯。

姚老三一家三口終於脫身，夫妻倆的心情卻一下子變得沈重起來，他們要到哪裡弄這一兩銀子呢？

「爹娘不用著急。」將房門關好之後，姚婧婧胸有成竹地拍了拍衛辭音送過來的那口箱子。「夫人給我做的這些衣裳我都只穿過一次而已，看起來跟新的沒什麼區別，咱們把它拿到鎮上給當了，應該能換回一兩銀子。」

賀穎心有不忍。「那怎麼行？這些可都是里正夫人特意為妳做的，妳五嬸說得對，妳如今已長成一個大姑娘了，也該有幾身像樣的衣服。」

姚婧婧不甚在意地笑道：「娘，衣裳沒了可以再做，先將眼下的事應付過去才是正經。我現在正是長個子的時候，這些衣裳轉眼間就小了，白白放著也是浪費。」

姚老三夫妻倆雖然覺得愧對女兒，一時倒也沒有別的辦法，只能默默同意。

姚婧婧打開箱子，準備將那些衣物都整理出來，可翻到箱底時卻讓她瞬間驚呆了。原來這口箱子裡裝的不僅有衣裳，還有這段日子以來衛辭音借給她配戴過的所有首飾，有一些甚至是陸倚夢曾經配戴過的，一件、一件整整齊齊地躺在箱子底部。

怪不得衛辭音要命人將箱子直接抬到姚婧婧房裡，這些東西要是過了姚老太太的手，最後能留給她的只怕是所剩無幾。

姚老三夫妻倆這輩子也沒有見過這麼多金銀珠寶，此時早已看傻了眼。

過了半晌，賀穎終於回過神來，難以置信地望著姚婧婧。「這些都是里正夫人送給妳的？」

姚婧婧點了點頭。「應該是。」

姚老三是個實心眼的莊稼漢，此時卻生出幾分顧慮。「二妮，爹知道妳和陸家那位小姐關係好，里正老爺對我們也不錯，可這些東西實在太過貴重，咱們若是就這樣不聲不響地收下，恐怕不太妥當。」

姚婧婧心裡明白，衛辭音這是在變著法子地感謝她在陸倚夢成為淮陰長公主義女這件事中所佔的關鍵作用，這些東西既然已經送到她這裡來，縱然她有心歸還，衛辭音也絕不可能再收回了。「暫且先收著吧，這樣推來推去何時是個頭呢？咱們都在一個村裡住著，想要回報他們，以後有的是機會。」

姚老三夫妻倆心中依然有些不安，可閨女既然這麼說了，他們也只好聽從。

姚婧婧從那十來件首飾中挑了幾件比較平常，準備拿到鎮上的當鋪去換錢。

賀穎面對著這些值錢的寶貝卻犯起了焦慮，折騰來、折騰去的，實在不知道該將它們藏在哪裡，最後還是姚婧婧在自己床底下的角落裡發現了一個十分隱秘的老鼠洞，姚老三鑽到床下，伸手將老鼠洞的內部挖大了些，終於能將那些剩下的首飾給全部塞進去，三人這才相視一笑，全都鬆了一口氣。

第四十五章　胡掌櫃遭難

姚婧婧揣著沈甸甸的銀子從當鋪出來時，心情簡直好上了天，她決定在鎮上逛一逛，看看有什麼好吃的，買些回去給爹娘打打牙祭。

就這樣一路走、一路逛，轉眼間又快到了胡掌櫃的杏林堂。這麼長時間不見，姚婧婧決定前去探望胡掌櫃，順便打聽一下近來金線蓮的價格，看看她那十幾畝地能換多少銀子；然而當她走到門口時，卻發現杏林堂的大門緊閉著。

這可真是奇了、怪了，據姚婧婧所知，胡掌櫃是一個非常勤勞的商人，除了每年除夕時會閉店一天，其他時間無論風雨都會開門迎客。

姚婧婧心中突然有了一種不好的預感，胡掌櫃該不會是出了什麼事吧？

還記得幾個月前她剛剛來到這個時代，第一個向她伸出援手的就是胡掌櫃，他們之間看似只是普通的買賣關係，可姚婧婧心裡卻是很感激胡掌櫃的。

姚婧婧放心不下，決定去找胡掌櫃問個清楚。她順著路往前走了一段，繞到了杏林堂的後院。剛一推開院門，便聽到裡面傳來一陣爭執聲，姚婧婧側耳傾聽，發現是胡掌櫃和一個男子在討價還價。

男子的嗓門極高，態度也有些蠻橫。「三十兩，一文錢都不能再多了，你到底賣不賣？給句痛快話。我鋪子裡還忙著呢，哪有工夫跟你一直在這裡耗著。」

「程老闆，您這價錢壓得也太低了，我這鋪子裡不說別的，光是庫存的藥材都不止三十兩。咱們都是老相識了，我給您報的價格已經是低到不能再低了，這杏林堂是我半輩子的心血，若不是家中真的出了急事，我也捨不得把它給盤出去啊！」胡掌櫃明顯很焦急，說話的語氣中還帶著祈求。

姚婧婧越聽越覺得不對勁，胡掌櫃這是打算要把杏林堂給轉賣出去？不應該啊！這間藥鋪的生意一向不錯，靠著它雖說發不了大財，可維持一家人的生活還是綽綽有餘的，好端端的為什麼說不幹就不幹了？

姚婧婧伸頭一看，發現站在胡掌櫃對面的那個矮胖男人是長樂鎮另外一間藥鋪同濟堂的程老闆。

由於長樂鎮統共只有這麼點大，同行之間的競爭相當地激烈，兩家的關係自然好不到哪裡去，胡掌櫃竟然肯將杏林堂轉給自己的死對頭，可見他的心情之迫切。

「胡掌櫃，你也知道，如今的生意是越發難做了，你一開口就要五十兩，我是真的拿不出來，這三十兩還是我預備給兒子娶媳婦用的，你要是真覺得少我也不為難你，反正我家那個婆娘還在屋裡鬧騰著不讓我盤你的鋪子呢！」程老闆說完，便轉身朝院外走去。

胡掌櫃急得滿頭汗，跟在他身後不停地討價說：「程老闆，五十兩真的已經夠低了，您也不能讓我賠得太多啊！要不，我再給您少五兩，四十五兩您看行嗎？」

「我再考慮考慮吧，胡掌櫃，你也再思量一下。」程老闆匆匆忙忙地往外走，看起來絲毫沒有要商量的餘地。

眼看程老闆轉眼就走出了大門，消失在巷子的另一頭，胡掌櫃的臉上浮現出一絲絕望的神情。他蹲下身子，萬分痛苦地抱著腦袋，看樣子好像下一刻就會哭出來似的。

「胡掌櫃，您怎麼了？」姚婧婧連忙走到他的面前，拍了拍他的肩膀，關切地問道。

胡掌櫃這才發現院裡竟然不知何時多了一個人，他抬起頭，有些迷茫地看著姚婧婧，過了好一會兒才終於開口道：「是姚姑娘啊！妳怎麼來了？」不等姚婧婧回答，他又搖了搖頭，說話的語氣中盡顯悲涼。「妳是來賣藥的吧？對不起，我這裡已經不收了，妳到其他幾間藥鋪裡問一下吧！」

姚婧婧急得直跳腳。「胡掌櫃，到底發生了什麼事？好好的鋪子怎麼說不幹就不幹了？杏林堂可是您一手建立起來的，就這麼轉給別人，您怎麼捨得呀！」

胡掌櫃的臉上露出一絲苦笑。「妳都聽到了？捨不得又怎麼樣？家裡亟需用錢，別說是這間鋪子了，就算是我這條老命，只要能換來銀子，我也會心甘情願地奉上。」

姚婧婧心中更是奇怪，胡家雖不是大富之家，可在這小鎮上也算是不錯了。胡掌櫃經營藥鋪這麼多年，手裡多多少少應該有些積蓄，再怎麼說也不至於走到這個地步呀！

胡掌櫃此時也是憂憤難當，正想找個人傾訴，不等姚婧婧再問，便自顧自地說了起來。

「我這一輩子勤勤懇懇，總想著多給子孫攢點家底兒，無奈卻生出一個不著調的討債鬼，從小不學無術，還總是四處惹是生非；這些年為了他，我也是操碎了心，本想著待他年紀再大點就能懂點事，可前幾天他竟然把隔壁趙老闆小兒子的腿給打斷了。趙家報官之後，衙門裡的差役就上門把他抓走，還非要讓我賠一百兩銀子，否則就要給他上重刑，到時候不死也要扒層皮。」

胡掌櫃愛子心切，短短幾天時間，好像老了十歲，原本還黑亮的頭髮也變得花白，看起來實在無法不讓人心生憐憫。

「這個狗崽子雖然不爭氣，可我就這麼一個獨子，不能眼睜睜地看著他折在大獄裡。我這些年攢下的積蓄，滿打滿算也只有五十兩，若是這間鋪子不能再換回五十兩，那我還不如一頭撞死算了，免得到時候白髮人送黑髮人。」胡掌櫃越說越難過，忍不住伏在地上悲泣起來。

姚婧婧卻暗自鬆了一口氣，在她看來，任何問題只要能用錢解決，就代表還沒有走到窮途末路的時候。

她伸手將胡掌櫃從地上扶了起來，來到院子中間的長椅上坐下。「胡掌櫃，您先別著急，我看杏林堂的生意挺好的，怎麼會連五十兩都換不來？那個程老闆一看就是在趁火打劫，逼著您低價把鋪子轉給他呢！」

胡掌櫃嘆了一口氣，無奈地說：「我何嘗不知道他的心思？可這一時半刻的，除了他，我還真找不到別的買主。衙門那邊催得急，若是後天一早我還不把銀子送去，他們就真的要動手了。」

姚婧婧無力去吐槽這個時代的法律制度，事實上也根本沒有什麼制度可言，一切全憑那些當權者個人的心思與好惡行事。「五十兩銀子而已，他不願意出，我出，這麼大的便宜不撿，我保證那個程老闆明天就會悔得腸子都青了。」

胡掌櫃卻只當她是在開玩笑。「姚姑娘，這可是要命的事，妳就別在這裡瞎胡鬧了。我知道妳想幫我，可五十兩的確不是一筆小數目啊！」

胡掌櫃之所以這麼說並沒有瞧不起姚婧婧的意思，只是相處了這麼長時間，他對她家裡的情況也是有些瞭解的。眼前這個小姑娘雖然聰明勤奮，可靠她那點賣藥的錢，能夠填飽肚子就不錯了，怎麼可能拿得出五十兩銀子？

姚婧婧只是微微一笑，從小提包裡掏出幾錠剛剛從當鋪裡拿出來的銀元寶，放到胡掌櫃面前。

胡掌櫃的眼睛頓時瞪得老大，難以置信地看著眼前那白花花的銀子。「妳、妳哪兒得來這麼多銀子？」

姚婧婧調皮地眨了眨眼。「這些銀子既不是偷的，也不是搶的，胡掌櫃，您就安心拿著吧！」

胡掌櫃怔了半晌才回過神來，有些不放心地追問道：「姚姑娘，這可不是一件小事，妳真的想好了要盤這間鋪子？要不妳再回去跟妳爹娘商量一下？」

姚婧婧搖了搖頭，乾脆俐落地答道：「不用了，這件事就這樣定了。胡掌櫃，您將契約準備好，明日一早咱們就簽字畫押。」

姚婧婧說完便瀟灑地甩甩頭轉身走了，留下一臉愣怔的胡掌櫃。

回到家之後，姚婧婧將自己準備盤下一間藥鋪的決定告訴了爹娘，她原本以為像這種能賺錢的好事他們會很開心地支持自己，誰知賀穎的反應卻大大出乎她的意料。

只見賀穎瞪著眼睛連連搖頭，表示反對。「二妮，妳一個女孩子家家的怎麼能拋頭露面去學人家做生意，這樣以後還有哪個正經人家敢娶妳過門？不行，娘寧願窮死，也不能耽擱了妳的前程。」

姚婧婧對此卻很不理解。「娘，誰說女孩子就不能做生意？我這次在臨安城裡見到了大名鼎鼎的淮陰長公主，她貴為天子之女，還親自上陣帶兵打仗呢！我盤下這間藥鋪，也是為了長遠考慮，咱們地裡種了那麼多藥材，總要保證銷路不是？」

賀穎卻依舊不為所動，堅持道：「咱們是什麼身分，能跟那些貴人相提並論嗎？娘覺得如今咱們的日子已經很不錯了，人要學會知足，尤其是女人，安安穩穩地過日子才是正經。」

姚婧婧心裡有些焦躁，她有些後悔不應該這麼早將此事告訴姚老三夫妻倆，她實在不知該如何勸說被封建思想毒害頗深的賀穎。

姚老三原本一直坐在床邊默默地聽著，此時看到閨女有些氣惱的樣子，便忍不住站起身，拍了拍她的腦袋，示意她少安勿躁。「二妮，妳娘這麼說都是為了妳好，所謂人言可畏，尤其是在咱們這種小地方，名聲對女子而言，甚至比性命還要來得重要，爹娘不想看到有人在背後對妳指指點點的。」

姚婧婧猛地一跺腳，倔道：「爹、娘，咱們一家三口過好自己的日子最要緊，別人說什麼我才不在乎，大不了我就一輩子不嫁人，也省得受那許多窩囊氣。」

賀穎感到一陣心酸，她不想閨女走上她的老路，去經歷那些她受過的苦楚，可又有什麼辦法呢？這個世道對女子就是這麼不公。

姚老三突然嘆了一口氣，低著頭自責道：「都怪我太沒用，讓妳們娘兒倆跟著受苦——」

「爹。」姚婧婧連忙打斷他，姚老三的轉變她是看在眼裡的，她又怎麼忍心去苛責這個樸實的農家漢子？「我有辦法了。」姚婧婧靈機一動，突然高興地大聲嚷道。

姚老三夫妻倆猶疑地看著她，不知自家這個寶貝閨女又想到了什麼辦法。

「你們不就是怕我拋頭露面嗎？那我就請個人來管理這間藥鋪，我只做幕後的老闆，如此旁人又能說我什麼呢？」

姚老三呆呆地想了想，有些不確定地問道：「這樣能行嗎？哪裡有那麼合適的人呢？」

姚婧婧拍了拍胸脯，很有自信地回道：「你們就放心吧，這件事包在我身上，保證辦得漂漂亮亮。」

姚婧婧並不是在說大話，她的心中早已有了方法。

第四十六章 收購杏林堂

第二天一早，姚婧婧馬不停蹄地來到胡掌櫃的家中。

此時胡掌櫃終於相信姚婧婧是真心想要接手他的鋪子，看到她就像看到了救星一樣，遠遠地迎了上去，他的兒子有救了。

「姚姑娘，一應契約我都已經準備好了，只等姚姑娘簽字畫押，這間鋪子就正式屬於妳了。」

姚婧婧接過轉讓契約草草地翻看了一遍，確認沒有什麼問題後，她卻抬起頭，盯著胡掌櫃的臉，沒有一絲要簽字的意思。

胡掌櫃很是奇怪地問道：「怎麼了，姚姑娘，有什麼問題嗎？」

姚婧婧搖了搖頭，一臉嚴肅地問道：「胡掌櫃，我知道您為了這杏林堂辛苦了大半輩子，您真的捨得就這麼把它轉給別人嗎？」

胡掌櫃嘆了一口氣。「現在說這些話還有什麼意義呢？我也想開了，錢財都是身外之物，只要能保我家那個小崽子安然無恙，我也沒什麼捨不得的。」

姚婧婧接著問道：「那這間鋪子轉賣出去之後，胡掌櫃打算以什麼為生呢？畢竟還有一家子人需要養活呢！」

這一下胡掌櫃臉上也現出了愁苦之色。「我也正為這事煩心呢，我這半輩子都與草藥打交道，除此之外也沒有其他謀生的本領，現在年紀大了，就算想出去賣力氣，估計也沒人肯要；實在不行，我就帶著妻兒回鄉下老宅，租個幾畝薄田，再養幾頭牲口吧！旁人能活，我姓胡的不至於會被餓死。」

姚婧婧突然抿嘴笑道：「胡掌櫃這話說得只怕是有些早，種地也是一門技術活呢，您一輩子沒扛過鋤頭，知道何時該下苗、何時該鬆土、何時該施肥嗎？別到頭來整片地裡只見野草，不見秧苗，那可真是要讓人笑掉大牙呢！」

胡掌櫃越聽越頭大，最後有些羞惱地揮了揮拳頭。「姚姑娘笑話得是，我這一輩子猶如井底之蛙，原先還覺得自己的日子過得不錯，可到頭來卻發現不過是自欺欺人罷了。」

姚婧婧伸手替他倒了一杯茶，寬慰道：「胡掌櫃言重了，所謂術業有專攻，像胡掌櫃這樣對藥材之道鑽研頗深的人才可不多見，若是非要捨了本職去種什麼地，那才真叫暴殄天物呢！」

胡掌櫃完全沒聽明白姚婧婧所言何意，皺著眉頭不解地看著她。

姚婧婧將手裡的契約重新擺到胡掌櫃面前，神情慎重地說道：「胡掌櫃若想讓我簽字，須得在這契約裡加上一份聘雇合同。」

胡掌櫃終於有些瞭解姚婧婧的用意了，一下子站起身，頗為激動地說道：「姚姑娘，妳的意思是，妳想繼續聘請我在這杏林堂裡工作？」

姚婧婧笑著點了點頭。「這杏林堂沒了胡掌櫃您可是萬萬行不通的，胡掌櫃看在我一片赤誠相邀的分上，千萬不要拒絕。」

能夠繼續在杏林堂工作，對胡掌櫃而言可是天大的喜事，因此他一個大男人也忍不住紅了眼眶。「姚姑娘，妳讓我說什麼好？謝謝妳，真的，太感謝妳了。」

「胡掌櫃跟我還談什麼感謝？您從前對我的那些幫助我都還記在心裡。這樣吧，以後每個月我給您支二兩銀子的工錢，若是經營有方，年底的分紅則另外結算，這待遇您看可還滿意？」

胡掌櫃一聽卻連連搖頭。「二兩銀子？不行，太多了、太多了。」胡掌櫃並不是在謙讓，要知道，他以前一個月的全部利潤也就只有這些而已。

姚婧婧卻不顧他的反對，大筆一揮，直接將這些條款加進了契約裡。「胡掌櫃大可安心，我能給您這麼多，自然是覺得您值得，您只須按照我的意思，努力將杏林堂打點好，到時候只怕您數錢數到手抽筋呢！」

姚婧婧的自信與樂觀感染了胡掌櫃，他終於露出了笑臉，心裡對眼前這位新上任的小老闆也是刮目相看。

掌櫃有了，可一個藥鋪必不可缺少的還有看病的大夫。姚婧婧想起從前坐堂的那個慈眉善目的姜老大夫，便開口向胡掌櫃詢問。

「前些日子，我準備將這鋪子轉賣掉，便給姜大夫結了工錢，將他送回了家中。姚姑娘……不，東家若是覺得他還可用，我就再去將他請回來。」

胡掌櫃突然改變的稱呼讓姚婧婧很不適應。「胡掌櫃，您還是一如往常地稱呼我吧，我暫時不想讓人知道這間藥鋪跟我有什麼關係。」

胡掌櫃點了點頭。「這個我曉得，東家放心，以後在人前我還是稱呼您為姚姑娘，絕對不會給您惹來什麼麻煩。」

姚婧婧不想在這個小問題上過多糾結，便由著他去了。「姜大夫的醫術還是不錯的，只是年紀太大了些，您還是先將他請回來，再尋一個年輕一點的學徒好好培養，以作後備之用。」

胡掌櫃心中讚許連連，看來姚婧婧還真是一塊做生意的料，自己跟著她好好幹，說不定真能將杏林堂發揚光大。「東家放心，我即刻去辦。」

姚婧婧擺了擺手。「也不用太著急，胡掌櫃，您還是先去衙門把您兒子的事處理妥當吧！若是遇到什麼困難就請直說，多一個人想辦法總比您自個兒憂心焦慮要強些。」

胡掌櫃滿臉感激地拱手道：「東家，俗話說得好，錦上添花易，雪中送炭難，您的大恩大德胡某沒齒難忘。您就瞧好了吧，我這下半輩子就算是做牛做馬，也要報答您的恩情。」

眼看事情都交代妥當，姚婧婧便準備起身離開，臨走時她又想起了什麼，轉身看了看後院，對著胡掌櫃叮囑道：「胡掌櫃，若是得空就請把這後院給收拾出來，用不了幾日，就會有一大批藥材入庫。」

姚婧婧所說的藥材，自然是她辛辛苦苦培育了好幾個月的金線蓮。

從杏林堂回來後，她就迫不及待地趕到了田裡，去瞧一瞧她惦念了許久的寶貝。

此時太陽已經開始露臉，姚老三正在地裡忙著給金線蓮遮蓋涼棚，姚婧婧顧不上跟他打招呼，便一頭鑽進了大棚內。
眼前的景象讓她忍不住屏住了呼吸，這些金線蓮的長勢遠遠超出了她的預想。從前她在爺爺的草藥培育基地中見過的金線蓮，每一株最多只有五、六片葉子，可眼前這些金線蓮不僅大小大了許多，有的植株上的葉片竟然多達十片以上，這真是太神奇了。
姚婧婧按捺住激動不已的心情，蹲下身仔細察看眼前這些植株的品相。
只見這些金線蓮的莖幹都非常粗壯，每一片葉片上面都鑲嵌著極為優美的金色線條，一看就屬於不可多得的極品。
「怎麼樣？看著還行吧？」姚老三停下手上的工作，湊到閨女身邊，一臉緊張地問道。
「不是還行，而是好到不能再好了。爹，你真是太厲害了。」姚婧婧高興地跳了起來，抱住姚老三的胳膊使勁地搖晃。
能得到女兒的誇獎，姚老三也是欣喜不已，臉上露出憨厚的笑容。「這一切都是妳的功勞，爹只是按照妳的吩咐辦事罷了。二妮，既然妳覺得差不多了，咱們什麼時候能將它們採摘下來呢？」
姚婧婧掰著指頭算了算日子，又想了想最近的天氣，最後一拍大腿，做下決定。
「五日之後，便可動手採摘。爹，你先提前請好幾個工人，到時候咱們全家齊上陣，務必在一日內將它們全部採收完畢。」姚婧婧望著眼前成片的金線蓮，彷彿看到一堆堆閃著耀眼光芒的真金白銀在向她招手。
她即將收穫人生中的第一桶金，夢寐以求的發家致富之路眼看就要開啟了，一股豪邁之情從她的心底油然而生。

然而高興了沒兩天，姚婧婧又想起了一個重要的問題——眼下收成算是有了，卻不知該銷往何處。一下子產出這麼多金線蓮，單靠小小的杏林堂實在難以消化。

因此姚婧婧決定到鎮上找胡掌櫃商量一下，看看能不能多聯繫幾家藥鋪，或是大一點的藥材收購商。

「金線蓮?!」

當胡掌櫃和姜大夫聽說姚婧婧種了十幾畝的金線蓮後，兩人都是一臉的難以置信，驚訝得下巴都快脫臼了。

胡掌櫃更是興奮得連話都說不清楚。「老天爺，金線蓮可是一個稀罕物，往日裡誰要是偶然尋得半籃，就能高興好幾天呢！您竟然能一次種出十幾畝，那該有多少收成啊？」

姚婧婧非常淡定地回答道：「我估算了一下，一畝地大概能採摘一千五百斤草藥，就算曬乾之後也有一百多斤，總共算下來，應該能有兩千多斤的乾貨。」

胡掌櫃迅速拿起算盤，噼哩啪啦地打了起來。「這個時節金線蓮的價格基本上是一兩銀子五兩貨，這樣算下來兩千多斤藥材差不多能賣到五千多兩銀子。我的天呀，東家您這是要發大財了。」

姜大夫原本有些混濁的眼珠子也開始綻放著金光。

姚婧婧感覺在這兩人眼中，自己變成了一隻自帶音效的招財貓，可她不得不出聲打斷兩人的美好幻想。「胡掌櫃，帳不能這樣算，您說的價格是藥鋪賣給病人的價格，可依照杏林堂的病人量，哪裡消化得了這麼多金線蓮？咱們還是得想辦法將它們批發給其他的藥鋪。」

胡掌櫃依舊無法控制心中的激盪，繼續撥弄著他手中的算盤。「就算是按批發價來算，那也有兩、三千兩銀子，比咱們杏林堂十年來所賺的還要多呢！真是難以想像啊，東家，您到底是怎麼種出這麼多金線蓮的？」

「這個說來話長，以後有機會我可以帶您去地裡觀摩，可是胡掌櫃，咱們現在最重要的任務就是找到能大量入手金線蓮的商戶，否則再寶貴的東西也只能爛在自己的鋪子裡。」眼看胡掌櫃越扯越遠，姚婧婧只能出言點醒他，讓他意識到如今所面臨的問題。

胡掌櫃果然愣住了，低頭沈思半晌後才開口道：「兩千斤的確是太多了，靠長樂鎮上的這幾間藥鋪，統共能賣出去兩百兩就算不錯了，再遠的地方我也不太清楚。東家，要不然我先找經常為我供貨的藥材販子瞭解一下，看看能不能尋得一些有用的消息。」

姚婧婧點了點頭，她早已料到情況會是這樣，也沒有太過失望。「胡掌櫃，後日一早，我便要開始採收金線蓮，您先給鎮上幾家藥鋪打個招呼，咱們能銷多少就先銷多少，剩下的再慢慢想辦法。」

胡掌櫃只覺得渾身充滿了幹勁，領了命令就即刻出門聯絡去了。他沒有看走眼，姚婧婧的確是一個值得他傾盡一生為其效命的好老闆。

第二天正午，紅通通的太陽高高地掛在頭頂，姚老三一家三口卻沒有待在屋裡休息，而是來到地裡，為明日動手採摘金線蓮做最後的準備。

姚老三看著這些寶貝，突然發出一句感慨。「伺候了它們這幾個月，突然要動手摘掉還真有些捨不得。」

姚婧婧在一旁笑道：「爹，你放心，這金線蓮就跟你種的韭菜一樣，咱們收了這一次，過一段時間它又會再生出來，到時候有得你忙呢！」

賀穎一聽這話，忍不住樂了。「二妮，照妳這麼說，咱們以後什麼都不用幹，就靠這金線蓮過活算了。」

「娘，妳這話算是說到點子上了，從此以後這塊地就是咱們家的聚寶盆，想要什麼它都能給咱們變出來。」

姚老三夫妻倆被姚婧婧的話逗得哈哈大笑。

誰也沒有注意到，路邊的草叢裡，有一雙閃著凶光的眼睛正虎視眈眈地注視著這一切。

期待已久的日子終於到了，第二天賀穎天沒亮就從床上爬起來，煮了一鍋濃濃的小米粥，還蒸了兩大籠屜的棗花饅頭，一家三口吃了一個肚兒圓，之後便扛著農具朝地裡出發。

一路上，姚老三忙著招呼那些被請來幫忙的人，待行至河邊時，原本勢單力薄的一家三口竟然變成了一支十幾人的小隊伍，看起來浩浩蕩蕩，頗有氣勢。

離地頭尚有一段距離時，賀穎突然皺著眉在姚老三耳邊低聲問道：「當家的，我記得昨天晌午咱們回家之前把大棚都蓋上了啊，怎麼這會兒好像被掀開了？難道是昨天夜裡的風太大？」

姚老三伸著脖子往前看，卻也沒看出什麼名堂。

姚婧婧心裡咯噔一下，突然生出一種不好的預感，她顧不上和眾人打招呼，撒開腿就朝大棚的方向奔去。

姚婧婧一口氣跑到田間，眼前所見的景象卻讓她瞬間如五雷轟頂，整個人都石化了。

「我的天啊，怎麼會這樣？」緊隨其後的賀穎一聲驚叫，兩眼一翻，險些暈了過去。

姚老三的狀況也好不到哪兒去，他甚至顧不上照顧自己的妻子，只是瞪著一雙充血的牛眼，咬牙切齒地罵道：「這是哪個殺千刀的龜兒子幹的好事。」

身後的那些幫工則是一頭霧水。「姚老三，你不是請我們來幫忙採藥嗎？可藥在哪裡呢？」

「咳咳！」姚婧婧只覺得胸內氣血上湧，使她渾身都止不住地顫抖。

面前的景象實在太過震撼，原本整整齊齊、長勢旺盛的藥田一夜之間變得一片狼藉，那些承載了他們全家人希望的金線蓮竟然被人全部偷走了。

第四十七章 抓賊

看著田地裡留下的那些斑駁而凌亂的腳印，姚婧婧感到心痛不已。這些偷摘草藥的賊人下手十分粗暴，那些她費了很大力氣才搭建起來的大棚都被破壞得差不多了。

辛苦了小半年的心血就這樣付之東流，賀穎不僅心疼這些藥材，更加心疼自己的閨女，她摀住自己的胸口，眼淚止不住地往下流。「這是誰幹的？這究竟是誰幹的？」

姚老三此時連殺人的心思都有了，可他知道，自己身為一個男人，關鍵時刻必須成為妻女的依靠。他走到姚婧婧面前拍了拍她的肩膀，安慰道：「二妮，妳別氣壞了身子，爹一定會想辦法抓到這個膽大妄為的鼠竊狗盜，讓他把偷得的藥材都還給咱們。」

姚婧婧深吸了一口氣，事已至此，一味的悲憤欲絕已是毫無用處，她必須打起精神，揪出幕後的黑手，還自己和家人一個公道。

清平村的民風向來純樸，可以說是路不拾遺、夜不閉戶，尤其是去偷別人地裡成熟的作物，這種事情簡直是聞所未聞。

身後跟著的那些幫工也都感到心驚不已，一時間嘰嘰喳喳，討論個不停。

「各位叔叔、伯伯，今天的事大家也都看到了，這活兒肯定是沒法子幹了，還請各位回去後幫我多多打探一下，究竟是誰這麼膽大妄為，做出如此傷天害理之事。等我抓到這無恥竊賊，各位的工錢我會一分不少地付給大家；另外，能提供有用線索之人，我會親自登門，以重金酬謝。」

姚婧婧的表情沈著而堅毅，讓在場的各個農家壯漢都自嘆不如。雖然活幹不成了，可人家家裡遭了如此大難，大家也不好再說什麼，不痛不癢地安慰了幾句，便轉頭各自散了。

賀穎好不容易止住了眼淚，卻依舊心急如焚。「二妮，咱們現在該怎麼辦？就憑咱們三個，要到哪裡去找那些賊人呢？」

姚婧婧沒有回答她的話，反而舉步下到田裡，在那些光禿禿的、只留下一些枯枝敗葉的棚地裡檢查了一番。

姚老三敏銳地發現自家閨女回到路上時，臉色已經舒緩了許多，因此有些好奇地問道：「二妮，妳是不是發現了什麼？」

「還好、還好，這些金線蓮的株苗雖然都被採去，但土裡的根系卻還保存完好，不會對它下一期的生長有所影響。」

姚老三連忙蹲下身看了看，果真如此。

姚婧婧歪著腦袋想了想後，繼續說道：「在咱們村子裡能認識金線蓮的人應該不多，可這些盜賊採藥的手法卻十分乾淨俐落，明顯是經過訓練的，這說明這些盜賊並不是臨時起意，而是有備而來，他們盯著這塊地已經不是一天、兩天了。」

姚老三一聽這話又忍不住憤怒罵道：「這些爛心肝的王八犢子，想要金線蓮不會自己去種嗎？為什麼要來偷咱們的？」

姚婧婧搖了搖頭。「自己種多麻煩，而且還不一定成功，像這樣找準時機不勞而獲，豈不是悠哉、美哉？這個人說不定還跟咱們家有仇，所以才處心積慮地陷害咱們。」

「可是咱們一家子向來老實本分，從來沒有得罪過誰啊！」姚老三實在想不出有誰會幹出這種缺德事。

賀穎原本就膽小怕事，一聽這話嚇得臉都變青了。「二妮，要不這件事就這麼算了吧！咱們也別去抓什麼賊了，好好把這地裡拾掇拾掇，等明年開了年不就又能長出新的了嗎？」

「不行。」姚婧婧斷然拒絕道：「咱們現在不把這個在背後作惡的人抓出來，以後這地裡長出的藥材只怕都輪不到咱們動手去摘了。他之所以將那些金線蓮的根系都留著，打的只怕也是這個如意算盤。」

賀穎有些不敢相信地瞪著眼問道：「妳是說他偷了一次還不夠，以後還會再來偷咱們的？不可能吧！誰會有這麼大的膽子？」

姚婧婧目光灼灼。「壞人的惡膽都是被慣出來的，如果這次咱們無動於衷，吃了這個啞巴虧，下一次他就會變本加厲，到時候只怕咱們哭都沒有眼淚了。」

「沒錯，二妮說得對。」姚老三握了握拳頭，表達對閨女的支持。「不管是誰在背後搞鬼，咱們都要把他揪出來，我就不信這個世上真的沒有王法了。」

賀穎的臉上依然充滿擔憂。「可是無憑無據的，咱們怎麼樣才能抓到那個賊人呢？」

姚婧婧已經想好了對策。「爹、娘，咱們是沒辦法抓到這個賊人的，那就去找那有辦法的人來替咱們主持公道。」

姚老三眉頭一挑。「妳是說里正大人？」

姚婧婧點了點頭。「里正大人為人公正坦蕩，眼裡容不得沙子，這件事他一定會管的。爹、娘，你們在這裡等著，我這就去將他請來。」

姚婧婧剛走到半道上，便與迎面而來的里正大人碰了個正著。

原來是剛剛那些幫工將姚家藥田被盜的消息散播了出去，里正大人聽說之後便馬上帶人趕了過來。

「里正大人，這回您可要替民女作主啊！」姚婧婧話還未說完，就已紅了眼眶。

由於陸倚夢的緣故，里正兩口子早已將姚婧婧當成自己的女兒一樣看待，此刻看到她受了如此大的委屈，心裡也跟著一緊。

「姚姑娘，妳別著急，這件事包在我身上，我一定會給妳一個交代的。」里正大人每隔兩日就會帶人在村子裡巡視一圈，上回路過姚家的田地時，他還在感嘆姚婧婧心思精巧，將這些金線蓮養得粗壯，煞是喜人，可眼前的景象卻和從前形成了鮮明的對比，這讓見多識廣的陸老爺也不由得瞠目結舌。「真是豈有此理，竟敢在我眼皮子底下做下如此十惡不赦之事，要是傳揚出去，咱們清平村上百年的美名都要毀於一旦了。我倒要看看到底是誰如此膽大妄為，抓到他之後我非要剝了他的皮不可。」

姚老三在一旁搓著手，焦灼地提醒道：「可是里正大人，咱們現在完全是兩眼瞎子一頭黑，一點線索都沒有啊！」

里正對斷案還是有些經驗的。「首先咱們要確定這些賊人下手的時間。姚姑娘，請將你們昨日的行程一一報來。」

姚婧婧想也不想直接答道：「這些賊人肯定是趁著昨日晌午我們一家三口離開之後，便開始動手偷摘草藥的，算算時辰，應該是一直幹到了今日黎明之後才全部採摘完畢。」

賀穎有些不太相信。「昨日晌午就開始動手？青天白日的，他們也不怕被人瞧見？」

姚婧婧沒有回答他的問題，而是直直地看著里正。

里正跳到田裡檢查了一圈後，沈聲道：「姚姑娘說得沒錯，這麼多草藥，如果等到天黑之後再動手，時間上肯定來不及。這些田地原本都被大棚給蓋得嚴絲合縫，對那些賊人來說卻是最好的屏障，即使有路人經過，也瞧不出什麼端倪。」

姚婧婧心中稍安，這個里正大人還是有兩把刷子的，看來那些金線蓮有望被追討回來。

「有了。」里正突然縱身一躍，跳上了道路，抬腳準備朝大路旁走去。「這麼多草藥，肯定要靠馬車來拖運，咱們只要順著車轍一直往前尋找，就能順藤摸瓜找到丟失的草藥和偷草藥的賊人。」

「沒用的。」姚婧婧不得不潑他一盆冷水。「里正大人，剛才我已經檢查過了，不管是村裡的小路、還是村頭的大道上，都沒有任何馬車經過的痕跡。我猜想，那些賊人已經提前將車輪做了處理，用稻草或棉被之類的軟物將其包裹住，這樣不僅行走時沒有聲響，經過之處也不容易留下痕跡。」

「竟然還有這種事。」里正吃驚不已。「這些賊人竟然如此狡猾，肯定是經常作惡的慣犯，你們幾個帶著人去給我挨家挨戶地搜查盤問，就算是把清平村挖地三尺，也要將那些丟失的藥材給我找回來。」

「是。」

那些跟在里正大人身後的長隨聽到命令之後，立即轉身準備前去辦差，可姚婧婧卻出聲喊住了他們。

「里正大人，小女有話不知當講不當講？」

里正大手一揮。「都什麼時候了，姚姑娘若是有話但說無妨。」

「時間寶貴，那些金線蓮肯定已經被運出了村子，若是咱們再像無頭蒼蠅一樣亂找一通，肯定不會有什麼收穫。小女大膽猜測，在咱們清平村裡，究竟誰有能力和膽量做出這種事情？」

里正大人皺著眉頭，將村裡那些有可能這麼做的人一一思索了一番，最後猛然一拍手，有些激動地指著姚婧婧。「妳是說那個吳老癩？」

「沒錯。」姚婧婧穩了穩心神，將心中的懷疑一一道來。「我爹、我娘行事一向小心謹慎，在村子裡從未與人交惡，我思來想去也就是因為這塊地的緣故和吳老癩發生過一些衝突，當日他曾揚言要來報復，如今出了這種事，他的嫌疑便最大。」

賀穎一聽到吳老癩這個名字便忍不住頭皮發麻，她實在不想再去招惹那個動不動就持刀動杖的活閻王。「二妮，那吳老癩是什麼人，無憑無據的妳可不要瞎說，要是惹怒了他，那可不是開玩笑的事。」

姚婧婧對著里正躬身行了一禮，表情鄭重地說道：「里正大人，這一切都是小女的猜想，如果最終證實那吳老癩是清白的，小女願意登門致歉，就算他意氣難平想要懲治小女，小女也甘願受之。」

「不許胡說，妳這個小丫頭片子，知道什麼。」賀穎一下子慌了，連忙拉住自己的女兒，想要捣住她的嘴。

里正卻連連點頭道：「沒錯，姚姑娘分析得入情入理，這件事十有八九就是那個吳老癲所為，我這就帶人趕去他的家裡，趁其不備抄他個底朝天，肯定能找出一些線索來的。」

姚婧婧推開賀穎的手，急切地說道：「里正大人，我跟您一起去。」

里正卻搖了搖頭表示不同意。「姚姑娘，妳娘的顧慮還是有些道理的，吳老癲一向囂張跋扈，妳一個姑娘家還是避避為好。這件事就由我出面吧，如果真是他幹的，我一定會讓他付出代價。」里正說完就帶著隨從匆匆忙忙地走了。

姚婧婧一家三口也不想待在這裡繼續傷心，便又扛著農具朝家裡走去。

一家三口剛剛走到村口，便看到里正帶著一幫隨從，從旁邊的山坡上走了下來，看樣子應該正是從吳老癲家回來的。

姚婧婧匆忙迎了上去。「里正大人，情況怎麼樣？」

里正臉上的表情明顯有些沮喪，他搖了搖頭，表示這一趟無功而返。「我剛帶人趕到吳家，發現吳老癲並不在家中，他的老父親告訴我，他半個月前就出門去了，一直沒有回來。」

姚婧婧皺眉問道：「半個月前？那您有沒有問他到底去哪裡了？」

「問了，只是他那臥床不起的老爹也說不出個所以然來。吳老癲經常跟著那些狐朋狗友出去鬼混，一、兩個月不回家也是常事，大家也都見怪不怪了。」

姚婧婧暗自搖了搖頭，不在家並不代表能夠洗去他的嫌疑。

里正好像看出了她的心思，嘆了一口氣，繼續說道：「為了保險起見，我還是命人將他家裡搜了個底朝天，卻沒有發現任何蛛絲馬跡。姚姑娘，說不定這件事真的和吳老癩沒有關係。」

姚老三眼看希望破滅，忍不住焦急地說道：「可不是他又是誰呢？」

里正勸道：「你們不要太過著急，我已經安排人挨家挨戶地去搜查，只要這個盜賊是咱們清平村的人，那就遲早會露出馬腳。」

「不行，我等不了了。」姚婧婧說完就步履匆匆地朝村外走去。

里正伸手將她攔了下來。「姚姑娘，妳想幹什麼？」

姚婧婧定了定神答道：「那些草藥肯定已經被運出了村子，從咱們這裡出去，不管去哪兒都一定會經過長樂鎮，那些賊人辛苦了一個晚上，說不定會在長樂鎮上歇歇腳，我去碰碰運氣，看看能不能有什麼意外的收穫。」

「可長樂鎮那麼大，妳一個小姑娘要到哪裡去找呢？」里正很是放心不下。

「這是最後的機會，若是讓那些賊人將草藥運出長樂鎮，那才是泥牛入海，無處尋覓了。」

里正見姚婧婧如此堅持，便揮手召來身後的十幾名隨從，安排他們跟著姚婧婧同去。

「姚姑娘，妳一個手無縛雞之力的小姑娘，萬一真的遇到那些賊人該怎麼辦？妳把這些人都帶上吧，好歹能有個照應。我先回去調派人手後，就立即趕到鎮上支援妳。」

「多謝里正大人。」如此爭分奪秒之時，姚婧婧也顧不上客氣，對著里正大人行了一禮，就帶著人匆匆往長樂鎮上趕去。

待他們趕到鎮上時，街上的鋪子才剛剛開始開門迎客。

胡掌櫃看到自家老闆黑著臉帶著一大幫人衝了進來，忍不住嚇了一大跳。「東……姚姑娘，發生了什麼事？」

姚婧婧三言兩語將事情的經過跟胡掌櫃講了一遍，胡掌櫃聽後自然氣憤不已。

他已經和鎮上的幾間藥鋪都聯繫好了，連訂金都已經收了，此時卻告訴他，那些金線蓮被賊人給偷去了，這讓他如何跟那些藥鋪老闆們交代？

胡掌櫃雖然很想找到那夥賊人，但心裡還是有許多顧忌。「姚姑娘，這長樂鎮說大不大，說小也不小，咱們總共也就這些人手，要在鎮上尋找幾車草藥無異於大海撈針，咱們又不是衙差，總不能挨家挨戶地敲門去詢問吧？」

姚婧婧心中卻早已有了計較，她從懷裡掏出一把殘枝敗葉，將它們一一發放到眾人手中。

「這就是金線蓮？」有一個頭腦稍微靈活的隨從看著手上的葉子問道。

「沒錯。」姚婧婧點了點頭，這些都是她剛才在田裡撿拾到的遺漏品。「新鮮的金線蓮本身有一種特殊的香氣，雖然不甚明顯，可細心追查還是能夠發現一二，請各位都仔細聞聞手中的葉片，記住這種味道。一會兒咱們就在這鎮上散開來，誰要是在哪裡發現這種味道，就趕緊回來稟告，大家聽明白了嗎？」

眾人點了點頭，又細細地嗅了嗅手中的金線蓮葉片，之後便在姚婧婧的安排下分頭行動。

所有人包括姚老三夫妻倆都出門尋找去了，姚婧婧又哪裡坐得住？和胡掌櫃交代了兩句便也轉身準備出門，誰知她剛走到門口，便與一個藏在門後的男子撞了個滿懷。

「姚姑娘，小心。」

由於姚婧婧心中有事，一時不察，險些扭了腳。她惱怒地抬起頭，發現身旁扶著她的人正是孫家大少爺孫晉維。姚婧婧一把揮開他的手，怒氣沖沖地質問道：「沒想到孫大少爺還有聽人牆根的嗜好，這可不是君子所為。」

孫晉維一臉的抱歉，對著櫃檯裡目瞪口呆的胡掌櫃拱了拱手。「實在是對不住，姚姑娘，妳可別誤會，我只是這幾日吃多了酒，牙齦有些上火，便想著來找胡掌櫃討些消火茶喝，沒想到卻碰見姚姑娘帶著一大幫人聚集在這裡好像在商議大事，所以我一時進也不是，退也不是，姚姑娘，我真不是有意偷聽啊！」

姚婧婧沒有時間和他閒扯，皺著眉瞪了他一眼，便提起裙襬準備繼續走自己的路。

「姚姑娘且慢。」孫晉維竟然伸手拉住了姚婧婧的胳膊。

如果說剛才的接觸只是無心之舉，那此刻這個舉動在男女之防森嚴的古代，就顯得有些輕浮了。姚婧婧對此雖然不甚在意，可她此時心急如焚，又被這個原本就不喜的人糾纏不休，自然不會有什麼好臉色。「孫大少爺，我看你需要的不是消火茶，而是醒酒湯吧！」

孫晉維連忙縮回手，有些尷尬地衝著姚婧婧笑了笑。「姚姑娘，我只是一時心急，得罪之處還請見諒。」

「你到底想幹什麼？」姚婧婧的耐心已經用盡。

孫晉維摀著嘴發出一聲乾咳，而後正色道：「姚姑娘，剛才我在門後不小心聽到妳好像是丟了什麼藥材正急著尋找，請恕我直言，妳這個依靠氣味辨別方位的法子雖然巧妙，可真正實施起來卻是有諸多困難。現在大街上各個店鋪攤位都已開門做起生意，各種味道混雜，如此輕微的藥香很容易被掩蓋的。」

姚婧婧瞬間有些洩氣，孫晉維的話很有道理，可是現在她已別無他法，只能死馬當活馬醫了。

胡掌櫃急得直跺腳。「那怎麼辦？再等下去，那些藥材就要被運出鎮子了。」

「能怎麼辦？只能聽天由命了。」正當姚婧婧感到絕望時，孫晉維突然又湊到她的跟前，神情中竟然帶著一絲狡黠。

「我倒是有一個主意，不知姚姑娘可願意一試？」

姚婧婧一怔，連忙追問道：「真的？快說來聽聽。」

「請姚姑娘在這裡稍等片刻，我去去就來。」

孫晉維丟下這句話後，突然一溜煙地小跑出門。

第四十八章　神犬赤焰

姚婧婧雖然不知孫晉維葫蘆裡賣的什麼藥，也只能耐著性子在此等候，希望孫大少爺不是在信口開河，否則自己一定會要他好看。

好在沒等多久，孫晉維就喘著粗氣跑回來了，只是他的懷中多了一隻圓滾滾、毛茸茸的小可愛。

「金毛！」姚婧婧的眼珠子都快瞪出來了，她雖然沒有養過寵物，可對一些常見的品種還是有所瞭解的。在她的記憶中，金毛犬，也就是黃金獵犬，應該是在近代才傳到中國的外來種，沒想到竟然會出現在此時此地，怎麼能不讓人感到驚奇。

「什麼金毛？這可是我費了好大的力氣才尋來的神獸，牠的名字叫做赤焰。」孫晉維一臉鄙夷地瞅著姚婧婧。

姚婧婧簡直哭笑不得，但也懶得和他爭辯，只是有些難以置信地問道：「你是想讓這笨狗來幫我尋找藥材？」

「姚姑娘，請妳用詞謹慎些，妳可以羞辱我，但卻不可以羞辱我的赤焰。」孫晉維表情嚴肅，看樣子好像真的有些動氣了。

「好好好，我不說了，我只是想提醒你一句，這金毛……不，是赤焰，赤焰好像並不擅長追蹤，這件事交給牠能行嗎？」

孫晉維一臉傲嬌地答道：「姚姑娘這話就說錯了，我的赤焰是天底下最聰明的神獸，此等區區小事哪裡能難得倒牠？你們就瞧好了吧！」孫晉維一把奪過姚婧婧手中的金線蓮葉片，信心滿滿地將它放到赤焰鼻子下面。「小乖乖，你可聞仔細了，一定要把這東西找出來，讓這些瞧不起你的人好好看看。」

原本溫文爾雅的孫大少爺在這隻狗面前居然像變了一個人似的，那信誓旦旦的模樣簡直晃瞎了姚婧婧的雙眼。

「去吧，赤焰。」孫晉維終於放開了懷中的寶貝。

那隻狗彷彿早已迫不及待，像一隻離弦的箭般，一下就衝了出去。

「小乖乖，慢點走，等等我啊！」愛狗心切的孫晉維自然在後面寸步不離。

「東家，這……」

胡掌櫃的突然出聲讓姚婧婧瞬間回過神來，她連忙一路小跑地跟了上去，只留下目瞪口呆的胡掌櫃傻傻地站在門口。

這隻小金毛的速度還真不是蓋的，姚婧婧拚盡全力才勉強跟上牠的步伐，可牠的行動路線太過奇怪，放著平坦寬闊的大路不走，偏偏往那些偏僻的小巷子裡鑽，惹得姚婧婧的頭好幾次都撞在了孫晉維身上。

姚婧婧忍不住抱怨道：「你這隻狗到底認不認路啊？我怎麼覺得不太可靠的樣子。」

孫晉維向來養尊處優慣了，從來沒有一口氣跑過這麼多路，可他又不想讓姚婧婧看出他的吃力，因此喘著氣，強撐著往前跑。「妳……妳不要……侮辱我的……赤焰……」

姚婧婧雖然著急，卻也只能在心裡默默祈禱，希望這隻小金毛真的天賦異稟，能夠幫助她找到那些被偷的藥材。

「汪汪！汪汪！」

姚婧婧覺得小金毛看起來好像很高興的樣子，一邊上竄下跳，一邊歡快地叫著，偶爾還會停下腳步，回頭等一下身後的兩人，那神采飛揚的模樣彷彿暴露了牠內心的想法：你們這些愚蠢的人類，簡直是弱爆了。

就這樣沒頭沒腦地跑了小半個時辰，姚婧婧突然發現身邊的景物越來越荒蕪，原來他們已經漸漸遠離了長樂鎮的中心，來到一大片廢棄的民宅聚集地。

這個地方以前是一座頗具規模的造酒坊，後來由於主人家經營不善，酒坊被迫關門，這個地方漸漸地便荒廢下來，偶爾有一些無家可歸的乞丐會在此借住一晚。

孫晉維實在是跑不動了，招呼了一聲後，一把將赤焰摟抱在懷裡，示意牠稍做歇息。

姚婧婧抹了一把頭上的細汗，有些奇怪地自言自語道：「難道那些賊人會放著鎮上那麼多舒適的客棧不住，反而捨近求遠藏匿於此？」

孫晉維喘了半天粗氣，終於恢復了半條命。「我覺得很有這個可能，妳想想看，能一夜之間偷走十幾畝地的草藥，說明這夥賊人人數不少，如果去那些人多的場合肯定會引起大家的注意，說不定就會露出什麼馬腳。這個地方多安全呀，離官道也近，反正只是歇個腳而已。」無論如何，他對自己心愛的神獸非常有信心。

姚婧婧豎起耳朵仔細地聆聽，卻沒聽到有任何聲響，她連忙催促道：「那你還不趕緊把赤焰放開，讓牠帶我們去找到那些賊人，把他們逮個正著。」

孫晉維露出一個一臉汗顏的表情，無奈地回道：「姚姑娘，妳莫非是在與我說笑？就憑我們兩個這樣冒然地衝進去，只怕立即會被剁成肉醬，還談什麼抓賊？」

「那怎麼辦啊？」姚婧婧也知道自己提的是一個餿主意，可她實在等不及了。

「姚姑娘，妳剛才不是帶了許多人手嗎？我在這裡看著，妳趕緊回去把他們都召集過來，越多越好。」

姚婧婧還是有些猶豫。「來得及嗎？」

「如果妳再磨蹭下去，就真的來不及了。」孫晉維推了姚婧婧一把，示意她快去快回。

姚婧婧剛欲舉步，孫晉維懷中的赤焰卻突然變得狂躁起來，衝著前方那些廢棄的房屋發出一陣陣狂吠聲。

「不好，那些人好像要出來了。」孫晉維連忙將赤焰的腦袋按進自己的懷中，輕聲哄道：「小乖乖，安靜點，千萬不要出聲。」

這隻小金毛還是有些通人性的，在孫晉維的安撫下，果真不再出聲。

姚婧婧此時再走顯然已經來不及了，她只能跟在孫晉維身後，退到一堵殘壁之後，密切地注視著外面的動靜。

過了大約一炷香的工夫，果然有兩個身著黑衣的男子從最深處的一座小院裡走了出來，他們先是四處察看了一番，確定外面沒有異狀之後，朝著院內揮了揮手。

伴隨著一陣清脆的馬蹄聲，幾輛馬車魚貫而出，十來個打扮相似的黑衣人分列左右，護送著車上的貨物。

「沒錯，就是他。」姚婧婧一眼看出站在隊伍最前面的就是那個模樣駭人的吳老癩，看來她料想得沒錯，吳老癩正是這起盜竊案的始作俑者。姚婧婧下意識地想要站起來，卻被孫晉維一把給按住了。

「妳也不看看這些都是什麼人，妳不要命了？」

「可是從這裡出去就是官道，再往前走就出了長樂鎮的地界，咱們難道就縮在這裡眼睜睜地看著他們逃之夭夭？」姚婧婧看著這些可惡的賊人，眼裡快冒出火來。

「那也比衝出去送死強。」

孫晉維看起來冷靜許多，他蹲下身子在姚婧婧耳邊沈聲勸道：「姚姑娘，咱們還是按照剛才的商議行事吧！我會一路跟著這些賊人，妳到時候帶著人依照我沿路做的記號跟上來，妳放心，他們跑不了的。」

「可是……」

孫晉維低聲怒吼道：「沒有可是，快去。」

姚婧婧抬眼看了看離他們越來越近的吳老癩，一咬牙，轉身朝鎮上跑去。

「啊！」姚婧婧剛跑沒幾步，腳下突然一滑，竟然掉進了一個用稻草和爛泥設下的陷阱中，頓時動彈不得。

躲在牆後的孫晉維看到這一幕不由得心中一緊，正準備趕上前搭救她，卻突然聽到前方的吳老癩發出一聲暴喝。

「什麼人?!」

那些賊人瞬間進入了戒備狀態。

「妳是……姚二妮?!」吳老癩一個箭步衝到陷阱旁邊，明顯吃了一驚。「好啊，沒想到妳竟然會追到這裡來，看那個姚老三一副又蠢又笨的模樣，沒想到生出的閨女倒還有些膽識。怎麼，就只有妳一個人來？」

姚婧婧此時的模樣只能用慘不忍睹來形容，一身的爛泥又髒又臭，她自己聞起來都有些作嘔。姚婧婧知道她現在的處境非常危險，稍不注意就會引來殺身之禍，她可憐兮兮地望著吳老癩，一副懵懵懂懂的樣子。「就我一個人，我爹、我娘原本也來了，可因為我腳程太慢，在鎮上時就走丟了。我不認得路，不知不覺就走到這裡來，剛才你們突然衝出來，把我嚇了一跳，然後也不知怎麼地就掉到這個爛泥坑裡了，大叔，你能不能行行好拉我上去？」

吳老癩平日裡惡事做多了，警覺性也非常高，眼前這個小丫頭看起來雖然單純無害，可對於她口中所說的話他卻不敢輕易相信。他轉頭召來幾名同夥，安排他們四處找一找，看看還有沒有其他人追蹤而來，自己則繼續和姚婧婧周旋，享受貓捉老鼠的快感。「妳想出來？」

姚婧婧雙眼通紅地點了點頭，好像下一刻就會嚎啕大哭起來。

吳老癩發出一聲怪笑。「那可不太容易，妳知道為了挖這些陷阱，我費了多大的力氣嗎？實話告訴妳吧，我已經在這裡住了大半個月，像這樣的陷阱在這片房子四周隨處可見，別說是妳一個小丫頭片子，就算是衙門裡那些差役們來了，也奈何不了我。」

姚婧婧心裡一驚，看來她之前預想得不錯，吳老癩為了這次行動預謀已久，早已做下萬全的準備。姚婧婧感覺自己現在就像是一隻送上門的羔羊，任人宰割。「大叔，你在說什麼，我怎麼一句都聽不懂？你若是不願意救我就算了，我就待在這裡等我爹娘，大叔你該幹什麼就幹什麼去，別因為我耽擱了工夫。」姚婧婧索性一屁股坐在泥坑裡，她現在只希望吳老癩能夠趕緊走人，孫晉維說得對，即使那些藥材再值錢，也不及她的小命珍貴。

誰知吳老癩卻突然換上了一副慈眉善目的表情，蹲下身子，捏著嗓子說：「誰說我不願意救妳？大叔可是一個憐香惜玉的人，把這麼一個水靈的姑娘丟在爛泥裡，我怎麼能忍得下心呢？」吳老癩說著說著，突然伸出那雙滿布青筋的大手，像拎小雞一樣把她從泥坑裡拎了上來。

「啊！放我下來，快放我下來。」這個吳老癩果然是個變態，將姚婧婧從泥坑裡拎出來之後並沒有直接將她放下，反而將她高舉過頭頂，嚇得姚婧婧花容失色。

「哈哈哈！」跟著吳老癩一起的那些賊人發出一陣哄堂大笑。

其中一個扯著公鴨嗓子調侃道：「吳老大，你可真是好福氣，不管在哪裡都有年輕姑娘投懷送抱，真是羨煞我等。」

另外一個一臉色相的賊人則說得更為露骨。「這丫頭雖不是什麼大美人，可也算是眉清目秀，要不是咱們急著趕路，就請吳老大好好犒賞咱們兄弟一番了。」

「這有何難？」吳老癩突然生出一個邪惡的想法。「這丫頭既然看到了咱們，那是斷然不能讓她就這樣回去的，殺了倒也怪可惜的，索性就把她帶在身邊，也好給兄弟們解解悶。」

姚婧婧聽得毛骨悚然，這些人渣的所作所為簡直令人髮指。她雖然不是視貞操為性命的古代女子，可若真的受到這幫惡徒的輪番摧殘，只怕也是活不了了。姚婧婧只能不停地求饒，希望能夠喚起這些賊人的惻隱之心。「各位大叔，我求求你們放了我，我年紀尚幼，模樣又醜，腿腳也不靈便，只會成為你們的累贅，我兜裡還有些銀子，你們可以全部拿去，我求求各位放過我吧！」

可吳老癩的神情卻更顯興奮，他將姚婧婧放在面前的草地上，伸手抹掉她臉上的泥水，用兩根指頭捏住她的下巴。「小美人，妳還真是貼心，不僅送人還送銀子，妳放心，哥哥們可捨不得累著妳，這一路上咱們會輪流揹著妳，絕不會讓妳這一雙小腳染上塵土。」

姚婧婧渾身發抖，卻不敢用力反抗，生怕惹怒了吳老癩，讓他做出什麼更過激的行為。

「吳老大，咱們是不是得想個辦法把這丫頭收拾乾淨？否則這一身的臭泥，咱們兄弟也下不去嘴啊！」

「這簡單。」那個色迷迷的賊人突然竄回剛才那座院裡，頃刻間就提著一只半人高的木桶跑了出來。

嘩啦！姚婧婧眼睜睜地看著一整桶涼水迎面潑來，力道之大，打得她撲倒在地上半天都回不過神，這下她徹徹底底變成了一個「落湯雞」。

此時的天氣依舊炎熱，姚婧婧身上穿得也很單薄，因此被水淋濕之後幾乎變成了半透明的狀態。

姚婧婧的身體雖然瘦瘦小小不甚豐滿，可畢竟是一個開始發育的少女，眼前那個原本就一肚子壞水的賊人瞬間被勾起了慾望。

「小丫頭，妳的衣服都濕了，讓哥哥幫妳換一件吧，否則著了涼可就不好了。」

那個色迷迷的賊人朝著姚婧婧的胸口伸出一隻手，其他的賊人都圍在一旁大聲起鬨。

姚婧婧只覺得渾身的雞皮疙瘩都起來了，她甩了甩臉上的水漬，強迫自己鎮定下來。

就在那隻令人作嘔的手即將碰觸到她的身體時，姚婧婧猛地往後一縮，瞅準時機一口咬在他的大拇指上。

「啊——」

伴隨著一聲淒厲的慘叫，姚婧婧張嘴吐出一口帶著鮮血的皮肉，她竟然硬生生地咬下那個賊人的半截手指。

斷指之痛自然撕心裂肺，那名賊人一下子就倒在地上不停地翻滾，口中對著姚婧婧咒罵不已。

眼看這名賊人受傷不輕，兩名同夥連忙把他抬到一邊，拿出藥箱替他止血包紮。

這個看似不起眼的小丫頭竟然轉瞬間就折了他一名手下，吳老癩心中的氣憤可想而知。

「妳簡直是在找死。」吳老癩一個跨步上前，提起姚婧婧的衣領，一巴掌打在她的小臉上。

姚婧婧頓時感覺半邊臉如同火燒一般，火辣辣的疼，一絲鮮血順著她的嘴角流了下來。

她強忍住心中的恐懼，仰起頭怒視著吳老癩，既然哀求毫無用處，那她也要讓這些賊人知道，她並不是任人欺凌的女子。

「吳老大，看這丫頭還是個硬骨頭，咱們還有正事要辦，帶著她恐怕會誤事，依我看還是……」一名面色陰狠的賊人一邊說，一邊伸出手做了一個抹脖子的動作。

吳老癩原本就是一個心狠手辣之徒，轉瞬間就做了決定，從腰間拔出一把閃著寒光的匕首，朝著姚婧婧走去。

第四十九章　殺身之禍

「既然是妳自己找死，那就怨不得哥哥了。妳放心，我會把妳的屍身留給妳的爹娘，也好讓他們為妳哭上一哭。」吳老癩猙獰地說著。

「等等。」

生死存亡時，身後突然傳來孫晉維那焦急慌忙的聲音。

姚婧婧雙眼一閉，徹底無言了。她之所以一直裝傻充愣地拖延時間，就是想讓孫晉維找到機會跑出去搬救兵，即使她真的丟了性命也要讓壞人繩之以法；可沒想到這個榆木腦袋非但沒跑，反而自投羅網，這下好了，兩個人今日都得命喪於此。

平白無故又冒出個人來，吳老癩的震驚可想而知，他轉頭對著身後的手下厲聲呵斥。

「你們都是瞎子嗎？這麼大個活人藏在這裡都看不見。」

那些賊人也有些慌了，連忙瞪著眼睛四下尋找，看看還有沒有其他漏網之魚。

孫晉維一路小跑地衝到吳老癩面前，點頭哈腰地央求道：「各位好漢，真的沒有其他人了，我和這位姚姑娘誤入貴地，還請各位好漢高抬貴手，放我們一馬吧！」

「你又是何人？」吳老癩見孫晉維的穿著打扮頗為講究，看樣子應該和姚家這丫頭不是一路人。

孫晉維倒是老老實實地回道：「在下孫晉維，是土生土長的長樂鎮人，家中在鎮上經營了一間酒樓名叫醉仙樓，各位好漢應該都聽說過吧？」

「哦？」作為長樂鎮最大的酒樓，吳老癩自然不止一次光臨過。孫家的少爺怎麼會和一個農家小丫頭混在一起？這可真讓人想不通。「你來這裡做什麼？趕緊老實交代，否則大爺我連你一起砍了。」

孫晉維縮了縮腦袋，一副惶恐至極的模樣。「別別別，好漢饒命。我就實話跟您說了吧，其實我和姚姑娘經常來這裡幽會，今天實在不知道各位好漢在此，只要各位好漢願意放了我們，在下願意以千兩紋銀相贈。」

「原來是一對姦夫淫婦，孫少爺出手倒挺大方的，只可惜我雖是一介莽漢，卻也明白人為財死，鳥為食亡的道理，既然你和這丫頭是一對野鴛鴦，那就一起到黃泉路上做伴吧！」吳老癩不想再耽擱時間，準備迅速了結了兩人後，趕緊帶著眾人上路。「既然你想英雄救美，那就先拿你開刀吧！」吳老癩揮舞著匕首，轉身朝孫晉維的胸口刺去。

孫晉維原本就是一個文弱商人，哪裡見過這種場面，立即嚇得哇哇大叫起來。「救命啊！赤焰，快來救我。」

「汪！汪汪！」

原本肉團子一般溫順可愛的小金毛竟然化身為一頭獵豹，像一道閃電般從牆後衝了出來，朝著吳老癩的面門直直撲去，一人一狗瞬間糾纏在一起。

由於速度太快，吳老癩壓根兒沒看清撲向他的是個什麼東西，內心的驚懼可想而知。

「什麼鬼東西？快幫我弄開牠。」吳老癩沒有還手之力，只顧抱頭鼠竄。

其他的賊人雖有心幫忙，一時卻也插不了手。

也許是覺得吳老癩臉上的那塊疥癩太過礙眼，小金毛竟然露出兩顆尖牙，對著他的臉就是一口。

「媽呀！疼死我了，救命啊！」一下子被咬掉半塊臉肉，吳老癩痛得半條命都沒了。

「快走。」孫晉維拉起已經看呆了的姚婧婧就往外衝。

那些賊人起身想要攔住他們，可小金毛赤焰卻如同威風凜凜的將軍，神氣活現地擋在他們面前，那高高揚起的下巴彷彿在說：誰敢動，我就咬誰。

就在他們猶豫的時候，孫晉維和姚婧婧已經跑到了大路上。兩人片刻都不敢停留，拚了命地往前跑，一直跑到長樂鎮的中心，才氣喘吁吁地癱軟在地上，心中有一種劫後重生的慶幸。

孫晉維好不容易緩過一口氣來，卻發現他的寶貝赤焰沒有跟上來。「怎麼搞的，赤焰不會有什麼危險吧？」他焦急地伸著頭張望，雖然他對赤焰很有信心，卻仍免不了替牠擔心。

「不會的，小金……赤焰那麼厲害，一定不會有事的，如果你不放心，我現在就去喊人，咱們立即殺他們個回馬槍。」姚婧婧說完便拔腿朝著杏林堂的方向跑去，剛跑出去沒多遠，便看見里正大人帶著一大幫村裡的壯丁朝這邊趕來。「里正大人，您來得正好，我已經找到吳老癩和他的同夥，您快隨我去抓住他們。」

「真的是他幹的?!」里正驚訝之下，立即召集眾人跟在姚婧婧和孫晉維身後，朝那座廢棄的酒坊跑去。

可惜待他們趕到時，偌大的酒坊已空無一人，吳老癩和那幫賊人早已不知去向。

姚婧婧四處察看了一番，發現了不少賊人留下來的痕跡。「地上的血跡還未乾，他們應該剛走沒多久，咱們抓緊時間去追，應該還能追上。」

里正卻沒有這麼樂觀。「姚姑娘有所不知，從前面的這條路往鎮外走，至少有三處岔路，咱們若是不知道他們的確切路線，只怕是難以追查。」

姚婧婧急得直跺腳。「那怎麼辦？難不成就讓他們這樣跑了？」

「赤焰，赤焰！你聽見了嗎？快點出來。」孫晉維卻好像完全沒聽見他們在說什麼，只是不停尋找和呼喚著自己的愛犬，那焦急的模樣比起姚婧婧是有過之而無不及。

「汪汪！汪汪！」

聽到主人的聲音，赤焰彷彿從天而降一般，一下子撲進了孫晉維的懷中。

孫晉維鬆了一口氣，愛憐地撫摸著牠那毛茸茸的小腦袋。

赤焰則瞇著眼，一副很享受的模樣。

這隻聰明勇敢的小金毛也算是她的救命恩人，看見牠沒有受到傷害，姚婧婧心裡很是欣慰，她剛想伸手去摸摸牠，孫晉維卻一下子轉過身將牠護在身後。

「妳知道什麼叫神獸嗎？可不是人人都能摸得的，若是被咬了我可不負責。」

姚婧婧撇了撇嘴。「有什麼了不起？一隻金毛而已，看把你給稀罕的。」

孫晉維很厭惡姚婧婧稱呼他的愛犬為金毛，當即瞪著眼睛怒斥道：「姚姑娘，我再提醒妳一遍，牠的名字叫做赤焰，如果妳再信口胡說，我就不讓我的赤焰替妳引路抓賊了。」

姚婧婧眼睛一亮，猛地一拍腦門。「對啊，我怎麼沒想到？赤焰的鼻子這麼靈，一定能聞出吳老癩他們走的是哪條路。」姚婧婧連聲催促道：「孫大少爺，快快，煩勞你的赤焰再辛苦一趟，為我們帶路吧！」

哪知孫晉維卻不顧儀態，一屁股坐在了地上。「讓牠帶路可以，不過我是跑不動了，你們自己隨牠去吧！」孫晉維非常溫柔地對著赤焰低聲耳語了幾句，然後拍了拍牠的小腦袋，鬆開手任牠一躍而出。

里正看著滿身狼狽的姚婧婧也是心有不忍，便伸手將她攔住。

「姚姑娘，妳也在這裡等著吧，剩下的事就交給我了，我一定會捉到那些賊人，幫妳找到丟失的草藥。」

姚婧婧想了想便點頭同意了，以自己現在的體力，就算執意跟去也只會扯後腿而已。

一行人追隨著赤焰的腳步飛奔而去，姚婧婧和孫晉維終於有機會倚著牆角休息片刻。

由於早上起得太早，姚婧婧只覺得又累又睏，便閉起眼睛假寐。

孫晉維卻突然感覺到渾身不自在，尤其是一雙眼睛，簡直無處安放。折騰了半天，姚婧婧原本濕透的衣裙已經乾了一半，可某些特別的地方仍是顯得有些尷尬。孫晉維憋了半天，還是忍不住囁嚅地問道：「妳……妳這穿得是什麼東西？」

「什麼？」姚婧婧睜開眼，順著孫晉維的目光朝下望去，發現她胸前的釦子不知什麼時候被撥開了兩顆，由於怕熱，她裡面只穿了一件自製的純白棉紗胸罩，以孫晉維此刻的角度，應該是一覽無遺。「色狼。」姚婧婧一掌將孫晉維推出去老遠，自己則像彈簧一樣跳了起來，摀住胸口，橫眉怒目地瞪著孫晉維。

孫晉維摔了一個大跟頭卻顧不上叫痛，匆忙爬起身，滿臉緊張地向姚婧婧解釋。「姚姑娘，我不是有意要偷看的，我……我只是有些好奇。」

姚婧婧更是氣憤，毫不留情地懟道：「好奇什麼？非禮勿視你不懂嗎？還有，剛才你跟那些賊人說什麼我跟你在這裡幽會？我呸，虧你想得出來，大色狼。」

「我……我……」孫晉維的臉簡直紅到了脖子根。他雖然二十出頭了，可他向來非常自愛，既不像姚子儒一樣喜歡光臨那些花街柳巷之地，也不像他弟弟孫晉陽一樣愛處處留情，和各式各樣的妙齡少女糾纏不休。可就是這樣一個嚴以自律的人，竟然在姚婧婧面前做出這種蠢事，就連孫晉維自己都覺得非常吃驚。難道真的是昨夜的酒太烈了，才讓他的腦袋到現在都不太清明？「我之前所言只是權宜之計，真的不是存心想輕薄妳，還請姚姑娘不要生氣。這件事都是我的錯，妳想怎麼懲罰我都行。」事到如今，孫晉維也只能不停地求饒，希望能獲得姚婧婧的原諒。

姚婧婧不是斤斤計較之人，而且他剛才挺身而出救她於屠刀之下的義舉還是讓她覺得很感動的。正當她準備揮揮手表示就這樣算了的時候，孫晉維竟然又開口說了一句讓她跌破眼鏡的話。

「姚姑娘，如若妳覺得我的唐突之舉對妳的清白有損，孫某願意負責到底。」孫大少爺說完，還鄭重其事地對著姚婧婧拱手行了一個大禮。

「什麼鬼？」姚婧婧簡直哭笑不得，這都哪兒跟哪兒啊？「負責？你打算怎麼負責？把我娶回家嗎？」

孫晉維完全沒想到姚婧婧會毫無顧忌地將這種問題宣之於口，反倒讓他一個大男人感到害羞不已。「婚姻大事非同兒戲，若是姚姑娘有此意願，我定然回家向父母陳情——」

姚婧婧突然面色不善地打斷他。「孫大少爺，在你眼中，我姚家的女兒就如此輕賤？一個、兩個非要上趕著到你孫家去做妾？」

孫晉維一下子愣住了，天地良心，他真沒有這個意思。「姚姑娘，妳不要誤會，我並不是這個意思。」

「孫大少爺是什麼意思並不重要，我知道你是想做一名謙謙君子，只可惜我姚婧婧卻是那茅坑裡的石頭，又臭又硬，承受不起孫大少爺如此抬舉。」

孫晉維完全沒想到自己的好心提議卻惹來姚婧婧如此反應，一時間上不得上，下不得下，只覺得尷尬不已。「姚姑娘，妳這話是什麼意思，我怎麼一句都聽不明白？」

姚婧婧淡淡一笑。「在世人看來，女人一輩子最重要的事就是嫁得一個如意郎君，可我偏偏就不信命；同樣有手有腳，為什麼男人可以去讀書做官、去種田經商、去雲遊四海、去做自己想做的一切，而女人卻只能徘徊於方寸之地，將自己的命運交到別人手上？」

孫晉維卻是越聽越糊塗了。「姚姑娘，難道妳還想……」

「沒錯。」姚婧婧眉頭一挑，看起來滿懷信心。「我就是想像一個男人一樣，藉由自己的雙手去獲得自己想要的一切，至於擇婿嫁人，實在不在我人生的計劃中。」

孫晉維暗自鬆了一口氣，還好眼前這個小丫頭並不是嫌棄他這個人，否則他真得找個地縫兒鑽進去了；不過，姚婧婧如此大膽的想法還是讓他震驚不已。「姚姑娘怎麼會有如此想法？能找到一個依靠，安安穩穩地過完一生難道不好嗎？世事多艱難，尤其是對一個女子而言，妳若是真選擇這條路，肯定會遇到許多無法想像的阻礙和困境。」

「我知道，可那又怎麼樣呢？人各有志，與其拋棄自己的靈魂，渾渾噩噩地過一輩子，倒不如奮力一搏，就算是死也要死個明白。」對此，姚婧婧倒是想得通透。

孫晉維低著頭默默無語，對於姚婧婧的這些想法他一時還是無法消化，可他卻再也不敢把眼前這個只及他胸口的小丫頭當成一個什麼都不懂的鄰家小妹妹來看待了。

折騰了半天，姚婧婧好像有些受涼了，忍不住打了一個大噴嚏。都怪那些可惡的賊人，等抓到他們，她非要好好踹上兩腳不可。姚婧婧正準備起身到前面看看，忽然感到身子一暖，原來是孫晉維將自己外面的罩衫脫下披在了她的身上。

「姚姑娘如此雄心壯志讓孫某欽佩不已，以後不管遇到任何困難都請直言相告，孫某雖然不才，卻願為姚姑娘盡一份綿薄之力。」

姚婧婧看著一臉真摯的孫晉維，不由得心中一暖，她知道這是一個承諾，他並沒有把她的話當成是不知天高地厚的胡言亂語，反而用一種平等的姿態來設身處地為她著想，這樣的男人在這個時代的確是十分難得的。

「汪汪！汪汪！」

姚婧婧還沒來得及表達感謝，突然聽到遠處傳來一陣非常熟悉的狗吠聲。

孫晉維滿臉驚喜地跳了起來。「是赤焰，牠回來了。」

第五十章　歸案

兩人剛迎上去沒幾步，那毛茸茸的小傢伙就在姚婧婧眼前一閃，徑直撲進了主人的懷裡。

孫晉維親暱地揉了揉牠的小腦袋。「小乖乖，今天真是辛苦你了，一會兒回去賞你兩根大骨頭啊！」

姚婧婧往後瞅了瞅，發現並沒有人跟來，轉頭急切地問道：「赤焰，其他人呢？那些壞蛋有沒有被抓到？」

小金毛瞪著一雙圓滾滾的小眼睛直直地打量著姚婧婧，好像在思考要不要回答她的問題。

孫晉維連忙催促道：「快說，姚姑娘可著急了呢！」

小金毛一下子掙脫出孫晉維的懷抱，縱身一躍跳至牆頭，對著遠處就是一陣驚天動地的狂吠。

孫晉維拍手笑道：「姚姑娘放心吧！看樣子里正大人已經找到了那些賊人的蹤跡，只不過赤焰的腳程比較快，用不了多久他們也會跟上來的。」

孫晉維所料不錯，大約又過了半刻鐘的時間，里正和村裡那些壯丁就押著好幾個賊人從大道上走了過來。

姚婧婧卻感覺有些不對勁。「里正大人，怎麼會只有這幾個？我記得那些賊人明明有十數人之多啊！」

里正露出一臉愧色。「姚姑娘，我所帶的人手有限，匆忙之下讓那些賊人跑了大半，實在是抱歉得很。」

「那吳老癩呢？他也跑了嗎？」姚婧婧的目光在身後那些人的臉上快速掠過，別人無所謂，吳老癩這個主犯若是就這樣逃了，她肯定會嘔死。

里正拍了拍胸脯。「那哪能啊？這點輕重我還是有的。這個吳老癩倒是狡猾得很，一看到我們追上去竟不顧那些手下，拔腿就想往旁邊的草叢裡鑽，卻被那隻神犬咬住了褲腳，為了防止他再鬧出什麼么蛾子，我用一記悶棍把他敲暈了，這不，現在還在最後面那輛裝草藥的馬車上躺著呢！」

姚婧婧匆忙跑過去一看，果真如里正所言，她下意識地伸手檢查了一下，發現里正下手還不是一般地狠，這一下吳老癩非弄出個腦震盪不可。

看著眼前幾大車失而復得的金線蓮，姚婧婧心裡的一塊石頭終於落地。

里正大人在一旁問道：「姚姑娘，這些草藥妳打算怎麼辦？要不要我派人幫妳拉回村裡？」

姚婧婧搖了搖頭。「不用了，煩勞您幫我送到前面街上的杏林堂就行了。」

這些新鮮的金線蓮必須盡快曬乾保存，否則就會影響品質，如何處置它們，胡掌櫃肯定比她更在行。

姚婧婧看了看日頭，此時尚未到正午時分，想想這半天經歷的事情，她突然咧嘴笑了起來。「其實我倒應該感謝吳老癩，幫我省了不少力氣，否則我這會兒還在地裡揮汗如雨呢！」

看到姚婧婧如此想得開，里正和孫晉維都忍不住跟著笑了起來。

一行人慢悠悠地回到了鎮上，將藥材交給胡掌櫃之後，里正便忙著處置那些賊人。

經過里正大人初步的審問，發現這些賊人都是吳老癩在附近聚集的一批遊手好閒之輩，里正決定把他們交給鎮上的衙役。

由於衙門所在的位置在孫晉維回家的必經之路上，他便很高興地領了這個差事，抱著他心愛的赤焰，帶著一大幫人，神氣活現地往衙門去了。

而姚老三一家三口則留下來幫胡掌櫃把金線蓮鋪到院中間和屋頂上，等到活計做得差不多後，天色已經不早，他們也該回家去了。

姚婧婧臨走之前給胡掌櫃開了一個方子，讓他將藥煎好之後送到醉仙樓給孫大少爺服用，說是清熱祛火的神物。

胡掌櫃不明就裡，只能按照老闆的吩咐行事。

孫大少爺拿到藥時心中有點竊喜，那丫頭還算是有些良心，也不枉他跑斷雙腿忙活一場。可當湯藥一入口，他就感覺胃裡翻江倒海，連帶著剛吃進去的晚飯都差點吐了出來。

「這、這是什麼藥？怎麼會這麼苦。」

胡掌櫃飽含同情地看著苦得一臉扭曲的孫晉維，忍不住暗暗咋舌。這碗清火湯被姚婧婧下了八倍劑量的黃連老根，不苦才叫見鬼了。「孫大少爺，我家老闆說了，良藥苦口利於病，只要您把這碗藥喝下去，再重的火氣也都能消散得一乾二淨。」

「不喝、不喝、不喝，趕緊拿走。」孫晉維的腦袋搖得像撥浪鼓一般，那個臭丫頭明顯在戲弄他。

一旁伺候的貼身小廝阿慶連忙拿來清水給自家少爺漱口，不料孫晉維猛灌了幾口後，嘴角突然露出了一絲笑容，阿慶頓時看傻了眼。大少爺這是怎麼了，難不成喝藥喝壞了腦子？

孫晉維自然不傻，相反地，他還是個一點就透的聰明人。姚婧婧能夠如此待他，說明她的心中已經放下了從前的那些成見，真正地把他當成了自己的朋友。

藥材是找回來了，但到底該銷往何處卻又讓姚婧婧頭疼。就在此時，里正大人派人前來召喚，說要給她引薦一個人。

姚婧婧急忙趕到陸家，還沒來得及開口細問，一名身著青衣的年輕男子就從屏風後信步而出，只一眼，姚婧婧便確定了他的身分，因為他那儀表堂堂的面相、眉眼之間的神采，幾乎綜合了里正夫妻倆的全部優點，這讓姚婧婧頓時鬆了一口氣。

她之前曾經無數次聽陸倚夢提起過她這個大哥，陸家三代單傳的大少爺——陸雲生。

陸雲生對眼前這個名不見經傳的小丫頭也表現出強烈的興趣，從現身開始便一直笑盈盈地打量著她。

陸雲生看起來只有十八、九歲的年紀，可姚婧婧卻敏銳地發覺他的眼底閃爍著超乎尋常的睿智光芒，包括他的言行舉止都顯得無比幹練，一看就是一個有著超強執行力的人。

「陸少爺——」

姚婧婧正準備低頭行禮，里正大人卻搶先一步打斷了她。

「姚姑娘，你們倆是平輩，便隨著夢兒叫他一聲陸大哥吧，也顯得親切。」

陸雲生不住地點頭，似乎對這個稱呼很滿意。

盛情難卻，姚婧婧再多推辭倒顯得有些虛假了，更何況她還想請眼前這個人幫她賣掉那些儲存的草藥，因此早早地打好關係才是正理。「陸大哥何時回來的？村子裡竟然沒有聽到一點風聲。」

姚婧婧不卑不亢、大大方方的態度，讓陸雲生止不住地點頭，也不枉費自己的家人在他面前說了那麼多關於她的好話，這個小丫頭確非凡品。

「我這次回來也是臨時起意，昨天夜裡才剛剛到家。之前姚姑娘和母親、妹妹一起去臨安城時，我剛好去南方進貨，陰差陽錯之下竟然沒能見上一面，實在是遺憾得緊。這不，聽說妳今日要來，我便早早地等在這裡，連覺都沒睡好呢！」陸雲生說話的語氣很隨和，兩人之間不像是第一次見面，倒像是久別重逢的故友。

姚婧婧歉疚地道：「陸大哥事務繁忙，還要浪費時間在我身上，我心裡實在是過意不去。」

「別，姚姑娘千萬別這麼說。」里正連忙揮手制止道：「其實雲生這一趟回來就是為了妳的事。前些日子我在家信中提及姚姑娘種了大片藥材，想讓他幫忙打探一下有沒有合適的銷路，多日未見回音，還以為他未曾放在心上，誰知這小子卻毫無聲息地親自跑了回來。」

姚婧婧頓時驚呆了，她知道陸雲生並非普通的商人，他常年奔波在大楚的邊境，做的可都是數以千金計的跨國貿易，這樣的商界大老怎麼會看得上她手上這點蠅頭小利？實在讓人難以置信。

陸雲生對此卻顯得毫不在意，只是輕輕地解釋了一句。「沒辦法，誰讓我現在恰好就需要一大批這種藥材呢！」

好吧，可能這個世上還真有如此巧合之事。姚婧婧按下心中的訝異，開始談起了生意。

「陸大哥，這金線蓮可不是一味常用藥，你準備要收購多少的量呢？」

陸雲生的眼皮都沒有抬一下。「妳有多少，我要多少。」

姚婧婧又試探性地問了一句。「那這價錢……」

「只要藥材的質量好，價格好商量，絕對不會讓姚姑娘妳吃虧的。」

姚婧婧只覺得眼前豁然開朗，困擾她多日的難題就這樣毫不費力的解開了，這可真是在家聽喜報，出門遇貴人啊！

事不宜遲，兩人當即趕到鎮上的藥堂去驗貨。陸雲生是一個懂行的人，只是伸手抓了兩條曬乾的金線蓮放在鼻子下面聞了聞，便能斷定這些貨全屬上品。

「如果不是親眼所見，我實在不敢相信竟然真的有人能夠將金線蓮這種藥材大規模種植出來。大楚這些年內憂外患，紛爭不斷，藥品在很多地方已成為一種稀罕的物資，姚姑娘，若是妳能將這項手藝發揚光大，於國於民都是一件天大的好事啊！」

陸雲生的一番話讓姚婧婧始料未及，她對如今的局勢並不瞭解，自己種植藥材也只是為了賺些銀子改善生活，沒想到竟被提高到如此高度。

「陸大哥，我只是一個普普通通的農家女，習慣了與大山和土地打交道，至於你說的那些家國大事，我可一句都弄不明白。」

姚婧婧眉頭深鎖的模樣看起來倒有幾分嬌俏，惹得陸雲生開懷大笑。

「弄不明白沒關係，妳只須將藥材種出來，其他的事就交給我吧！這些金線蓮曬製得差不多了，請胡掌櫃安排人將它全部裝箱，我會即刻派人來取。」

胡掌櫃感覺像是在作夢一般，他有些難以置信地盯著陸雲生問道：「這金線蓮可不是尋常藥材，陸老闆確定一次要收這麼多？」

陸雲生斜著眼睛瞅了他一眼，故意調侃道：「看胡掌櫃的樣子，倒像是怕我不給錢似的。你放心，我還指望著你家老闆日後為我掙來一座金山、銀山呢，這點貨款絕對少不了你的。」

胡掌櫃連忙搓著手解釋道：「不是、不是，我不是那個意思。」

陸雲生一轉頭，從懷裡掏出一疊銀票交到胡掌櫃手裡。「出門在外，身上只有銀票，只可惜這長樂鎮上沒有錢莊，還得煩勞你們到埕陽縣城去兌換。」

「不妨事、不妨事，方便得很。」胡掌櫃忙不迭地將那疊銀票接住，匆忙數了一遍之後，一雙眼睛都直了。「東家，您看這……」

姚婧婧伸手接了過去，她還是第一次見到古代的銀票，費了好半天的勁兒才看明白。「三千兩？這也太多了吧！」

陸雲生的嘴角突然揚起一絲意味深長的笑容。「不多、不多。實話告訴妳吧，在這一單生意中，我所獲得的利潤遠比妳想像中豐厚，來日方長，咱們可要一直合作下去啊！」陸雲生說完，自顧自地在杏林堂內轉了一圈，最後拿起放在櫃檯上的一顆成品藥丸放在鼻子底下嗅了嗅。「這些是你們店裡自製的？效果怎麼樣？」

姚婧婧瞅了一眼，發現那些藥丸是她為了給娘親調理身子特意讓胡掌櫃幫忙製作的，後來胡掌櫃覺得方子不錯，便多做了一些放在杏林堂內販售，沒想到卻引來了陸雲生的興趣。

姚婧婧不好向他詳細解釋這藥丸的功效，只能含糊其辭地點頭稱是。

陸雲生卻像是突然想到了什麼，眼睛一亮地抬頭問道：「聽聞各家藥鋪都有自己的秘方，尤其是跌打損傷一類，由許多不知名的小藥鋪配製出來的反而有奇效，不知姚姑娘對此是否有涉獵？」

姚婧婧還未開口回答，胡掌櫃卻像是撿到寶似的，一下子躥到陸雲生面前，滿臉得意地說：「陸老闆總算是問著了，東家配製的金創藥那可算是一絕，不僅能促進傷口快速癒合，還能消掉絕大部分的疤痕，用過的人都說好。」

「哦？真有這麼神奇嗎？可否拿出來讓我看一看？」陸雲生的眼神看起來非常急切。

「當然可以。」胡掌櫃忙不迭地答道。作為一個稱職的藥鋪掌櫃，他已經敏銳地嗅到了其中的商機。「喏，就只剩這兩瓶了，您仔細別摔著。」胡掌櫃從盒子裡拿出兩個巴掌大的白瓷瓶，小心翼翼地遞到陸雲生手上。

陸雲生突然變得一臉嚴肅，把瓷瓶拿在手裡翻來覆去地看，最後還打開瓶口，將瓶裡的膏藥倒了一點在手背上細細地聞。「看起來沒什麼奇特之處啊，怎麼惹得他如此念念不忘？」

「什麼？」姚婧婧沒聽清陸雲生的自言自語，只能豎著耳朵追問道。

「啊？沒什麼。」陸雲生瞬間恢復如常，放下手中的瓶子對姚婧婧說道：「姚姑娘，我剛跟妳說過，大楚這兩年戰亂不斷，不管是前方的將士還是深受其害的城民，都需要大量類似的藥品，只要妳配製的金創藥有效果，價格好商量。」

「陸大哥這是準備向我下訂單？」不知為何，姚婧婧突然有了一種奇怪的感覺，好像陸雲生此番回來最主要的目的就是為了這金創藥，而那金線蓮卻更像是拋磚引玉罷了。

「我不僅要下單，而且是長期性的大單，不知姚姑娘是否有信心接下來？」依照姚婧婧的個性，陸雲生原本以為她會立即拍著胸脯接下來，誰知她卻是想也不想地搖了搖頭。

「陸大哥請見諒，我雖然有心想賺這個錢，可眼下杏林堂條件有限，你若是要個百、八十瓶，我豁出十日不眠不休倒也能趕製出來，再多可真是無能為力了。」

陸雲生一聽，眼睛即刻瞪得老大。「那可不行，姚姑娘，我可是有任務在身的，妳可不要坑我。」

「我坑你？陸大哥何出此言？」姚婧婧簡直一頭霧水。

陸雲生一揮手，揚聲道：「妳別問這麼多，反正這個單子妳是接也得接，不接也得接，從下個月開始，每逢月中妳至少要向我上交一千瓶這樣的金創藥膏，如遇特殊情況需要增加產量，我會派人另行通知。」

「一千瓶？你乾脆殺了我得了。」姚婧婧倒抽了一口氣。不切實際的事無論如何她都不會答應，別到頭來錢沒掙到，身體卻被拖垮了，那才叫得不償失。

「還沒有嘗試妳怎麼就知道不行呢？沒有條件那就創造條件，缺人招人、缺地買地，姚姑娘，這可是行善積德的好事，妳想想，有多少人會因為妳這瓶膏藥而挽回性命，救人一命勝造七級浮屠，這可是你們這些醫者應盡的職責啊！」

陸雲生開始軟硬兼施，不停地給姚婧婧戴高帽，逼得她啞口無言。

陸雲生乘機又將兩張銀票塞到胡掌櫃手裡，催促道：「這些當作訂金，你快給我寫張契約，記住，把我剛說的都寫進去。」

「啊？」胡掌櫃一臉懵，看看陸雲生，又轉頭看看自家老闆，一時竟不知如何是好。

姚婧婧嘆了一口氣，看陸雲生的架勢怕是不達目的、誓不干休，自己這回怕是想跑都跑不掉了。「陸大哥，咱們有言在先，我會盡力一試，可若實在不成，你也不要怪我。」

「只要妳想做那就一定能成，我相信妳的能力。姚姑娘，此事意義重大，一切拜託了。」

第五十一章　天降大單

姚婧婧莫名其妙接了這麼一個燙手的差事，簡直憂愁得飯都吃不下了，一下子掙得三千兩白銀的喜悅瞬間被壓力取代，依照杏林堂現在的情況，每個月生產一千瓶金創藥簡直是不可能完成的任務。

胡掌櫃一夜之間著急上火，連牙齦都腫了。

「東家，您快想想辦法吧！那個陸老闆看起來一副很好說話的樣子，可若是到期交不了貨，他可有的是法子懲治咱們。」

姚婧婧有些無奈地笑了笑。「哪有那麼嚴重，不過他有一句話說得很對，有困難就一件一件地去克服，至於結果如何就看天意了。」

「那咱們眼下要先做什麼呢？」胡掌櫃只覺得千頭萬緒，無從理起。

姚婧婧沈思了片刻後，抬頭問道：「胡掌櫃，離鎮口五里開外有一家廢棄的酒坊，你知道它如今的主人是誰嗎？」

胡掌櫃的模樣看起來有些迷茫。

「距離那家酒廠關張歇業已經有些年頭了，當年的老闆早已舉家外遷，如今劃在誰的名下我還真不清楚，東家若是需要，我出去打聽一下便知。」

姚婧婧點了點頭。「要快，咱們時間緊迫，半點不容耽擱。」

胡掌櫃即刻答應下來。「我曉得，東家是想用那座酒坊建一所專門熬製藥材的作坊？」

「沒錯，如今再買地建廠已經來不及了，我想了一下，再沒有比那座廢棄的酒廠更合適的地方，地夠大，又有許多現成的爐灶以及晾曬之所，只須稍加修整便可投入使用。」

胡掌櫃細想了一下，確實是這麼回事，不由得展顏讚道：「東家果然好眼光，枉費我在這鎮上生活了幾十年，竟然沒想到還有這麼一個好地方。」

「現在說這些還太早，先找到主人家才是正經事。這麼大一塊地方卻荒廢了這麼多年，說不定有什麼不為人知的隱情，也不知人家願不願意租給咱們呢！」

此事算是如今的頭等大事，胡掌櫃自然不敢怠慢，第二天下午便有了回音。

姚婧婧正在和姜大夫商討她那款秘製金創藥的配方，看看還有無可改良之處，因此完全沒有察覺到胡掌櫃那欲言又止的表情。

「東家，我已經打聽清楚了，那做酒坊的原主人因為經營不善欠下了不少債，關門之後房屋、鋪子等資產都抵給了債主，至於那座酒坊則納入了長樂鎮眾商之首孫家的旗下。」

「孫家？」姚婧婧瞬間一個頭、兩個大，這孫家真的是無孔不入，怎麼什麼事都能和他們扯上干係？

好在孫大少爺那邊很好商量，胡掌櫃只是抱著試一試的態度和他接洽了一下，他就直接揣著地契和房契，將姚婧婧帶到了那座廢棄的酒坊。

胡掌櫃看著這一大片廣闊之地和那些現成的廠房，簡直激動得不知如何是好。「孫大少爺，真是太感謝您了，您真是給我們幫了大忙。」

孫晉維連忙擺手道：「區區小事，何足掛齒，反正這塊地擱著也是擱著，租給你們多少還能收回點銀子。」

姚婧婧心中有些疑惑，那個難纏的孫夫人竟然會這麼痛快地交出地契、房契，實在是有些奇怪。「孫大少爺，這個地方前前後後加起來足有七、八畝之多，孫夫人有沒有說每月要收多少租金？」

孫晉維對此卻毫不在意。「原本就是一處廢棄之所，又能值多少錢呢？姚姑娘看著隨便給點意思一下吧！」

姚婧婧還未開口拒絕，跟在孫晉維身後的阿慶再也忍不住了，皺著眉頭埋怨道：「大少爺說得倒輕巧，您既然如此急巴巴地幫助姚姑娘，為何不讓她知道？」

姚婧婧心裡一驚，連忙追問道：「什麼意思？」

孫晉維轉身斥道：「阿慶，休要多嘴。」

阿慶卻挺了挺脊背，一臉倔強地回道：「大少爺不讓說我也要說。姚姑娘，這幾日老爺正在給兩位少爺分家，為了從夫人手中換得這塊地，大少爺他不僅損失了一大筆銀錢，還放棄了臨安城裡兩間地段繁華的鋪子呢！」

「什麼?!」這下連胡掌櫃都忍不住目瞪口呆，大家都是生意人，對於這酒坊能值多少銀子都是心知肚明的，孫夫人明顯是在乘火打劫啊！

「孫大少爺，你又何必如此，我雖然看上了這塊地方，卻也不是非它不可。分家可是一輩子的大事，一旦一錘定音便再無更改的可能，如今因為這事讓你損失了這麼多財產，我這心裡實在是過意不去。」姚婧婧雖然覺得這筆買賣划不來，但還是非常感激孫晉維的付出，能夠遇到這樣的朋友實在是她的幸運。

阿慶點了點頭附和道：「就是、就是。大少爺這些年為了孫家的家業勞碌奔波，到頭來卻全為他人做了嫁衣，姚姑娘您有所不知，這家分得實在讓人窩火，如今算下來除了鎮上的醉仙樓還在少爺名下，其他的祖產以及臨安城裡的大部分產業全部都給了二少爺了；如此不公，讓我們這些下人看了都覺得氣憤呢！」

孫晉維卻是淡然一笑。「有什麼好氣憤的？我雖然受父親所託幫忙料理了幾年家事，可別忘了我畢竟是一個庶子，嫡母能將我養大成人已經算是仁至義盡。這回分家我本做好了淨身出戶的打算，結果還能得到一處醉仙樓，實在是意外之喜啊！」

阿慶被自家主子氣得直跺腳。「姚姑娘，您看大少爺他……」

孫晉維瞪著眼睛威脅道：「好了、好了，身為男子，怎麼跟個小丫頭一樣囉嗦？再囉嗦以後就不帶你出門了。」

阿慶只能乖乖閉上嘴。

姚婧婧卻有些奇怪地問道：「兩個兒子都尚未娶親，孫老爺怎麼會突然想要分家？」

「這個月底就是我二弟的大喜之日，母親以親家之名逼迫父親提早分家。其實我知道，她是花錢請娘家人在臨安城裡為二弟捐了一個小官，只待成親之後便要舉家外遷，到時候帶不帶我都是一件麻煩事，索性便提早打發了，大家都省心。」孫晉維一臉的稀鬆平常，就像是在談論別人的家事一般。

「孫大少爺古道熱腸，可我又怎麼能讓你吃虧？你損失的銀子就由我補上吧，權當我把這座酒坊買下來了，不知你意下如何？」

姚婧婧是真心提議，可孫晉維卻瞬間皺起眉頭，一副受了委屈的模樣。「姚姑娘把我當成什麼了？其實我這麼做也不全是為了妳，雖然父親有意多分一些給我，可嫡母又如何肯依？與其為了那些身外之物鬧得雞犬不寧，倒不如捨錢買個清淨；況且以我的聰明頭腦，還愁將來賺不回那兩個鋪子嗎？你們真是太小看本少爺了。」

眾人都被孫晉維的樂觀開朗給逗樂了，姚婧婧更是當即對他發出了邀請。「失去你這麼一個會賺錢的好幫手，用不了多久孫夫人肯定會悔得腸子都青了；既然孫大少爺不肯收錢，那我就分些股給你，這座酒坊就當是你投資的股本了。」

孫晉維立即眨了眨眼，一副非常感興趣的樣子。「聽胡掌櫃說妳已經簽了大單，這可是穩賺不賠的買賣，妳真的捨得分一杯羹給我？」

「我雖然是一介普通的農家女，但也懂得滴水之恩，當湧泉相報的道理，孫大少爺屢次仗義相救，我還愁沒有機會報答呢，又有什麼捨不得的？待藥坊建成之後，所得之利潤咱倆四、六分成，孫大少爺覺得如何？」

姚婧婧雖為女子，但決斷卻乾淨俐落，如此大方的分法倒讓孫晉維覺得有些不好意思。

「這不太合適吧？我只出了這麼一座破酒坊，就分走妳四成利潤，說出去真怕人家以為我在欺負妳一個弱女子呢！」

「孫大少爺知道就好，所以我當然還有一些其他的條件。」姚婧婧突然捣著嘴格格地笑了，眼中露出一片狡猾之色。

孫晉維不由得退後一步，心中警鈴大作。「妳、妳想要幹什麼？」

「孫大少爺剛剛不是還在誇獎自己頭腦聰明嗎？從今以後這座藥坊也算是你的買賣了，孫大少爺可一定要盡心盡力，不要辜負我對你的期望哦！」

孫晉維愣了半天才終於回過神，哭笑不得地答道：「鬧了半天，原來是想讓我為妳賣命呢！胡掌櫃，你這個東家可真厲害，小小年紀這帳算得卻比誰都精。」

胡掌櫃對這個提議自然是舉雙手贊成，這兩天為了籌備設立藥坊的事，他和東家兩人簡直是忙得心力交瘁，卻依舊有好多東西沒有頭緒，如今他們正亟需一個像孫晉維這樣有人脈、懂運作的經商老手來幫忙打理，於是乎他連忙勸道：「孫大少爺，有錢大家一起賺，咱們東家可是一片好意啊！」

時間寶貴，姚婧婧盯著孫晉維的眼睛逼問道：「怎麼樣？你到底答不答應？」

「答應，當然答應。」孫晉維突然正色道：「姚姑娘還不知道吧，如今妳已成了一個名人，這方圓百里內誰不知道清平村出了一個把草藥當麥苗一樣種植的神農之女。我對姚姑娘的這一身本領也是傾慕已久，原本就想找機會向妳尋求合作之道，從今以後有什麼吩咐姚姑娘只管開口，孫某一定竭盡全力完成任務。」

猛地被人如此誇獎，姚婧婧還真有些不好意思。「哈哈，孫大少爺言重了，做生意你可是行家，往後我還要多多向你請教呢！」

胡掌櫃忍不住拍手大笑。「太好了，有孫大少爺的支持，建造藥坊一事已經成功了大半，今夜我終於可以睡個安穩覺了。」

阿慶卻是一臉懵，愣了半天才吶吶地問道：「眼下到底是什麼狀況？姚姑娘成了我家主子的老闆嗎？那我又該如何稱呼您？」

姚婧婧揮了揮手笑道：「如何稱呼不要緊，重要的是咱們一起齊心協力把事情辦好，下個月能夠按時交貨，到時候我會給你封一個大大的紅包，留著給你娶媳婦用。」

「真的？」原本一臉愁容的阿慶終於展顏，跑到姚婧婧面前雀躍地問道：「請問大東家，現在有什麼活嗎？我雖然出不了大力氣，但跑跑腿、拿個東西或叫個人什麼的都能做。」

姚婧婧在酒坊門口巡視了一圈後，轉頭對阿慶說：「現在就有一個十分重要的差事交給你辦，這座酒坊畢竟荒廢多年，有許多地方都需要重新修整，你去鎮上找幾個技術純熟的工人，務必在最短的時間內讓這裡能夠重新投入使用。」

「沒問題，府裡廚娘張嬸的大兒子是長樂鎮上手藝最好的泥瓦匠，這事找他準沒錯。」阿慶說完就一溜煙地跑了，徹底把自己的主子忘在了腦後。

孫晉維見狀又好氣、又好笑。「就該給這小子找點事做，免得他整日地在我耳邊嘮叨。」

「他也是怕孫大少爺你吃虧嘛。」姚婧婧一邊說，一邊帶著孫晉維在酒坊內走了一圈，將哪些地方需要修整一一規劃好。

孫晉維看似漫不經心，實則將她說的每一句話都放在了心上。

一圈走完，藥坊的大致模樣已在兩人的腦中出現雛形，接下來就是要招聘工人的事了。

孫晉維對此倒還有幾分顧慮。「只要工錢給得到位，想要找幾個身強力壯的長工倒不是難事，只是不知妳有沒有什麼特別的要求，要知道，在這個小鎮上，能識藥、懂藥的人實在沒有幾個。」

姚婧婧揮了揮手回道：「這倒不要緊，不懂咱們可以慢慢教，只要為人忠誠，能吃苦、肯上進就行了。」

孫晉維立即鬆了一口氣。「那就好，既能拿一份工錢，又能學一門手藝，這樣的好事要到哪裡去尋？待我明日將消息放出去，保管大家搶破頭地想要進來。」

站在一旁的胡掌櫃突然搓著手，露出一副欲言又止的表情。

姚婧婧奇道：「怎麼了？有什麼事不妨直說。」

胡掌櫃不好意思地笑了笑。「我想請求東家為我家裡那個不孝子開個後門，他雖然性格有些偏激，可幹起活來還勉強可以，而且他從小在藥鋪裡長大，對那些平常的藥材都能瞭解一二。經過上次的教訓，他如今已收斂許多，年紀輕輕的小夥子總不能一直混吃等死，我看這份差事倒是十分適合他。」

胡掌櫃既已開口，姚婧婧少不得要賣他一個面子，反正不論是誰，只要幹活得力她都歡迎。

願望達成，胡掌櫃自然十分歡喜，一番千恩萬謝之後便轉身去套車馬，準備送姚婧婧和孫大少爺回鎮上。

上了馬車後，姚婧婧從隨身的提包裡拿出一疊厚厚的宣紙，上面畫著各式各樣奇奇怪怪的器具。

孫晉維接過去一看，驚奇地問道：「這些都是妳畫的嗎？還真是維妙維肖，就跟真的似的，只是不知道這些東西有什麼用途？」

「用途可大著呢！工欲善其事，必先利其器，要想製出好的膏藥，就需要這些襯手的器具，像是斬藥的閘刀啦、舂藥的藥碾啦，尤其是熬藥用的鍋爐，這是我特別設計的，能夠有效地阻止熬藥過程中灰塵、雜質的進入，極有效率的保持藥性，延長藥膏的儲存期限。」姚婧婧挑出那張借鑑了一些現代機械理念、看起來十分複雜的鍋爐設計圖，將其中的原理給孫晉維講了一遍。

孫晉維聽得似懂非懂，心中的敬佩之意卻是更甚，不過很快地他又想起了一件麻煩事。「咱們要到哪裡尋這些東西呢？據我所知，長樂鎮上可是沒有。」

「我知道。」姚婧婧也很發愁。之前為了製作幾瓶金創藥自用，她就想買幾件襯手的工具，結果卻是遍尋不得。雖然最後藥還是製成了，只是耗時之久、過程之艱，讓人想起來就頭痛。「有了。」姚婧婧突然靈機一動，計上心來。「既然沒有現成的可買，那咱們就找人訂製，只是不知哪裡有技術極佳的能工巧匠？」

孫晉維撇了撇嘴，搖頭道：「照妳這個標準只怕是難了，除非……」

姚婧婧連忙追問道：「除非什麼？」

「除非去一江之隔的埕陽縣城。」

「埕陽縣城？」其實姚婧婧心裡一直有個疑問，按理說埕陽縣城是離這裡最近的城市，可無論是居住在清平村還是長樂鎮的人們，想要買賣貨品或是做個什麼小生意，都寧願去百里外的臨安城，也不選只有兩個時辰路程的埕陽縣城，如此捨近求遠的做法，實在是讓人費解。

孫晉維聽了卻是哈哈一笑，耐心地向她解釋道：「埕陽縣城地勢奇特，自古以來就是屯兵之地，一般的平民百姓為了少惹麻煩，見到官兵都要繞道而行，這埕陽縣城自然就受到了冷遇。更何況，從這裡到埕陽縣城要走水路，船運不僅費用高，而且還要提前預訂，哪裡有車馬方便。」

「還要坐船？」姚婧婧頓時來了興趣。她小時候曾和爺爺一起遊覽過三峽大壩，那種山水一色、彷彿置身於仙境之間的感覺，讓她畢生難忘。

孫晉維點了點頭。「當然了，泯江可是大楚境內最寬的河流，出了鎮口往西五里路就有一處渡口，每日船來船往，熱鬧極了。」

姚婧婧已經有些心動。「你確定埕陽縣城裡有人能製造這些煉藥的器具？」

「當然。」孫晉維斬釘截鐵地答道：「埕陽縣城屬於軍事要塞，城內自然有許多打鐵鋪和製作兵器的作坊，那裡人才輩出，製作這些器具應該不是難事。」

「很好。」姚婧婧一拍掌，立即做了決定。「反正我也需要兌些銀子回來，正好去跑一趟。胡掌櫃，您趕緊去渡口聯繫船隻，咱們明日一早就出發。」

姚婧婧從頭到尾並沒有透露出要請孫晉維同行的意思，因此孫晉維也沒有主動提起。

馬車行至杏林堂門口後，兩人就告別了。

第五十二章　埕陽縣城

這一趟來回最快也要兩日時間，姚老三夫妻倆不放心姚婧婧一個大姑娘孤身一人在外過夜，堅持要有一人和她同行，姚婧婧沒有辦法，只能答應下來。

第二天一大早，母女兩人便揹著一個包裹朝村口走去。

按照約定，胡掌櫃會趕著馬車在此等候，可待她們趕到時卻沒有看到胡掌櫃的身影，反而是孫大少爺的貼身小廝阿慶笑盈盈地等在那裡。

姚婧婧顯然有些意外。「怎麼是你？胡掌櫃呢？」

「胡掌櫃臨時有事，便讓小的來接您。大東家，現在天色尚早，外面的風還有些涼，請大東家和夫人趕緊上車避一避吧！」阿慶一邊說，一邊替她們撩開車簾，甚至還伸出手虛扶了賀穎一把。

如此謙卑有禮的態度倒把賀穎嚇了一跳，尤其是那聲「夫人」，叫得她滿臉通紅，恨不得躲到閨女身後。「這位小哥你誤會了，我就是一個普通的農家婦，什麼夫人不夫人的，我可擔待不起。」

阿慶眨了眨眼睛，一臉機靈地奉承道：「您從前是什麼身分不要緊，從今以後您在我眼裡就是身分貴重的姚夫人，誰讓您生了一個這麼能幹的閨女呢？姚夫人，您的福氣還在後面呢！」

「二妮，妳瞧他……」賀穎聽了這話雖然感覺很不好意思，但心裡還是有些歡喜的。

「娘，他說得沒錯，至於這稱呼嘛，妳喜歡就好了。」姚婧婧用眼神給阿慶點了一個讚，在哄人開心方面，這小子絕對是一個高手。

馬車一路顛簸，待到天色大亮時才來到了渡口，姚婧婧終於有機會一睹泯江的風采。

沒有污染的時代就是好，姚婧婧第一次領略到什麼叫做碧波蕩漾、清可見底。

泯江不愧是大楚第一江，江面平坦開闊，即使從高處也望不到盡頭。

阿慶指著岸邊的一艘烏棚小船說道：「這就是胡掌櫃預訂好的渡船，我送兩位下去吧，水邊的臺階又濕又滑，仔細別扭了腳。」

姚婧婧皺著眉問道：「胡掌櫃人呢？他不打算和我一起去了嗎？」

阿慶卻不打算回答她的問題，反而一直催促道：「大東家還是先上船吧！」

江風清冷，一直杵在這裡也不是辦法，姚婧婧只能帶著娘親走下江畔。

撐船的是一個鬍子花白的老船伕，只見他拿著一根長長的船篙屹立在船頭上，身形輕盈猶如蜻蜓點水一般。

三人剛走上船，姚婧婧突然聞到一股剛出爐的糕點所散發出來的香甜氣息。

由於一早急著趕路，根本沒來得及吃早飯，此時她的肚子便不爭氣地咕嚕作響，餓極了的她不等人招呼便伸手拉開船艙上掛著的竹簾，迎接她的正是孫大少爺那張猶如旭日東昇般輕淺溫暖的笑臉。

「姚姑娘，早。」

姚婧婧的臉上並無絲毫驚奇之色，事實上，從她第一眼看到阿慶時便已料到會是這個結果。

可跟在她身後的賀穎就不一樣了，由於姚大妮的關係，她是認得孫晉維的，因此對於他的出現就更加難以置信。「孫大少爺，怎麼會是你？」

孫晉維這才看到姚婧婧身後有人，而且還是一位長輩。他原本是慵懶地靠坐在窗邊的軟椅上，見狀立即跳了起來，朝著賀穎拱手行禮。「晉維見過伯母，不知伯母會一同前來，實在是有失遠迎，還望伯母不要怪罪。」

「孫大少爺切莫多禮，只是你和我家二妮……」如今在賀穎心中沒有什麼事比自家的閨女更加寶貴，她雖然對孫家大少爺的印象不錯，可這並不代表她會任由他和二妮來往。

孫晉維親自將賀穎讓至剛才他坐的位置坐下，賀穎的突然出現完全出乎他的意料，可他依舊進退得當，完全是一個彬彬有禮的貴公子形象。「伯母，姚姑娘沒和您說嗎？」面對著賀穎的發問，孫晉維突然露出一臉吃驚的表情。

「沒有啊！」賀穎心裡一驚，難道閨女有什麼事瞞著自己不成？

姚婧婧惡狠狠地瞪了孫晉維一眼，這傢伙為了樹立自己的良好形象竟然甩鍋給自己，真真是陰險至極。

「伯母有所不知，姚姑娘現在可是我的大東家，我做什麼事都得聽她的吩咐。」

「這怎麼可能！」賀穎將眼睛瞪得老大，一臉的難以置信。在她的印象中，孫晉維可是高高在上的公子哥兒，自家閨女就算再能幹，又怎麼可能凌駕於他上？

孫晉維為她奉上一杯熱茶，笑道：「有什麼不可能的？不信您自個兒問她。」

姚婧婧還未答話，侍立在一旁的阿慶就搶著回道：「是真的，夫人。這回我家少爺陪著大東家去埕陽縣城就是為了設立藥坊的事。我剛才說了，您以後一定是福澤深厚，大東家的本事比您想像中大得多呢！」

賀穎一臉猶疑地看著姚婧婧，還是有些不敢相信。

姚婧婧只能開口解釋道：「娘，我和孫大少爺是合作關係，生意上的事千頭萬緒，我一個姑娘家應付起來還是多有不便，少不了要請孫大少爺居中幫忙，孫大少爺為人正派，和他一起共事我也放心。」

這一下賀穎總算弄清楚了，連忙放下手中的茶杯，對著孫晉維點頭道：「多謝孫大少爺對小女的照顧，我就說嘛，她一個年紀輕輕的小丫頭哪能比得上你經驗老道，這藥坊之事以後還是要拜託給你了。」

孫晉維對著賀穎躬身道：「伯母客氣了，以後姚姑娘的事就是我的事，我一定盡心竭力，義不容辭。」

「好了、好了。」姚婧婧終於不耐煩地打斷他們。「都什麼時辰了，你們還要不要趕路啊？」

大東家發話了，阿慶連忙伸頭對著船伕喊道：「老魯頭，開船啦！」

「得咧。」

姓魯的老船伕一張嘴吹了一個嘹亮的口哨，伸出船篙在岸邊的大石頭上用力一點，小船便晃晃悠悠地順著水流的方向前進了。

這艘烏棚小船外表看起來雖然有些老舊，可內裡裝飾得還算精美，桌椅、軟榻一應物品應有盡有。

姚婧婧挑眉問道：「這是孫家的私船？」

「大東家好眼力，由於大少爺經常往返於長樂鎮和埕陽縣城之間，為了方便就置辦了這艘船，算起來已有好幾個年頭了。」阿慶簡直不放過任何一個溜鬚拍馬的機會。

「怎麼樣？看起來還不錯吧？這艘船最大的好處就是船尾設有爐灶，不僅隨時有熱茶供應，還可以暖些湯食點心，總比吃乾糧要好。」孫晉維指著船艙最中間的一條長案，上面擺放著好幾個精美的食盒，盒子上還雕有「醉仙樓」三個大字。

阿慶連忙伸手將食盒打開，裡面裝著一碟碟豐盛的早膳，有清香撲鼻的桂花糕、色香味俱全的小籠湯包、又薄又脆的芝麻香餅、清淡素雅的粳米粥，另外再加上幾樣可口的小菜。

孫晉維連忙勸道：「伯母，這是我剛剛讓店裡的夥計送過來的，趕緊趁熱吃吧！」

「這怎麼好意思呢！」在船上還能享用到如此美食，實在是太過奢侈，因此賀穎感到有些局促。

姚婧婧卻毫不客氣，拈起一塊桂花糕就往嘴裡塞，反正這些東西已經備下了，不吃也是浪費。「嗯，甜而不膩，不錯，娘妳也嚐嚐。」姚婧婧親自動手替娘親盛了一碗熱粥。

賀穎再三道謝之後，終於坐下來吃了。

見兩人吃得開心，孫晉維也滿心歡喜，小小的船艙內時不時地傳出一陣陣歡笑聲，氣氛很是融洽。

臨近晌午，小船終於快行至目的地，遠遠望去，前方的渡口擠滿了大大小小的船隻，繁華程度和長樂鎮完全不可相比。

等了好一會兒，小船終於靠了岸，姚婧婧和娘親互相攙扶著登上渡口。

此時恰好有一艘漁船正在卸貨，一股濃重的魚腥味撲面而來，來往的旅人都忍不住掩住口鼻。賀穎的反應尤其大，胃裡一陣翻江倒海，差一點吐了出來。

孫晉維連忙從路邊招來兩頂小轎，讓她們娘兒倆坐上轎子，往城中心走去。

一路上，姚婧婧忍不住掀開轎簾四處張望，果然發現埕陽縣城和其他的城鎮有很大的不同。大街上來來往往的行人雖多，但有三分之一都是身著戎裝的軍官與士兵，街道兩旁的店鋪也大多從事與之相關的營生。

沒過多久，轎子停在了一家名為「來福客棧」的旅店前。

店裡的夥計和孫晉維已經是老相識了，見到他們立即熱情洋溢地迎了上來。「孫老闆，您可是有些日子沒來了，還是像從前一樣，要一間臨窗的套房嗎？」

孫晉維伸手在小二的腦袋上輕拍了一下斥道：「你小子出門沒帶眼珠子啊？沒看到還有兩位女客嗎？趕緊再收拾兩間上等房出來，一定要乾淨。」

姚婧婧連忙制止道：「不用了，我和我娘住一間就好了。」

「是啊，孫大少爺，我就是不放心二妮一個人在外過夜所以才跟來，又何苦多花一份銀子？」不知是不是有些暈船的緣故，賀穎的臉色看起來很不好，連說話的聲音都有些虛弱。

孫晉維忙不迭地答應了，店小二趕忙招呼眾人進店裡。

待安頓好之後已經過了飯點，或許是早上吃得太多，大家都覺得沒什麼胃口。

賀穎破天荒地主動提出想吃一道酸辣肚絲湯，阿慶聽說以後連忙跑到後廚盯著廚子做來。

廚子的手藝只能算是一般，只是那酸酸辣辣的味道的確開胃，所以眾人都跟著吃了一碗。

飯後賀穎實在覺得支撐不住，便回房休息了。

姚婧婧雖然也覺得頭昏腦脹，可該做的事還得做，最後只能留下阿慶在客棧守著娘親，自己則跟著孫晉維出門。

「我剛剛已經跟錢莊的沈掌櫃打聽過了，這個地方鍛造刀鎗劍戟的小作坊雖多，可真正能稱得上大師的匠人卻沒有幾個，其中歐陽先生絕對是當之無愧的箇中翹首。」

「歐陽先生？」這名字一聽就很有氣勢，姚婧婧立即來了興趣，忍不住追問道：「真有這麼厲害嗎？那咱們要到哪裡去找這位歐陽先生呢？」

「從這裡一直往北十里外的地方有一座山谷名為蝴蝶谷，谷中有一處僻靜幽深的山洞，那裡就是歐陽先生燒製鐵水的地方，沒有特殊情況，歐陽先生絕不會離開那裡半步。」

姚婧婧心裡一動，這個人如此神秘，就像是武俠小說裡隱身世外的絕世高手，這樣的人通常都身懷絕技，打造區區幾件煉藥的工具肯定不在話下，姚婧婧當即決定動身前去找他。

由於時間倉促，兩人從錢莊出來後便立刻尋了一輛馬車，朝著北邊奔馳而去。

第五十三章　歐陽先生

當馬車在蝴蝶谷停下來之後，姚婧婧伸頭看了一眼就覺得整個人都不好了，有一種上當、受騙的感覺。

所謂的蝴蝶谷就是兩座光禿禿的小山包，中間有一處窄窄的溪流，溪水已經瀕臨乾涸，露出滿是碎石的河床，看起來可憐兮兮的模樣。

孫晉維也有些傻眼，愣了好半天才歪著頭問道：「咱們還去嗎？」

姚婧婧咬著牙回道：「去，既然已經來了，何不進去一探究竟？說不定會有意外之喜呢！」

沈掌櫃口中的山洞很好找，隔著老遠就能聽到前方有叮鈴噹啷的打鐵聲，兩人剛到洞口，便感覺到一股熱浪噴湧而出，讓人忍不住屏住呼吸。

山洞裡缺乏光線，只有點點火光的映襯，孫晉維非常男人地擋在姚婧婧前面，慢慢摸索著往前走。

傳說中仙風道骨的鑄劍大師並沒有出現，甚至連山洞裡的人也不止一個。

姚婧婧大致數了一下，有四個年輕一點的、像學徒一樣的男子，此時正光著上身、圍著一座巨大的鑄鐵爐忙碌著；還有一個年紀大一點的，身上綁著一條又髒又舊的白手巾，佝僂著身子，用鐵錘不停地敲擊著手中的一塊生鐵，那可刺破耳膜的聲音就是從他手上發出來的。

由於長時間在這種強大噪音的環境下工作，幾人的聽力明顯受到損害，孫晉維站在入口處喊了半天都無人抬頭看一眼。姚婧婧實在受不了了，直接衝上前走到那幾位學徒身旁，甚至還將手舉到他們眼前揮了揮。

幾位學徒終於察覺到山洞裡來了不速之客，而且還是一個年紀輕輕的小姑娘，這可是從來沒有過的事，於是幾人你看看我、我看看你，都是一副目瞪口呆的癡傻模樣。

那名年紀大一點的男子並沒有發現這邊的變故，依舊全身心地沈浸在自己的工作中，以至於姚婧婧根本沒有辦法和那幾名學徒說話。

姚婧婧原本想上前請他暫時停止手上的工作，可一看到此人臉上常年被鐵水和火花灼噬而成的一個個黑洞，以及那雙通紅的眼睛所散發出來的狂戾之氣，她就立即嚇得閉了嘴。沒辦法，她只能和孫晉維一起無奈地等在一旁，就在她覺得自己的耳朵已經快被震聾時，面前的男人突然甩掉了手中的鐵錘，仰天大叫了一聲。

「水。」

一名學徒連忙拿起石桌上的一只涼茶壺，用雙手奉了上去。

男子的鐵掌輕而易舉地抓起茶壺，仰頭一飲而盡。

姚婧婧連忙趁此機會上前問道：「請問您就是歐陽先生嗎？」

男子的表情和剛才幾位學徒如出一轍，看來平日裡的確很少有人光臨此地。

男子眼中的驚訝很快轉化為憤怒，他轉過頭，衝著自己的幾位徒弟怒斥道：「你們都是死人嗎？是誰讓他們進來的？」
這位叫歐陽先生的鑄劍大師一看就是一位暴脾氣，幾位徒弟明顯很怕他，紛紛縮了縮脖子，將頭垂得低低的。
孫晉維連忙解釋道：「歐陽先生切莫動怒，是天寶錢莊的沈掌櫃介紹我們來的，跟幾位師傅無關。」
「不認識，滾。」歐陽先生壓根兒就不想和他們搭話，連問都不問一句，就毫不客氣地下了逐客令。
姚婧婧哪會輕易退縮，她立刻從提包裡拿出一疊設計好的圖紙，揚聲說道：「歐陽先生，我們並非有意打擾，只是想請歐陽先生幫忙打造幾件器具。」
歐陽先生一把打掉她手中的圖紙，滿臉嫌惡地譏諷道：「什麼阿貓、阿狗也想請我出手？你們也不看看我這裡是做什麼的。」
順著他手指的方向，姚婧婧終於看清楚整個山洞的牆壁上都掛滿了各式各樣閃著寒光的冷兵器，刀劍斧錘、弓槍刃盾，足足有上千件之多，密密麻麻，看起來頗為壯觀。
看來這個歐陽先生還是有些本事的，姚婧婧決定用些激將之法。「歐陽先生號稱一代大師，難道除了這些傷人之器，就不會造些別的東西嗎？」
「妳知不知道妳在說什麼？」
歐陽先生的手中不知什麼時候竟然多了一把輕巧的柳葉劍，手指翻飛之間，姚婧婧只覺得眼前寒光一閃，鋒利的劍身已貼著她的鼻尖劃過，將她眼前的一縷青絲直直地割下。

「小心。」孫晉維瞬間驚出一身冷汗，下意識地挺身擋在姚婧婧前面。「妳沒事吧？」

「沒事。」姚婧婧還算鎮定，只是沒想到這位歐陽先生不僅是鑄造兵器的大師，還是一位身懷絕學的武林高手。

孫晉維心裡卻是一萬個後怕，忍不住替姚婧婧打抱不平。「歐陽先生，我們只是聽聞您手藝高絕才慕名來求，您若是不願幫忙就算了，可如此對待一個手無縛雞之力的小姑娘，是不是有些過分了？」

歐陽先生陰沈著臉發出一聲冷笑。「過分？如果你們知道在此之前，我是如何對待那些心懷不軌的擅闖者，你們就不會說出這個詞了。」

這個時候當然是保命要緊，姚婧婧連忙解釋道：「歐陽先生不要誤會，如果您肯花費些許時間看一眼我送上的圖紙就會明白，我們是真心實意前來請求幫助的。」

歐陽先生卻像是完全沒聽到她說的話，突然朝前踏了兩步，來到那一鍋泛著紅光的鐵水旁。

「你們知不知道想要鑄出一把削鐵如泥的絕世好劍，最重要的秘訣是什麼？」

姚婧婧和孫晉維只覺得莫名其妙，這個男子行事瘋癲，說話前言不搭後語，難不成腦子有什麼毛病？

歐陽先生突然從懷中掏出一把匕首，以迅雷不及掩耳之勢在自己的左臂上劃了一刀，殷紅色的鮮血立即順著他的手指滴到沸騰的鐵水中，兩者很快合而為一，看不出有絲毫痕跡。

「哈哈，我告訴你們，這最重要的一步就是要以血為引，以身飼劍，最終鑄出來的劍才能和自己心意相通，用這樣的武器和敵人相爭，必定是戰無不勝、攻無不克。」

孫晉維哪裡見過這種駭人的情景，臉色瞬間變得慘白，連嘴唇都忍不住微微顫抖。「瘋子……瘋子……」

「哈哈哈。」歐陽先生似乎很滿意孫晉維的表現，像惡作劇得逞般，發出陣陣長笑。

一位年紀最小的學徒急忙上前勸道：「兩位還是趕緊離開吧，我師父性格暴躁，生性嗜血，若是你們再待下去，恐怕就真的走不了了。」

孫晉維一把拉住姚婧婧的胳膊，在她耳邊低語道：「姚姑娘，我看這人的確是病得不輕，咱們還是趕緊離開這個是非之地。」

姚婧婧瞪著眼睛審視著眼前這個「瘋子」，心裡卻總覺得有什麼地方不對勁。

孫晉維卻管不了這麼多，連拖帶拽地把她帶離了山洞。

一直等到離開了蝴蝶谷的地界，孫晉維才長出一口氣，有一種劫後重生之感。

「姚姑娘，妳覺得剛才那個瘋子所言是真的嗎？」

「什麼是真的嗎？」姚婧婧心裡有事，一時沒聽清楚孫晉維話裡的意思。

「就是他說的那些鑄劍之道啊！染了血的刀劍真的能自帶靈氣，打遍天下無敵手嗎？」

「怎麼可能。」姚婧婧不由得啞然失笑，沒想到這種武俠小說裡才會出現的情節，現實中竟然真的會有人將它付諸於行動。姚婧婧雖然不懂鑄劍，可憑她腦袋裡僅有的化學知識也知道，若想讓一塊生鐵變得既堅硬、又有韌性，其中各種金屬材料的調配和熔煉技術最為關鍵，往鐵水中加入鮮血的做法純粹是故弄玄虛。

孫晉維拍了拍胸脯，憤憤不平地責備道：「我就說嘛，此人就是一個瘋子。那個沈掌櫃到底安的什麼心？竟然給咱們介紹這樣的人，差一點害得咱們有去無回，我一定要去向他討個說法。」

姚婧婧突然停下腳步，揚起臉露出一絲洞悉一切的微笑。「不對，這個歐陽先生的確有病，卻不是個瘋子。」

「妳在說什麼？」孫晉維發現自己完全無法理解姚婧婧的話。

如果他能夠看到此時山洞內的情形，也許就能明白她話中的意思了。

「哈哈哈。」

此時的山洞完全是一片其樂融融的氣氛，那四個原本畏畏縮縮的學徒正笑得滿地打滾，連眼淚都擠出來了。

「師父啊師父，您可真是一個人才，如此演技，不去當戲子實在是太可惜了。」

被徒弟不停吹捧的歐陽先生正坐在石凳上用布條包紮手臂上的傷口，他的動作十分嫻熟，一看就知道經常做此事。「好了、好了，戲也看了，鬧也鬧了，還不趕緊幹活？小心裡面那位催命閻王出來扒你們的皮。」

眼前的歐陽先生完全像是變了一個人，身上那股凶神惡煞的狠勁不見了，取而代之的是一位性格溫吞、和善的中年大叔。

幾個徒弟顯然不怕自己的師父，可對師父口中的那位「催命閻王」卻很是忌憚，因此紛紛收斂了情緒幹活去了。

「人已經替您嚇走了，郡王殿下還是趕緊出來吧，庫房裡濕氣重，若是引發了您身上的舊疾，老奴可是吃罪不起啊！」

歐陽先生的話音剛落，一身黑衣的端恪郡王蕭啟就搖著摺扇施施然地走了出來。

「歐陽老兒，以前我還不知道你編瞎話的本事也是一流，什麼以血為引、以身飼劍，差一點連我都信了。」

歐陽先生撇了撇嘴，滿腹委屈地抱怨道：「郡王殿下，我這可都是聽您的吩咐才想方設法地把人趕走，否則我這黑漆漆的山洞裡幾百年才來這麼一位年輕的小丫頭，我怎麼捨得這樣嚇唬人家？您沒看到我那幾個徒兒都是一臉哀怨，心裡不知道怎麼埋怨我呢！」

蕭啟並沒有繼續接歐陽先生的話，他的目光已經被地上那幾張別出機杼的圖紙給吸引住了，一張張翻過之後，他的嘴角泛起一絲淡淡的笑意。

這個其貌不揚的小丫頭，每一次都能讓他眼睛一亮，如果有可能，他真想看看她的小腦袋瓜裡究竟裝著多少稀奇古怪的東西。

「郡王殿下，這東西可是人家姑娘留給我的，難不成您還想據為己有？」歐陽先生剛才只是輕輕一瞥，就已對圖上的東西產生了濃厚的興趣，要不是上命難違，他早將她留下來好好探討一番了。

蕭啟顯然很瞭解他的想法，也不故意為難。「你的確該好好研究研究這幾張圖紙，經年累月地待在這山洞裡，你的腦子都快生鏽了。待這一批兵器完成之後，我就接你去京城小住一陣，讓宮裡的御醫好好替你解解身上的寒毒。」

歐陽先生聞言輕輕一笑，搖頭說道：「算了，我這把老骨頭一時半刻還死不了，我在這裡多做一件襯手的刀槍，前方的那些將領就多一分取勝的機會，要知道，在戰場上輸贏就是生死。」

蕭啟嘆了一口氣，看著歐陽先生兩條胳膊上密密麻麻的傷痕，眼底露出複雜之色。想當年大楚排名前三的歐陽劍客是何等的英俊瀟灑，結果只是因為一句舊日的承諾就拋下一切，躲在這暗無天日的山洞中，整整三年之久。

蕭啟總是在想，自己那時登門要求他做出這種犧牲是不是太過自私？

「好了，我還有事先走了，你好好研究研究手裡的圖紙，盡快把東西做出來，人家姑娘還眼巴巴地等著呢！」

歐陽先生站在洞口看著蕭啟漸行漸遠的身影，心裡突然有一種異樣的感覺，向來冷情的郡王怎麼會關心起一個初次見面的小丫頭？真是令人匪夷所思。

回到埕陽縣城的姚婧婧對這些毫不知情，兩人邊走邊逛，一直到暮色西沈才帶著一大車的戰利品回到了來福客棧，隔著老遠就看見阿慶一臉愁容地等在門口。

見到他們，阿慶立即跑上前大聲喊道：「哎喲，姚姑娘，你們總算是回來了，真真是急死我了。」

姚婧婧心裡咯噔一下。「怎麼了？難道是我娘出了什麼事嗎？」

阿慶忙不迭地點頭。「姚夫人一直覺得胸悶，我說請個大夫來看一下她又不肯，剛才還吐了一回呢！」

姚婧婧放下手中的東西就往房間裡跑去。娘親中午時就感覺不舒服了，都怪自己太粗心大意，沒當回事。

「二妮，妳回來了，事情都辦妥了嗎？」賀穎正有氣無力地靠坐在床邊，臉上一點血色都沒有，看到姚婧婧進來才勉強擠出一個笑容。

姚婧婧連忙扶住她的胳膊。「娘，妳快躺好，感覺怎麼樣了？哪裡不舒服？」

賀穎搖了搖頭。「我沒事，就是一輩子沒出過遠門，有些水土不服罷了。」

「妳別不當回事，妳看，妳的手冰涼涼的，趕緊躺下來讓我給妳檢查一下。」姚婧婧強行把她按到床上，伸手搭上了脈。片刻之後，姚婧婧心裡湧出一陣狂喜，她甚至有些不敢相信自己的判斷，一遍遍地重新確診，半天都撒不開手。

賀穎差一點被嚇到。「二妮，妳怎麼不說話？娘不會得了什麼不治之症吧？」

「沒有、沒有，娘，我是太高興了，恭喜娘多年心願達成，我馬上就要做姊姊了。」

「什麼？」賀穎只覺得有一片煙花在自己眼前炸開，整個人徹底懵住了。「怎麼會呢？二妮，妳是不是診錯了？這麼多年都沒懷上，娘還以為自己不能生了呢！」賀穎簡直激動得不知如何是好，身體上的不適感頓時煙消雲散，取而代之的是滿滿的喜悅與幸福感。

「都怪我，出門之前就應該替妳檢查一下的，還讓妳辛辛苦苦地跟著跑一趟，這下該怎麼辦啊？」姚婧婧從未照顧過孕婦，如今出門在外，什麼都不方便，更覺得束手無策。

賀穎連忙勸慰道：「別著急，娘又不是沒有生養過，哪裡有那麼嬌貴。二妮，若不是妳開的那些藥丸，娘也沒有機會再為姚家開枝散葉。這下好了，妳爹他知道這個消息後，肯定會很開心的。」

姚婧婧卻管不了這麼多，眼下對她來說，如何讓娘親吃好、喝好、休息好，才是頭等大事。她叫來店小二，囑咐他讓廚房做幾道清淡可口的小菜送到房裡，還讓阿慶去準備一些可以減緩孕吐的薑茶和鮮果。

孫晉維聽說之後專程趕來道喜，還非常神奇地提了好幾樣適合孕婦安胎的補品，倒把賀穎給鬧了個大紅臉。

待娘親睡著之後，姚婧婧終於有機會走出房間透透氣，仰頭望去，夜空似藏青色的帷幕，點綴著閃閃繁星，讓人不由得深深沈醉其中。

這份寧靜卻被身後一陣熟悉的腳步聲打破了，孫晉維像是特意在此等候一般。

「我看姚姑娘剛才根本沒有吃好，要不要隨我一起出去吃個宵夜？」

「宵夜？」姚婧婧差一點以為自己聽錯了，都這個點了，外面不應該都已經宵禁了嗎，怎麼會還有吃宵夜的地方？

孫晉維笑著解釋道：「妳忘了，這裡可是屯兵之地，那些士兵們白天辛苦操練，晚上當然要找機會出來放鬆一下，所以夜晚的埕陽縣城甚至比白天還要熱鬧，妳好不容易來一趟，不去逛逛實在是可惜了。」

「這……不大方便吧？」她畢竟是個女子，雖然長得不太好看，可三更半夜滿街亂竄還是有些說不過去。

「是不大方便，不過沒關係，我都替妳準備好了。」孫晉維一邊說，一邊神秘兮兮地將一個包裹遞到她手上。

姚婧婧莫名其妙地接下來。「這是什麼？」

「是阿慶的衣服，他的個頭比妳高不了多少，妳穿上應該正好。」

姚婧婧一下子瞪大了眼睛。「你是想讓我女扮男裝？」

「沒錯，是不是很好玩？趕緊去把衣服換了，我在這裡等妳。」孫晉維說完也不管她作何反應，徑直將她推進房間，還一直守在門口連聲催促。

在這個時代，夜生活只是某些男人的專利，女人除了上床睡覺，就是在燈下繡花紡線，實在是無趣得很。悶了這幾個月，姚婧婧感覺自己都快憋出病了，所以孫晉維這個提議的確讓她很心動啊！

打定主意之後，姚婧婧迅速換好了衣服，將自己的頭髮打散，梳了一個男人的髮髻。

一切都收拾妥當後，姚婧婧打開房門，等在外面的孫晉維瞬間感覺眼睛一亮。

「好一個溫柔嬌俏的俊朗小生，姚姑娘……不，姚公子，恕在下直言，這身打扮真是十分適合妳呢！」

姚婧婧對著他翻了個白眼。「你別以為我聽不出來你在挖苦我，廢話少說，你到底還去不去了？不去我就回去睡覺了。」

孫晉維連忙攔住她。

「去去去，姚公子，前面請吧！」

兩人相偕著往外走去。

第五十四章　瀟湘館

埕陽縣城的夜市集中在沿河的兩條街上，待姚婧婧和孫晉維趕到時，這裡早已是燈火通明，一派車水馬龍的熱鬧景象。

「這人也太多了吧！」姚婧婧有些傻眼。

孫晉維也覺得有些奇怪。「是啊，以前我來時沒這麼多人啊！難道今天是什麼特殊的日子，營地裡的士兵都休假了？」

「那怎麼辦？咱們還逛嗎？」這身打扮讓姚婧婧覺得渾身不自在，又怕一不小心露了餡兒，便忍不住打起了退堂鼓。

「來都來了，當然要玩一會兒。前面有家賣餛飩的攤子，味道可好了，我帶妳去嚐嚐。」孫晉維說完，拉著她的胳膊就朝前方走去。

吃餛飩的人還不少，光排隊就花了大半天的時間，好在餛飩做得的確不錯，個個皮薄餡多、湯鮮味美，姚婧婧吃了滿滿一大碗公才心滿意足地放下筷子。

吃完了飯，兩人準備到沿河的地攤上逛逛，那裡不僅有許多新奇的小東西賣，還有一整排造型精美的花燈可供觀賞。

可剛走沒兩步，孫晉維突然停下腳步，摀著肚子，露出一臉痛苦的表情。「不好，今晚好像吃得太多了，肚子不大舒服呢！姚姑娘，麻煩妳在這裡等一下，我去去就來。」

「可是……」

「沒什麼可是，妳總不能跟我一起進茅房吧？妳就在這裡等我，哪兒也不要去，我馬上就回來。」孫晉維明顯急得不行，說完這話就一溜煙地消失在一旁的小巷中。

姚婧婧站在街邊焦急地等待，突然，從遠處湧來一大隊人馬將整個道路都占得滿滿的，並且個個情緒高昂，看樣子喝了不少酒。姚婧婧避無可避，只能被人群推著往前走。

好不容易甩開那些人，她卻悲慘地發現，自己竟然迷路了。她明明記得剛才和孫晉維分開的地方有一座小小的涼亭，可再回頭時卻已消失得無影無蹤。

姚婧婧想找人問問，又害怕一開口就被人識破女兒身，無奈之下，她只能朝著正前方光線最亮的地方走去，心裡默默祈禱孫晉維能和她有同樣的想法。

可越往前走，她卻越感到有什麼地方不對勁，原本飄滿食物香氣的街道上怎麼會突然冒出陣陣濃烈的脂粉味，甚至還隱隱聽到了女子柔媚的笑聲？

「喲，哪裡來了這麼一個俊俏可人的小兄弟，大晚上的，在這街上亂晃，你知道這是什麼地方嗎？」

姚婧婧聞聲抬起頭，眼前的女子穿著一身粉色的輕薄紗衣，身段妖嬈嫵媚，眼神輕佻露骨，一看就不是什麼正經的良家女子。

女子臉上的笑意更濃。「小兄弟，你長這麼大還沒嚐過溫柔鄉的滋味吧？姊姊我好多天都沒開張了，閒著也是閒著，今日就帶你開開眼界。」

姚婧婧已經意識到眼前這個女人是做什麼的，瞬間覺得一個頭、兩個大。她匆忙後退兩步，腦袋擺得像撥浪鼓似的，連連拒絕道：「我、我沒錢。」

可女子卻不肯放過她，竟然撲上前抱住了她的胳膊。「不用你出錢，姊姊我今天倒貼，誰讓你入了咱的眼呢！」女子一邊說，一邊把她拖進了旁邊一座燈火輝煌的三層小樓。

姚婧婧掙脫不得，只能跟著她走進了這所名叫「瀟湘館」的青樓。

瀟湘館裡的豪華景象完全超出姚婧婧的想像，一樓是寬闊敞亮的大廳，有許多穿著暴露的女子正在陪客人喝酒取樂；大廳中央還有一處高高搭起的舞臺，有幾位柔若無骨的舞妓正在跳一些讓人臉紅心跳的舞蹈。

姚婧婧正覺得眼花撩亂時，突然聽到門口的龜公扯著嗓子唱道。

「南風姑娘出門迎客嘍！」

龜公的話音剛落，人群中就響起一陣陣喝彩聲，那些吃酒、看戲的男人們都來了精神，個個眼中露出渴望的神情。

拉著姚婧婧進來的女人對此卻很是不屑，翻了一個大大的白眼斥道：「明明都是出來賣的，偏偏她自以為高人一等，弄出這許多做派，真真是讓人噁心。」

姚婧婧卻顧不上搭理對方，因為她的眼睛已經被一位宛若天女下凡的白衣女子給吸引住了，她甚至找不出合適的詞語來形容眼前這位女子的美貌。

女子膚白如雪，口若朱丹，雙眼似水，露出一種淡淡的疏離感，嘴角勾起一抹若有若無的笑，如同煙花般飄渺虛無。

這樣一位氣質清雅、不食人間煙火的女子，出現在這種地方實在是突兀至極。

眼看底下的客人情緒越來越亢奮，個個都摩拳擦掌想要贏得一個與佳人親近的機會，侍立一旁的龜公連忙敲響鑼鼓，示意今晚的競拍開始。

一個書生打扮的男子最先出價。「一百兩，我出一百兩，為了南風姑娘，我省吃儉用了好幾個月，你們誰都別和我爭。」

此話立即引來一位富商的嗤笑。「南風姑娘可是瀟湘館的頭牌，一百兩你也好意思說出口？窮秀才還是回去啃你的書本吧！我出五百兩，南風姑娘妳看看我啊！」

「我出六百兩。」

「我出六百五十兩。」

一時間，大廳內的競價聲此起彼伏。

姚婧婧心裡卻覺得很不是滋味，明明是一個有血有肉的人，卻被當成物品一樣被人搶來搶去，毫無人格與尊嚴可言。

可南風姑娘本人對此卻已感到稀鬆平常，她的眉眼低垂，彷彿在想什麼心事，好像周遭的一切都影響不了她。

姚婧婧正看得入迷時，腦門上卻冷不丁地挨了一記暴栗。

「看什麼看？有什麼好看的？我帶你進來是伺候老娘的，不是讓你把眼珠子黏在那個狐媚子身上的。」

帶姚婧婧進來的女子突然黑了臉，扯著姚婧婧的耳朵就把她往樓上拽。

瀟湘館的姑娘們每人都有一間屬於自己的房間，平時接待客人也是在房裡。這名女子在館內顯然不受重視，住的地方又偏又窄不說，還連個窗戶都沒有，一開門，一股陰濕之氣就撲面而來。

女子心中依舊氣憤不平，將手中的羽扇恨恨地丟在桌上。「有什麼了不起，老娘年輕時比她還要風光一百倍，到頭來還不是落得這個下場？我倒要看看，她能一直得意到幾時。」

一直到此時姚婧婧才看清楚，眼前這個女人雖然塗著厚厚的脂粉，卻依然掩飾不住眼角那久經滄桑的紋路。然而，她眼中的悲憫之色卻不知刺激到女子哪根神經，女子突然伏在桌上大哭起來。美人遲暮，卻依舊漂泊無依，還要靠歡場賣笑維生，實在是可悲、可嘆。

姚婧婧想要安慰她，卻又不知該如何開口，猶豫了半天才伸手拍了拍她的肩膀。哪知女子卻像是觸電一般，一臉嫌惡地甩開姚婧婧的手，與之前在門口的親熱模樣南轅北轍。

「不要碰我，我可沒有斷袖之癖。」

這下姚婧婧徹底傻了。「妳……妳什麼意思？妳怎麼知道我……」

女子重重地哼了一聲。「我這輩子伺候過的男人不計其數，妳這個黃毛丫頭還想在我面前裝，簡直是不自量力。」

姚婧婧暗自吞了一口口水，小心翼翼地問道：「既然妳知道我是女兒身，為何又非要把我拉進來？」

女子臉上露出一股淒涼之色，嘆了一口氣說道：「妳以為我願意嗎？我已經有個把月沒招攬到客人了，瀟湘館不養閒人，樓裡的嬤嬤已經放話，如果再沒有進帳，就要讓我搬到後院去做洗刷灑掃的粗活。這裡看似光鮮亮麗，其實就是一個人吃人的地方，我在這裡待了十年之久，不知得罪了多少姑娘與下人，一旦我徹底失勢，只怕會被他們踩到連骨頭渣都不剩。」

眼前這個女子的處境的確可憐，姚婧婧有心幫忙卻又無能為力，她想起出門時曾往荷包裡塞了一錠銀子，便匆忙拿出來放在桌上。

女子看到那錠銀子竟然發出了一陣嗤笑。「趕緊收起來吧，老娘可不缺妳這點錢，我在這座銷金窟裡待了這麼多年，手裡多少還有些積蓄。」

姚婧婧更是疑惑了。「那妳為什麼不離開這裡，去過自己想過的日子？」

女子臉上露出一絲苦笑。「幹我們這一行，運氣最好的就是在風華正茂時被哪個富商看上，討回去做個侍妾；像我這樣年老色衰的，就算是出去了，也只會受盡世人的唾罵與欺凌，天下之大，卻沒有我的容身之地。」

姚婧婧越聽越心驚，忍不住跺腳道：「就不能想想別的辦法嗎？妳可以遠走他鄉，找個沒有人認識妳的地方，一切重新開始啊！」

女子無奈地搖了搖頭。「沒有用的，瞞得了一時，瞞不了一世。這些年除了伺候男人，其餘的我什麼都不懂，如今又落下一身怪病，所以我這輩子就算是死也只能死在這裡了。」

姚婧婧默默無語，她也知道在這個把女人當作男人附屬品的時代，什麼自強自立都是空談。

「好了，我也是急瘋了才跟妳這個小丫頭片子說這些。我看妳好像也沒地方可以去，那就老老實實地在這裡坐一夜吧，明日一早我就找人送妳回去。」女子照了照鏡子，發現臉上的妝容已經哭花，這讓她如何能夠忍受？她原本想叫樓裡伺候的小丫頭們端盆水來梳洗一番，可惜等了半天都沒人搭理她，最後只能親自出門，去後院的水房打水。臨走時她還特意交代姚婧婧待在房裡，哪兒也不許去，否則出了問題可沒人保得了她。

姚婧婧卻感覺坐立難安，孫晉維此刻肯定在滿大街地到處找她，但他無論如何都想不到她竟然會誤入煙花之地。

更重要的是，娘親如今正處於妊娠初期，要是被她知道自己失蹤的消息，還不知會急成什麼樣子，萬一出個什麼好歹，自己可是難辭其咎。

不行，自己必須立刻離開這裡。姚婧婧打定主意便推開房門，悄悄溜了出去。

所幸此時大部分客人都還聚集在大廳裡，走廊上並沒有什麼人經過，然而姚婧婧的方向感實在太差，繞了好幾圈都沒有找到下樓的樓梯。

正當她急得抓耳撓腮時，突然聽到前方有一大堆人正笑著朝這邊走來，驚慌之下，她推開旁邊的一扇門就躲了進去。

這間房和之前那間簡直是天壤之別，不僅面積大了許多，裡面的家具用品也是一應俱全，其中最引人注目的當屬桌上那兩盆名貴的茶花，彰顯著主人不俗的品位。

姚婧婧還沒來得及細看，門口突然又傳來一陣異響。

一名老鴇正用甜得發膩的聲音勸道：「南風姑娘，郡王殿下可是好久沒有光臨咱們瀟湘館了，妳可一定要盡心盡力地把郡王殿下給伺候好了，否則如何對得起殿下為妳出的這三千兩銀子呢？」

這老鴇本意是想拍客人的馬屁，無奈她口中的殿下卻毫不領情，反而用非常鄙視的語氣趕她走。

「在美人面前談什麼銀子？實在是俗氣至極。把這些酒菜放到屋裡，你們就趕緊退下，沒有本郡王的命令，誰也不准進來打擾。」

「是是是，郡王殿下放心，小人親自在門口守著，絕不會有人來壞郡王殿下的好事。」老鴇伸手推開房門，忙不迭地招呼身後的下人將手裡的食盒放在桌上，待酒菜佈置好之後便退了下去。

姚婧婧在黑暗中大口喘著粗氣，幸虧她機靈，在最後時刻躲進了這個狹小的立櫃中，否則她就算有十張嘴也解釋不清了。

此時她的心裡跟貓抓似的，她的心裡有個疑問亟需印證——老鴇口中的郡王殿下是否就是她在淮陰長公主的壽宴上見過的端恪郡王蕭啟，那個有著雙重面孔的神秘男人？

立櫃的櫃門上有一處鏤空的雕花，剛好可以將外面的情景收於眼底，姚婧婧慢慢地把眼睛湊了上去。

男子此時雖然正背對著她，可僅僅一眼姚婧婧就已經斷定，此人正是蕭啟無疑。

蕭啟好像生怕他紈袴、浪蕩之名不夠遠播，竟然千里迢迢地跑到這小小的埕陽縣城來逛一座青樓，豪擲千金只為了換取與美人的一夜風流。

怪不得剛才那個女人對這位南風姑娘如此嫉恨，三千兩銀子啊，幾乎可以將整個瀟湘館買下來了吧？

姚婧婧原本還惡趣味地想要見識一下這位南風姑娘有什麼過人之處，可她的言行舉止卻像桌上的茶花一樣，沒有絲毫輕浮之相。

南風姑娘低著頭將蕭啟迎了進來，規規矩矩地給他倒茶，全程都低眉屈膝、面無表情，連一句多餘的話都沒有。

蕭啟似乎被她的態度惹怒，突然將手中的茶杯重重地拍在桌上，一股如刀鋒般凌厲的氣場驟然從他的身體內迸出。「看來妳最近的日子過得實在是太安穩了，連最基本的防備與警戒之心都忘得一乾二淨，本郡王對妳實在是太失望了。」

蕭啟的話音剛落，被眾人捧上天的南風姑娘竟然撲通一聲跪了下去。

「主人息怒，南風罪該萬死，請主人責罰。」

姚婧婧心裡「咯噔」一下，這個稱呼聽起來如此詭異，還有蕭啟說的那些話，莫非他是發現了什麼？

蕭啟冷冷一笑。「罰自然是要罰，不過還是先把這討人厭的老鼠給料理了，被人從背後偷偷盯著的感覺，本郡王很不喜歡。」

「是，主人稍坐片刻，南風立即將他解決掉。」

原本手無縛雞之力的南風眉宇間突然多了一股殺氣，整個人的動作也變得俐落有力，看起來完全像變了一個人。

她從地上一躍而起，直直地朝著姚婧婧所藏的立櫃而來，手中不知什麼時候還多了一把利劍，把櫃中的姚婧婧嚇得一個哆嗦。

一劍揮過，結實而笨重的立櫃竟然「啪」的一聲斷成了兩半，姚婧婧就這樣被抓了個現行，徹徹底底地暴露於人前。

眼前這個百年難得一遇的大美人竟然還是一個武林高手，這種反差實在太強烈，姚婧婧整個人都懵了。

第五十五章　救命

南風看他的眼神就像是在看一個死人般，雖然不知道這個擅闖者的身分和目的，可他害得她在主人面前顏面盡失，就別怪她辣手無情。

南風姑娘表面上是瀟湘館的第一名妓，實則是蕭啟暗中培養的密探，她委身於這裡就是為了方便從那些將領們口中探聽各種軍事消息。

埕陽縣城表面上風平浪靜，內裡卻是暗湧不斷，除了大楚境內的達官貴人會為了自身的利益在此設立消息站點，臨近的幾個國家也都會派探子來此。

可以說，埕陽縣城就是一個巨大的情報交易市場，而南風絕對可以算是其中的佼佼者。

她不僅心思縝密、武藝高強，更重要的是她對自己的主人有絕對的忠誠，為了完成任務不擇手段，就算是犧牲自己的性命也在所不惜。

一柄長劍在南風手中幾乎翻出花來，眼看劍尖直直地衝著姚婧婧的眉心而來，姚婧婧卻連躲避的能力都沒有。

生死攸關，姚婧婧本能地發出一聲尖叫。「蕭啟，救我！」

蕭啟一直背對著她們，所以並未看清楚櫃中人的樣貌，可這聲呼救卻喚回他腦中的記憶，引得他心中一顫。蕭啟身形未動，只是略一揚手，手中的竹筷便一下朝著南風舉劍的胳膊飛去，力道之大，一擊之下讓南風整個人都晃了一晃，劍尖自然也失了準頭。

一股寒意貼著姚婧婧的臉頰劃過，第一次離死亡這麼近，姚婧婧只覺得頭皮發麻，整個人都要虛脫了。

南風也瞧出了眼前這個少年是由小姑娘假扮的，不由得橫眉怒斥。「妳到底是誰？竟然敢直呼主人名諱。」

姚婧婧明白雖然此刻她還沒死，卻不代表她一定能活著走出這間屋子，因為蕭啟原本就是個危險的人物，她卻無意間撞破如此隱秘之事，為了安全起見，殺了她似乎是最好的辦法；可姚婧婧並不想死，她的娘親還在客棧裡等她，她必須奮力一搏，給自己找一條生路。

打定主意之後，她連跌帶爬地從破碎的木櫃中鑽了出來，衝到蕭啟面前跪了下去。

「民女姚婧婧拜見郡王殿下，民女曾經有幸在淮陰長公主的壽宴上與殿下有過一面之緣，不知殿下是否還記得？」

蕭啟皺著眉看著腳下這個小小的身影，心裡卻升起一絲疑惑，怎麼走到哪兒都能撞到這個小丫頭？若說下午時分她去歐陽老兒的山洞還事出有因，可這大半夜的，她一個姑娘家跑到這青樓裡來就有些匪夷所思了；若不是提前派人調查過她的過往生平，蕭啟幾乎可以認定她是別有居心地故意接近自己。

眼見蕭啟無動於衷，姚婧婧只當他是完全不記得了，連忙又接著說：「郡王殿下貴人事忙，就算不記得也是應該的。民女是清平村人，和淮陰長公主新收的義女陸倚夢原是閨中密友。今日民女因故跟著家人一同來到埕陽縣城，只因一時好奇便偷偷換了男裝想要領略一下埕陽縣城的夜景，沒想到卻誤入此地，衝撞了郡王殿下，實在是罪該萬死。還請郡王殿下看在民女本是無心之失的分上饒民女一命。」
「好一個伶牙俐嘴的小丫頭，可本郡王怎麼知道妳說的這些到底是真是假？妳說妳一個未出閣的小丫頭，大半夜躲在一個名妓的房中到底所為何事？難不成是想來偷學一些閨房之術，為將來伺候夫君做準備？」
蕭啟這話可以說是無禮至極，姚婧婧雖然氣憤卻也無可奈何，只能低著頭繼續為自己辯解。「郡王殿下明鑒，出現在這裡並非民女的本意，只是路過時一時不察，被門前的姑娘給強拉了進來。民女所說句句屬實，郡王殿下若是不信，自可派人探查。」
「誰有時間費那個工夫，管妳無心還是有意，今日卻是必死無疑了。」南風原本以為這個丫頭和自己的主人有什麼了不得的淵源，心裡還有些不安，如此看來只是這丫頭自作多情，借機攀附罷了。這樣的女人這些年她見過的沒有一千、也有八百，實在是不知廉恥，可恨至極。
南風越想越氣，舉起手中的劍又想往姚婧婧身上招呼，卻被蕭啟一記凌厲的眼神給制止了。
「主人，這丫頭一看就是心懷不軌，咱們為了這處情報站花費了多少人力、物力，千萬不能毀在她的手上。主人請放心，我一定會將這件事處理得乾乾淨淨，絕對不會留下任何後患。」
蕭啟冷冷答道：「這件事我自有主張，妳不必多言。東雲就在隔壁房間，與帳目相關的細節妳就去和他彙報吧！」

南風哪裡肯依，她指著伏在地上的姚婧婧，繼續勸道：「主人切不可被這丫頭迷惑，以免將來後悔莫及啊！」

「放肆。」

蕭啟顯然動了真怒，說話的語氣也變得冰冷而生硬，南風嚇得心中一抖，即刻跪了下去。「主人息怒，屬下做這一切都是為了幫助主人實現心中所想，絕無半點私心雜念。」

「南風，妳跟著我也有些年頭了，應該知道我的脾氣，對於我所做的一切決定，妳只須執行就好，其他的既不要多問，也不要多說，聽懂了嗎？」

南風立即應了下來。「是，屬下知錯了，請主人恕罪。」

蕭啟有些不耐煩地揮手道：「妳去吧！」

南風再不敢多言，起身轉頭出了房門，只是在關上門的那一刻偷偷地看了蕭啟一眼，眼中是旁人看不懂的複雜與深情。

伏在地上的姚婧婧暗自鬆了一口氣，看樣子她的小命算是保住了，只是不知道這個神秘莫測的男人會如何處置自己。

「多謝郡王殿下不殺之恩，不敢打擾郡王殿下清靜，民女立刻告退。」姚婧婧說完，也想學南風一樣靜悄悄地退出去，只是她還沒來得及動一下，蕭啟那戲謔中帶著寒意的聲音又在她的頭頂響起了。

「妳當這是什麼地方？任憑妳想來就來，想走就走。」

姚婧婧身子一頓，猶豫道：「民女愚笨得緊，還請郡王殿下明示。」

蕭啟的嘴角逸出一絲譏諷的笑意，他突然彎下身子，伸出兩隻手指挑起姚婧婧的下巴，逼迫她直視自己的眼睛。「妳若是愚笨，那這世上就再沒有聰明的女子了。」

姚婧婧只覺得一股冰涼的刺痛感順著下巴的肌膚傳遍全身，這種感覺莫名有些熟悉，讓她瞬間想起了那日在靈谷寺時，蕭啟用匕首抵住她脖子的情景。

姚婧婧強迫自己鎮定下來，她知道在這個男人面前裝可憐、扮無辜都是無用之舉。

蕭啟眼中露出讚許之色，今天晚上他來瀟湘館見南風是有要事商議，眼前這個丫頭的突然出現破壞了他的安排，可他卻並不生氣，相反地還有一絲撿到寶的意外之喜。

他有些戀戀不捨地將手從她的下巴處移開，狀似不經意地問道：「妳叫……姚婧婧？」

姚婧婧眼睛微瞇，蕭啟竟然知道她的名字？這簡直是不可思議。「是。」

「本郡王這裡有一個關於陸姑娘的消息，妳想不想聽？」

蕭啟突然轉了話題，倒讓姚婧婧感覺有些疑惑。

「郡王殿下請講，民女洗耳恭聽。」

「昨日陛下已經下旨，正式冊封陸倚夢為樂淵縣主，很快地她就要跟著淮陰長公主一起啟程去京城拜謝皇恩。聖上已經打定主意，一定要留姑母在京中頤養天年，妳的那位好朋友自然也是回不來了，今生妳們怕是再難有相見的機會，姚姑娘不覺得很可惜嗎？」

姚婧婧暗自鬆了一口氣，這個結果是她早料到的，剛剛蕭啟鄭重其事的樣子，還讓她以為夢兒出了什麼意外呢！「回郡王殿下的話，民女並不覺得有什麼可惜，朋友之間貴在交心，並不是日日綁在一起才叫真情，只要夢兒能夠越過越好，民女也會替她感到開心。」姚婧婧一邊說，一邊偷偷地用藏在衣裙之下的左手撐了撐地面，讓自己的雙腿稍微活絡一下。跪的時間太長，她感覺整個下身都有些僵硬了。

蕭啟將這一切都看在眼裡，卻不知為何依舊沒有叫她起身的意思。

「據本郡王所知，陸倚夢之所以能得到淮陰長公主的青眼，姚姑娘功不可沒，如今她已飛上枝頭做了鳳凰，而妳卻依舊在塵埃裡摸爬滾打，妳心裡真的沒有絲毫不滿與憤懣嗎？」

姚婧婧只覺得頭皮發麻，當初有關石生花的內情只有她、夢兒以及里正夫人知曉，她們三人又絕不會向旁人洩漏，蕭啟又是從何得知呢？

事到如今，她也只能否認到底。「郡王殿下所言何意，民女實在不懂。淮陰長公主之所以喜愛夢兒是因為她性情柔順，投了長公主的眼緣，與民女沒有半點干係。」

蕭啟並沒有一味地深究，只是意味深長地勸道：「姚姑娘不願意承認就罷了，反正這也不是什麼大事，能夠為姑母的晚年生活添些樂趣，也算是功德一件。只是本郡王想提醒姚姑娘一句，凡事過猶不及，尤其是身為女子，如果處處要強、自以為能夠掌控一切，那最後吃虧的就只能是妳自己。」

姚婧婧連忙點頭稱是。「多謝郡王殿下的教誨，民女一定銘記於心。」

「好了，本郡王言盡於此，至於姚姑娘能夠聽進去幾分，那就全靠妳自己的造化了。地上冰冷，妳還是起來服侍吧！」說完這話，蕭啟就突然從椅子上站了起來，朝最裡面床鋪的方向走去。

姚婧婧一下子懵了。服侍？服侍什麼？這個大色狼不會變態到連她一個未長開的小姑娘都不放過吧？她連忙從地上爬起來，心裡卻在飛快地計算著自己與門之間的距離，萬一蕭啟獸性大發，她能有幾分逃脫的可能？

謝天謝地，蕭啟並沒有直接上床，而是在旁邊一張鋪有水貂皮的貴妃榻上躺了下來。

看著她依舊呆立在原地，蕭啟很是不滿。「還愣著幹什麼？還不趕緊過來幫本郡王把衣服脫掉。」

「脫、脫衣服？」姚婧婧感覺自己整個人都不好了，只能硬著頭皮道：「民女樣貌醜陋、行為粗鄙，只怕會掃了郡王殿下的雅興，郡王殿下還是召南風姑娘來伺候吧！」

蕭啟明顯愣了一下，而後突然摀著肚子大笑起來。「難道妳以為本郡王會讓妳侍寢？看看妳這瘦骨嶙峋的模樣，跟一副白骨精似的，本郡王還嫌硌得慌呢！妳放心，本郡王不缺女人，更沒有到饑不擇食的地步。」

怎麼聽這都不是什麼好話，姚婧婧卻是如蒙大赦，忙不迭地回道：「郡王殿下說得是，是民女想岔了，民女給您賠罪。民女從前沒伺候過人，具體要如何做，還請郡王殿下明示。」

「妳不是醫女嗎？本郡王最近或許是奔波過頭，肩頸之處時而麻木僵硬，時而又覺得痠疼不止，妳來替本郡王按摩一下，若是做得好，本郡王大大有賞。」蕭啟說得理直氣壯，好像能夠伺候他是多麼大的榮耀一般。

人在屋簷下，不得不低頭，姚婧婧雖然一百個不樂意，卻只能磨磨蹭蹭地走到他的身後。「郡王殿下，您若是有哪裡不舒服，讓民女給您開個方、煎個藥倒還行，推拿按摩需要一定的手勁，民女只怕不能勝任。」
蕭啟不滿地瞪了她一眼，責備道：「少廢話，本郡王看妳就是成心不想服侍，本郡王可是妳的救命恩人，妳若再推三阻四，本郡王就將妳交給南風。」
姚婧婧沒有辦法，只能趕鴨子上架，伸手將蕭啟身上的外衣脫下，開始替他按摩。
不過這位大爺可不是一般地難伺候，她都已經使出了吃奶的勁兒，他卻依然不滿意，一個勁兒地抱怨。
「用點力，妳沒吃飯嗎？就妳這手藝還敢掛羊頭、賣狗肉，和本郡王府裡那些真正的醫女差遠了。」
姚婧婧很想揮起拳頭砸在他的腦門上，敢情在他的眼裡，醫女的醫術如何並不重要，只要能把他伺候得舒服就行了？這簡直是對醫生這種職業的輕視與侮辱。想歸想，堂堂郡王爺的腦袋卻不是想砸就能砸的，但想辦法小小懲戒一番卻還是可行的。
按了一會兒後，姚婧婧像是體力不支一般，整個人往外一歪，手肘重重地撞擊在蕭啟左邊胳膊的曲池穴上。
「啊！」蕭啟整個人猛地一抖，劇烈的痠麻感疼得他臉都扭曲了。
姚婧婧一臉的驚慌失措。「對不起、對不起，民女早已說過自己不善此道，衝撞了郡王殿下，實在是罪該萬死。」
蕭啟摀著胳膊斥道：「妳……妳分明是故意的。」
「冤枉啊！郡王殿下千萬不要誤會，民女是真心實意想要伺候殿下。要不您躺好，民女重新給您揉揉？」眼看蕭啟的身子幾乎扭成了一隻蝦，姚婧婧手忙腳亂地伸手想要去扶他。
「別碰我。」
這一扶卻扶出了問題，隨著蕭啟用力一甩，姚婧婧腳下一滑，整個人跌進了蕭啟的懷裡。這下尷尬了，蕭啟本就只穿了一件薄薄的裡衣，姚婧婧的臉又結結實實地貼在了他的胸膛上，一股陌生的男性氣息瞬間將她緊緊包圍，惹得她的心都跟著輕輕一顫。她掙扎著想要起身，可兩隻腳卻怎麼樣都搆不著地，而肌膚之間的摩擦卻讓曖昧的氛圍越來越濃。
得了便宜的蕭啟反而露出一副鄙夷的表情，說出來的話更是讓人火冒三丈。
「姚姑娘，人貴有自知之明，本郡王已經說了對妳沒有興趣，妳還依舊不擇手段地勾引，當真一點臉面都不要了嗎？」
姚婧婧差點噴出一口老血。這個男人的嘴巴實在是太毒了，難道他真以為自己是個多麼了不起的香餑餑，全天下的女人都想上去咬一口？她忍氣吞聲了一晚上，此刻卻再也忍不下去了，她決定了，就算豁出去這條命也要和他理論一番。「你……」
「你什麼你？妳還打算在本郡王身上趴多久？妳瞅瞅妳這副樣子，萬一被人看到，還以為本郡王有龍陽之癖呢！到時候京城裡那些姑娘、小姐們該有多傷心啊？嘖嘖，真是造孽啊！」蕭啟那誇張的表情好像在控訴姚婧婧的行為有多麼惡劣、多麼缺德。
一個男人能夠自戀到這個地步也算是世間少有，姚婧婧被堵得一句話都說不出來了。
蕭啟像是一秒鐘都難以忍受似的，伸手托住姚婧婧的腰，穩穩地往前一送，姚婧婧的身子就輕飄飄地飛了起來，恰好落在對面的一把籐椅上。

姚婧婧驚訝之餘又開了眼界，中國的武學文化果然源遠流長，尤其是在這個時代，有許多像蕭啟這樣身懷絕技的高手，只是隨著時間的流逝，很多技藝都已失傳，實在是可惜得很；不過，這並不能成為原諒他的理由。姚婧婧正準備繼續找他說理，沒承想蕭啟卻率先開了口。

「妳打算在這青樓裡待一晚上？」

「當然不是。」姚婧婧連忙否認道。

蕭啟彷彿鬆了一口氣，即刻開始攆人。「那就好，趁著沒人看見，妳趕緊出去吧，本郡王一世英名可不能毀在妳手上。」

「走就走，有什麼了不起。」實在是欺人太甚，姚婧婧怒氣沖沖地吼了一聲後，轉身準備衝出房間。

「站住。」

就在她即將推開門的一剎那，蕭啟那低沈的嗓音又在身後響起，嚇得她一顆心都提到了嗓子眼，這個讓人捉摸不透的男人不會又變卦了吧？

「姚姑娘，這裡原本就不是妳該來的地方，所以今晚在這裡聽到的、看到的，妳最好能在出門的那一刻全部忘掉，否則只怕是神仙老子都救不了妳。」

姚婧婧心中一凜，她雖未看見蕭啟說這話時的神態，可她知道他絕對不是在故弄玄虛地嚇唬自己。「郡王殿下放心，民女惜命得緊，一定會守口如瓶。」

姚婧婧丟下一句承諾後，便逃也似地離開了。

第五十六章 情動

姚婧婧前腳剛離開，躺在榻上的蕭啟就立即彈了起來，一步跨到桌子旁，端起已經冷掉的殘茶連乾了好幾杯，卻依舊壓不住心底的躁熱。

這個要人命的死丫頭，實在是可惡至極。

他握著拳頭在屋子裡走了一圈，心裡卻有幾分惱羞成怒的感覺。世人都以為端恪郡王風流成性，放蕩不羈，殊不知這只是他迷惑世人的假面。

瞭解內情的人都知道，在當今的大楚皇室裡，蕭啟的身分尷尬而敏感，他的父親蕭元衡是先帝的嫡長子，一出生就名正言順地被立為太子，因此蕭啟的幼年時光都是在太子府中度過的。如果一切按部就班，待皇祖父仙逝歸天之後，登上皇位成為新君的就是他的父親，而蕭啟就會繼承父親的衣缽，成為新朝的太子。

可這一切，都被十年前那一場突如其來的意外給徹底毀滅了。原本守衛森嚴的太子府竟然在中秋之夜突生大火，百餘條人命葬生火窟，且火勢直逼太子與太子妃所住的承乾殿，雖然下人們拚盡全力去營救，卻依然回天乏術。

被先帝寄予厚望的元衡太子就這樣葬身火海，眾人心中的驚懼、悲慟可想而知，但更為可怕的是，大家很快就驚覺到，那張牙舞爪的火苗隨著夜空裡呼嘯的寒風一路向後，竟然燒到了太子府中唯一的皇孫蕭啟的居所。

許多忠心耿耿的奴才忍不住伏地大哭，誰都不敢相信原本玉葉金柯的一家三口就這樣莫名其妙地丟了性命。

這件事很快便驚動了先帝，聽到噩耗之後，他拖著久治不癒的病軀連夜趕到太子府，看到的卻是滿目的廢墟以及眾人臉上倉皇的淚水。

當侍衛將元衡太子那損毀嚴重、殘破不堪的遺體抬到先帝面前時，這個在至尊之位上坐了大半輩子的花甲老人再也支撐不住，張嘴吐出一口污血，險些陷入昏迷。

元衡太子是他花了半輩子心血精心培養出來的未來天子，蕭啟則是他最喜愛的孫子，這兩個他放在心尖上的人就這樣橫死在他的面前，這種白髮人送黑髮人的痛苦與絕望，讓先帝險些一口氣喘不上來，追隨兒孫的腳步去了。

轉機出現在第二日清晨，正當侍衛和下人翻遍了殿內都找不到蕭啟的遺骸時，他卻活生生地從外面走了進來。

原來每年的中秋之夜，京中都會有大型的慶祝活動，長安街上人來人往，熱鬧非凡，許多人通宵達旦地在此賞燈遊玩；但由於元衡太子體恤下屬歸家心切，又怕自己和家人的出現會驚擾到平民，所以每到這一天就會命令蕭啟早早睡下，從不允許他出去湊這個熱鬧。

然而，這一年蕭啟已經到了叛逆的年紀，越是不讓去他就越覺得心癢難耐，因此等到四周漸漸安靜下來的時候，他就悄悄地從床上爬了起來，一路想方設法地避開巡夜的侍衛，最後從一處提前搭好架子的圍牆上一躍而出。

一切彷彿冥冥之中自有天意，誰能料到蕭啟的頑皮卻在無意中救了他的性命。

常。

彼時的蕭啟尚不滿八歲，驟然失去雙親讓他原本一片坦途的人生變得晦澀不明，艱難異常。

原本已經接近油盡燈枯的先帝因為放心不下自己的愛孫，又勉強撐了兩年，彌留之際本欲立蕭啟為皇太孫，想跳過他那些兒子們，將江山直接交到蕭啟手中，可是這一決議遭到了眾大臣的強烈反對。那些年大楚一直是內憂外患，戰亂不斷，亟需一個有魄力、能擔當的皇帝掌控大局，而不是立一個尚未成人的少年天子亂上加亂。

無奈之下，先帝只能在眾多庶子中選了品性仁厚、有容人之量的皇八子蕭元清接位，並再三囑咐，將來無論何時何境都要善待蕭啟，否則他九泉之下都不得安寧。

蕭元清當即在百官面前發下重誓，一定會將大哥的遺子視為己出，護他長大成人，許他一世周全，如有違背，甘受天譴。

天子一諾，擲地有聲。這些年當今聖上對待自己的這個大姪子的確不錯，內務府曾經算了一筆帳，聖上每年賞賜給蕭啟的金銀珠寶、良田美宅比其他幾個皇子加起來的總和都多。

蕭啟剛一成年，聖上就封他做了郡王，不僅親賜給他一座極盡奢華的郡王府，還委他以重任，在朝廷中為他安排了一個非常重要的職位。

誰知蕭啟卻是扶不上牆的爛泥，跟著百官上了三天的早朝就堅持不下去了，回到府中叫喚著這兒也疼、那兒也疼，第四天早上說什麼也不下床。

聖上沒辦法，只能放他做一位閒散皇親，偶爾分派給他一些遊山玩水的悠閒美差，在外人看來，蕭啟的日子過得簡直比神仙還要逍遙。

然而，這只是表面。

蕭啟的身分特殊，又曾經被先帝議儲，若說他這位皇帝叔叔對自己毫無忌憚，那是不可能的。這一點從皇帝精心賜給他的封號就可以看出，所謂「端恪」，正是端正態度，恪守本分。蕭啟一直將這兩個字牢記於心，一言一行都小心謹慎，絲毫不敢行錯半步；可他越是這樣，聖上的疑心反而越重，總是想方設法地試探他、考驗他，讓他片刻都不得安寧。

直到最後他終於想透了，皇帝之所以忌憚他是因為他是皇帝心底的一根刺，一看到他，皇帝就會想起身下這把龍椅原本的主人並不是自己，而是眼前這個逐漸長大成人的大姪子。

只有品嚐過這種至尊無上的滋味才會瞭解權力的可貴，所以無論蕭啟如何證明，皇帝都無法相信他會心甘情願地接受這種命運。一想到有人在暗中覬覦他的皇位，他就如鯁在喉，恨不得立刻拔掉這根讓他不痛快的刺。

為了消除皇上的疑心，兩年前蕭啟一改往日的低調作風，不僅性情變得乖張荒誕，整日沈迷於酒色，還經常大放厥詞，發表一些離經叛道的言論。

那些御史們的討伐奏章就像雪花一樣源源不斷地送到皇帝的御案上，可皇帝每每只是當成笑話般看一看，對待蕭啟的態度反而越來越溫和。

一個既無實權又壞了名聲、失了民心的皇姪，對他還能有什麼威脅呢？皇帝陛下終於能放下心來了。

然而，這種偽裝對蕭啟來說卻是一種煎熬。他今年剛滿十八歲，原本正是血氣方剛的時候，可他骨子裡卻是一個冷淡之人，尤其是對待那些想要靠近他的女人，簡直有一種與生俱來的厭惡，就像是一種頑固的潔癖，無法根治。
但是，剛剛那個看起來還未發育完全的小丫頭竟然輕而易舉地勾起了他的慾望，這對他來說簡直是不可思議的事。
這個心性堅硬如鐵的男子生平第一次感到有些不知所措，這種不能掌控自己的恐懼感讓他不知如何繼續面對姚婧婧，他只能立刻將她趕走，雖然他的心裡有幾分他自己都不願承認的不捨。
蕭啟低頭嗅了嗅自己的衣領，上面還留有一股淡淡的藥香，這是屬於那個小丫頭獨有的氣味，和那些濃烈的脂粉香氣相比是那麼清新脫俗，與眾不同，讓人不自覺地沈淪其中，不能自拔。
他的眼前再一次浮現出第一次在靈谷寺中遇見她的情景，當時他誤入敵人的陷阱，身受重傷，要不是她的突然出現拯救了他的性命，他可能再沒有機會走出靈谷寺的大門。
那個小小的身軀明明很害怕卻依舊挺得筆直，尤其是最後她自告奮勇地替他引開追兵的那一幕，讓他每每想起，心中都會湧起一絲前所未有的奇妙感覺。
咚咚咚。
突然響起的敲門聲打破了蕭啟虛無縹緲的思緒，他按了按自己的眉頭，迫使自己穩下神來。「進來。」
門被推開之後，一身白衣的南風率先走了進來，滿臉焦慮地看著蕭啟，一副欲言又止的模樣。

跟在她身後的是一個商人打扮的年輕男子，他的神態看起來比南風要輕鬆得多，見到蕭啟之後立刻跪了下去。「主子。」

「起來吧！」蕭啟對他的態度比之南風倒是親切許多。「東雲，你這回的差事辦得很好，我一定會給你記上一功。」

這個叫東雲的男子笑嘻嘻地站了起來，歪著腦袋問道：「最近事情太多，主子說的是哪一件？屬下一時竟有些糊塗了。」

蕭啟冷冷地看了他一眼，輕飄飄地說道：「東雲，如果你再在我面前揣著明白當糊塗，給威龍將軍補貼十萬兩軍餉的事就交給你一人去籌備。」

「別別別，主子，您真當我會變戲法呢！最近這幾個月，花錢的事情是一件接著一件，我這兜裡實在是羞澀得很，最後的三千兩銀子已按照您的吩咐給了姚家那個小丫頭，我還愁著下個月到哪裡淘錢去取那一千瓶金創藥呢！」

蕭啟冷笑道：「少在我面前叫窮，你這隻老狐狸會做賠本的買賣？那幾大車金線蓮替你賺回來多少銀子你當我不知道？當初可是你自告奮勇要去找她談這筆生意的，如今怎麼著，得了便宜還要賣乖嗎？」

「東雲不敢，我只是好奇得緊，到底是怎樣一個女子讓雙親和舍妹三番五次在家信中提及、稱讚，最後竟連主子您都注意到了她。接觸之後才知道，這姚姑娘身上的確是有過人之處，怪不得能惹得主子您魂牽夢縈、念念不忘呢！」

蕭啟頓時變了臉色，眼神犀利得彷彿能殺人於無形。「陸雲生，注意你的措辭。」

原來這個叫做東雲的男子赫然是里正夫婦唯一的兒子，陸倚夢的大哥陸雲生。

只是他為何會出現在蕭啟的身邊，還像南風姑娘一樣稱呼他為主子，這箇中緣由就不是一時半刻能說清楚的。

蕭啟的父親元衡太子在世時曾經秘密組建過一支暗衛，為自己登基之後做準備，元衡太子薨逝之後，這支暗衛一直由當時的侍衛長歐陽先生代管。

蕭啟十四歲那年正式從歐陽先生手中接過了這支力量，並給它起名叫「驚蟄堂」，這些暗衛都曾經受過元衡太子的大恩，因此都自願發下血誓，世世代代效忠主人。

隨著時光流逝，最老的一批暗衛已經漸漸歸於平靜，而他們的後代則繼承了他們的衣缽，成長為「驚蟄堂」的中流砥柱。

南風姑娘的母親曾經是驚蟄堂的四大護法之一，專門負責情報的收集與整理，南風從小耳濡目染，自然深諳此道；而且她比她母親更加決絕，當初蕭啟並不同意她經由犧牲色相來獲取情報，可她卻是先斬後奏，不給自己留絲毫退路，只因為這是最快捷、最有效的方法。

蕭啟並不僅僅只是把驚蟄堂當成保護自己的武器，他想要做的事情還有許多，因此，在接手驚蟄堂之後，他就開始想方設法地將其發展壯大，招收各種不同的人才進來。

而陸雲生就是在這種情況下入了蕭啟的眼，彼時他孤身一人在京城拜師求學，卻遭遇了人生中最痛苦的磨難，是蕭啟對他伸出了援助之手，將他從地獄拉回了人間。蕭啟看出他有經商之才，專門請人悉心教導，給他創造無數的機會學習與歷練，這才成就了今天的陸雲生。可想而知，蕭啟在陸雲生心中的地位是多麼超然與重要，蕭啟是他的主子，更是他的恩師與密友。

蕭啟心思縝密，又有千般面孔，誰也揣測不到他內心的真實想法。為了管理好鷲蟄堂的這些下屬，他一向賞罰分明，從不與屬下論私交，所有人都對蕭啟畢恭畢敬，在他面前連大氣都不敢出一下；可唯獨陸雲生，不僅經常在主子面前隨意調笑，還總是時不時地說出一些讓蕭啟頭大不已的「瘋話」，可這回的玩笑好像開得太大了。

一旁的南風聞言，忍不住逼問道：「東雲，你這話是什麼意思？難道……」

陸雲生一看蕭啟面色不善，連忙否認道：「沒有難道，都是我瞎說的，瞧我這張臭嘴，實在是該打、該打，我這就告退。」

為了掩人耳目，蕭啟今夜自然要宿在南風房中，東雲則住在他的隔壁房，因此出去之後，他便打著哈欠，準備回房睡覺。

「站住。」跟著出來的南風冷著臉堵在東雲的面前，一副隨時想要打架的樣子。

東雲一臉迷茫地看著她。「南風姑娘有何貴幹？哦，對了，主子住了妳的房間，那妳自然是無處可去，要不今晚妳就跟我湊合一夜，妳睡床、我睡地，怎麼樣，夠意思吧？」

南風柳眉倒豎。「少廢話，我問你，那個姓姚的丫頭到底是什麼來路？」

東雲兩手一攤，一臉無辜地說：「就是一個普普通通的農家丫頭，能有什麼來路？」

「你休想矇我，我知道你和她關係不一般，所以我想提醒你一句，咱們主人是人中龍鳳，能夠和他相配的也必須是這天底下最尊貴、最優秀的女子；至於那個貌醜心惡的死丫頭，就不要再心存妄想了，今天看在主人的面子上我就饒她一命，再有下次，我絕對會讓她後悔來到這個世上。」

「南風姑娘，話不能這麼說……」

東雲正準備替姚婧婧辯解兩句，南風卻一拂衣袖，氣沖沖地離開了。

「我欲將心向明月，奈何明月照溝渠。」

東雲看著她的背影沈思了片刻，眼中露出一片惋惜之色。

第五十七章　危機

逃出生天的姚婧婧並不知道已經有人將她視為眼中釘、肉中刺了，此刻她只想第一時間見到自己的娘親，趴在她的懷裡安穩地睡上一覺。

像隻無頭蒼蠅一樣在街上跌跌撞撞了許久後，終於有一雙大手在背後抓住了她的胳膊。

「妳跑到哪裡去了？簡直急死我了。」

姚婧婧一轉頭，映入她眼簾的是孫晉維那張寫滿擔憂與後怕的臉。

姚婧婧只覺得心裡一鬆，她第一次覺得這張臉是如此親切，讓她有一種想抱著他大哭一場的衝動。「孫晉維，你可知罪？」

孫晉維沒想到姚婧婧會一開口就興師問罪，一時之間竟然愣住了。

「本姑娘剛才遇到一個喝醉酒的瘋子，差一點被他擄了去。咱們出來之前你可是發過誓的，說一定會保證我的安全，如今出了這種事，你是不是該給我一個交代。」

姚婧婧的話讓孫晉維瞬間驚出了一身冷汗，事實上，自從發現姚婧婧不見了之後，他就在心裡將自己罵了個狗血淋頭。

他怎麼能如此大意，竟然會放她孤身一人站在黑漆漆的街頭，面對那些未知的危險。難道是因為她平時表現得太過能幹，讓他忘記了她只是一個手無縛雞之力、需要人保護的小姑娘？阿彌陀佛，好在一切只是虛驚一場，她總歸是平安無事地回到了他的身邊。

「是是是，都是我的錯，妳要怎麼懲罰我都行，現在咱們先回客棧吧，妳娘還不知道已經急成什麼樣了。」孫晉維說完也顧不上男女之防，緊緊地拉住姚婧婧的手朝客棧走去，好像生怕她會再突然消失一般。

昨兒折騰到大半夜，一早姚婧婧只覺得頭暈腦脹，掙扎了半天也沒能從床上爬起來。賀穎心疼閨女，便想勸她多睡一會兒，可很快地外面就響起了急促的敲門聲，賀穎無奈地打開門。

阿慶伸長脖子，一臉著急地喊道：「姚姑娘，少爺讓您趕緊下樓，說是歐陽先生那邊派人來了。」

「真的？」姚婧婧立即從床上跳起來，滿身的疲憊頓時煙消雲散。

來人正是歐陽先生四大徒弟之一，為人最伶俐、最會說話的小徒弟趙燁。

不知是不是有師父的特意叮囑，趙燁對待姚婧婧的態度倒是頗為恭敬。

「昨日家師情緒失控，讓姚姑娘受驚了，事後他老人家也很後悔，因此特意派我來給您賠個不是，姚姑娘大人有大量，切莫和他計較。」

姚婧婧忙起身回了一禮。「趙師傅言重了，歐陽先生是享譽盛名的大匠師，我作為晚輩，聽他幾句教誨也屬應當；再說了，昨日本是我冒昧闖入，歐陽先生會生氣也是應該的，不過我確實是誠意相求，不知那圖紙歐陽先生看過了嗎？」

趙燁連連點頭。「看過了、看過了，家師對姚姑娘的匠心獨具大加讚賞，還說可惜了姚姑娘身為女子，否則就憑您的這份慧心巧思，假以時日一定會取得非凡的成就呢！」

姚婧婧害羞一笑。「歐陽先生謬讚，小女愧不敢當。既然歐陽先生認為此法可行，能否辛苦他老人家依照圖紙替我打製兩座藥爐？我實在是等著急用。」

「當然可以，家師已經發話，最多兩日一定把活兒給您趕出來，請您留下個住址，屆時我給您送至府上。」

「那就有勞趙師傅了。」事情辦成了，姚婧婧自然十分高興。

孫晉維連忙拿出紙筆，將詳細的住址抄予趙燁。

姚婧婧拿出早已準備好的銀票繼續說道：「我知道歐陽先生素來只打製兵器，此番讓他老人家破例，我心裡實在是過意不去，因此所需酬勞請趙師父儘管開口，我們絕無二話。」

趙燁見狀卻是連連擺手。「千萬別，姚姑娘，您先聽我把話說完。」

姚婧婧睜大眼睛望著他。

趙燁搓著手，嘿嘿一笑。「我師父說了，這藥爐無須您花費分文，若是您方便的話，可否為咱們設計一座熔製鐵水的爐子，也好讓我們少受些火烤、燙傷之苦？」

趙燁的話音剛落，孫晉維卻忍不住哈哈大笑起來。「婧婧，妳可真是未卜先知啊！」

「什麼？」趙燁被笑得一頭霧水。

姚婧婧將銀票塞了回去，轉而拿出一張早已畫好的圖紙。

「沒什麼，先生要的東西我早已準備妥當，請趙師傅拿回去讓他老人家審閱，若有不合適的地方我再修改。」

趙燁接過去大致看了一眼，臉上頓時露出喜色。「合適、合適，肯定合適。託姚姑娘的福，這寶貝要是造出來，我那三個師兄肯定會高興壞的，實在是太感謝您了。」

姚婧婧連忙謙道：「趙師傅客氣了，我只是畫了張草圖，真正動手製作還要靠你們呢！」

趙燁笑了笑，又說了幾句感謝的話，便起身告辭。「師父還等著我回去覆命呢，我就不打擾姚姑娘休息了，以後若是有機會，還請姚姑娘再去蝴蝶谷做客，也好給我們一個致謝的機會。」

送走了趙燁後，姚婧婧如釋重負，該做的事情都已經辦妥，為了母親的身子著想，她決定縮短行程，即刻打道回府。

由於孫晉維手上還有一長串需要採買的清單尚未購買，思慮過後，他便讓阿慶陪著她們母女倆先回長樂鎮，自己則在埕陽縣城多留一日。

回程的路上坐的依然是來時那條船，姚婧婧還怕娘親會暈得厲害，可也許是因為全身心都沈浸在喜悅中，賀穎竟然完全忘記了暈船這回事。

姚婧婧正絮絮叨叨地講著一些保胎要注意的事項，賀穎細細端詳著閨女的小臉，卻莫名地嘆了一口氣。「妳就快滿十四歲，已經長成大姑娘了，娘本應該高興的，可為什麼這心裡卻總覺得不是滋味？」

姚婧婧越聽越糊塗。「娘，妳到底想說什麼？」

「二妮，妳實話告訴娘，妳和那個孫大少爺到底是怎麼回事？昨日娘就想問妳的，卻一直尋不得空檔。妳雖然是一個有主意的姑娘，可婚姻之事並非兒戲，一定要慎之又慎才行啊！」賀穎說話的表情一臉嚴肅，他們雖然是小門小戶，可姑娘家不經過長輩同意就和陌生男子私訂終身，也是一件不能為世人所容的事情。

姚婧婧終於聽明白了娘親的意思，只能無奈地解釋道：「娘，我不是跟妳說過了嗎？我和孫晉維只是生意上的合作夥伴，再加上他曾經救過我的性命，我心裡也很感激他，僅此而已。」

「妳別拿這些話來糊弄娘，娘可是過來人，若非對妳有情，那個孫大少爺怎麼可能對妳的事情如此上心？還有，昨天夜裡你們兩個偷偷跑出去瘋到半夜才回來，當我不知道嗎？咱們娘兒倆有什麼不好說的，快說說妳心裡究竟是怎麼想的，娘也好幫妳拿個主意啊！」賀穎忙不迭地催促道。

姚婧婧只覺得腦門上一圈黑線，天地良心，她和孫晉維真的是清清白白的啊！

「娘，妳究竟想要我說什麼？我和孫大少爺真的只是朋友關係，妳就別瞎想了。」

賀穎卻像是完全沒聽見姚婧婧的保證，自顧自地繼續說道：「其實孫大少爺這個人還是不錯的，只是曾經和大妮有過婚約，再加上他家裡還有一個蠻橫霸道的嫡母，妳要是真跟了他，除非分家單過，否則只怕會受盡委屈——」

「娘。」眼看娘親越扯越遠，姚婧婧忍不住揚聲打斷，轉過身噘起嘴，一副氣鼓鼓的樣子。「娘，女兒從未想過嫁人，妳就這麼著急要趕我走？」

賀穎看閨女像是真的惱了，連忙一把將她拉到懷裡輕聲安慰。「二妮，娘巴不得妳一輩子待在娘的身邊，可娘不能這麼自私，女人最好的時光也就這幾年，錯過了就會遺憾終生的。娘說這麼多只是想讓妳多個心眼，提前為自己籌謀，世上的男人千千萬，可真想尋覓一個能託付終生的良人不是一件容易的事。」

賀穎一字一句皆是慈母心腸，姚婧婧心下感動不已，便抱著娘親的脖子開始撒起嬌來。「嫁人有什麼好？我在家裡有爹親、有娘疼，為什麼要到別人家裡去吃苦受累？萬一遇到一個像大伯那樣愛打老婆的莽漢，或是像奶奶一樣不講理的惡婆婆，那可真是生不如死呢！」

賀穎原本就心內不安，聽到閨女如此說更是著急上火，卻又深感無可奈何，身為女人，這根本就是逃脫不掉的宿命。

姚婧婧卻一直歪著頭，眼睛骨碌碌地轉，不知在打什麼主意。「娘，要不以後我就不嫁人，招一個上門女婿回來可好？咱們可以辦一場選婿大賽，不比文治武功，也不比經商頭腦，就比誰最聽話、最會幹活、最能哄我開心、最孝順妳和爹，咱們就選那個。除此之外，咱們還要設一個優勝劣汰的考核制度，最好一次多選幾個回來，幹得好的留他升職加薪，幹得不好的就讓他捲鋪蓋滾蛋，妳說好不好？」

姚婧婧的話驚得賀穎目瞪口呆。「妳這個瘋丫頭，胡說什麼呢？讓別人聽見又要罵妳離經叛道、不知禮數了。」

姚婧婧哪管娘親說啥，依舊沈浸在自己的美好幻想中，臉上還露出一陣陣癡癡傻傻的笑容。

守在船艙門口的阿慶感覺後背一陣陣發涼，他要趕緊去提醒自家少爺，這位姚姑娘有毒，讓他趁早離她遠一點。

僅僅兩日的工夫，歐陽先生不僅按時將煉藥的爐子送了過來，還讓小趙師傅給她帶來一件特殊的禮物——一把小巧精緻的匕首。

這把匕首通身都用精鐵打製，看起來鋒利無比。刀鞘採用金絲鏤空的設計，讓原本堅硬冰冷的匕首顯露出幾分女性的溫柔，刀柄處還綴有一顆閃著幽光的藍寶石，一看就知價值不菲。

姚婧婧對這份特殊的禮物喜愛至極，只是平白無故收人如此貴重的禮物，多少顯得有些不好意思。

趙燁看出了她的顧慮，拱手勸道：「姚姑娘，這件匕首是我師父的珍藏，難得他肯割愛，請您一定要賞臉收下，否則我回去難以交差。」

姚婧婧也不是扭捏之人，當即決定收了下來，反正來日方長，再找機會回報便是。

送走了小趙師傅後，姚婧婧又趕到杏林堂與孫晉維和胡掌櫃商量建廠的相關事宜，一連幾天忙下來，姚婧婧越發覺得當初拉孫晉維入夥是一項無比英明的決定，有他在，許多事都不需要自己操心，他總能默默地將一切打點妥當。

在眾人的努力之下，製藥坊很快便投入生產，有姚婧婧的現代化管理概念作為指導，每一名夥計都充滿幹勁，坊裡的工作日夜不停，到處都是一片火熱喧騰的情景。

眼看陸雲生的訂單總算有了著落，姚婧婧終於可以鬆一口氣，閒暇時也有時間到集市上逛一圈，採購一些新鮮食材，回家去為娘親做一頓營養晚餐。

自從發現賀穎懷有身孕之後，姚老三再沒有讓她跟自己一起下過地，其他的重活、累活也一律不准她插手。

賀穎每日裡就躲在房裡繡繡花，又或者去幫湯玉娥帶帶孩子，日子過得極其悠閒。

姚老太太對此卻很是看不過去，僅僅幾個月時間，這個原來任由她搓圓捏扁的三兒媳婦竟然像完全變了一個人似的，無論她如何威逼利誘、撒潑耍賴就是不屈服，逼急了就開始想方設法地躲著她。

還有那個老實木訥的老三，以前只要她說幾句狠話、掉幾滴眼淚，這個三兒子就會心疼自己親娘，無條件地做出讓步，可如今這招也不好使了。

姚老三雖然平日裡有什麼好吃、好喝的都會往她這裡送，可一旦涉及到自己的妻女，那態度叫一個堅決，恨得姚老太太後槽牙都要咬碎了。

最可氣的還是姚二妮那個小妖精，仗著自己如今能掙兩個臭錢，完全沒把她這個做奶奶的放在眼裡，凡事動不動就要和她講條件、辯是非，也不想想究竟誰才是一家之主，實在是大逆不道。

可生氣歸生氣，她也明白如今的三房早已是今非昔比，她只怕再也沒有辦法像從前那樣將他們掌控在手掌中了。

姚婧婧揹著一大包東西趕回家裡，遠遠地就看見娘親和五嬸拉著自製的搖椅在門口的泥巴路上逗小靜姝玩耍。正當她想伸手跟她們打招呼時，驚險的一幕發生了。

一只破得不能再破的小沙包突然從天而降，剛剛好落在賀穎的身前。

賀穎看著這只沙包，覺得眼熟，便對湯玉娥笑道：「小勇怎麼好像跟這沙包有仇似的，前兩日才給他縫了一只新的，轉眼就成了這副模樣。」

小靜姝對這玩意兒也起了興趣，一邊咿咿地叫著，一邊伸出一隻小手想去抓它，可還沒等她搆著，前方突然響起小勇的一聲尖叫。

「那是我的沙包，誰也不准動。」說完後他便如同一隻受驚的小豹子一般，沒頭沒腦地衝上前。

這下可把湯玉娥給嚇壞了，生怕嬌弱的小靜姝被撞翻，連忙搶著把她從地上抱起來。站在正前方幾步遠的姚婧婧更是驚得三魂去了六魄，從她的方向看去，小勇簡直是沒有一絲偏差、直直朝著娘親的肚子撞去；偏偏賀穎似乎忘了自己懷有身孕，只顧著幫湯玉娥照料小靜姝，完全沒有意識到危險的來臨。

「娘，小心。」危急時分，姚婧婧拚盡全力衝上前去，無奈距離太遠，根本趕不上阻擋小勇。

最後一刻，還是湯玉娥察覺出異樣，匆忙騰出一隻手輕推了三嫂一把。

賀穎一個趔趄，身體隨之轉了大半個圈，緊隨而來的那頭小豹子雖然沒有撞中她的腹部，卻也結結實實地撞在了她的後腰上。

「哎喲。」

巨大的衝擊力使得小勇瞬間摔了個四腳朝天，賀穎也隨之向前倒去。

姚婧婧猛地朝前一撲，用自己的身軀當成人肉墊子，這才避免了賀穎直接趴跌在地上。

湯玉娥被眼前的景象給驚呆了，一時竟沒有反應過來，小靜姝則被嚇得哇哇大哭起來。

姚婧婧顧不上被擦出血跡的手掌，轉過頭焦急地問趴在自己身上的娘親。「娘，妳怎麼樣了？」

賀穎感覺自己明顯不太好，她咬咬牙掙扎著想要站起來卻沒能成功，額頭上反而冒出一粒粒豆大的汗珠。

此時姚老三正好從藥田裡走了回來，見到這副場景，立即丟掉鋤頭，衝了上前。「穎兒。」

姚婧婧強迫自己冷靜下來，她讓姚老三慢慢地給娘親翻了個身，然後直接將她抱起，送回房中。接著她迅速從地上爬起來，抬腳要跟著進去時，突然有一隻髒兮兮的小手從背後拉住了她。

「我不是故意的，二姊，對不起，我不是故意的。」也許是意識到自己闖了禍，姚小勇眼中滿是驚恐，他的眉角處被地上的小石子給劃了一道血口子，鮮血將他的半邊小臉都染紅了，他卻好像不知道一般。

這樣一個可憐的孩子，任誰見到恐怕都會升起惻隱之心，可姚婧婧心裡卻只有憎恨與厭惡。她忘不了他剛才向娘親衝過去時眼中閃過的決絕與狠戾，這樣的眼神不該出現在一個六歲的孩童身上。

姚婧婧一句話都沒說，只是用盡全力一掌拍開小勇拉著她衣角的手，大踏步地朝屋裡走去。

現在的當務之急是全力保住娘親腹中的胎兒，至於姚小勇欠下的這筆帳，日後她有的是時間慢慢和他算。

——未完，待續，請看文創風782《醫女出頭天》3

2019年8月出版

阿九

文創風 773～775

逃荒的路上，阿九遇見一個受盡欺凌卻不開口求饒的孤兒，
她看不過眼，出手相幫後問了他名字，他說，他叫謝翎。
上輩子扳倒太子的那位，可不就是叫謝翎？莫非是他？
誰能想到他日後會成為名動京師的小謝探花，位極人臣？
不過，如今他餓得只能跟著她啃草根，說榮華富貴？還早著呢！

別後唯相思　天涯共明月／青君

她叫阿九，一個爹死、娘改嫁，在鬧旱災時又被唯一的親哥拋下的孤女，
因著模樣好，前世她被親叔嬸賣給了戲班子，最後又輾轉到了太子府，
誰知最後太子被廢，一時想不開引火自焚，還不忘帶上她，
許是她活得太苦、死得太冤，老天爺對她深感抱歉，因此又讓她重生，
即便這世依舊是孑然一身、再無親人相伴，她也要活出不一樣的阿九！
在逃荒的路上，她把小她一歲的孤兒謝翎撿回照顧，對外也以姊弟相稱，
多年來，她認真習醫、努力掙錢，為的就是供他讀書，讓他功成名就，
然而隨著年紀愈大，她發現自己愈是看不透他，欣慰的是他書始終讀得不錯，
想來這世他也一樣會順利成為探花郎，可萬萬沒想到，他竟一躍成了狀元！
好吧，雖然有些些的不同，但總歸是往好的方面發展，也算可喜可賀啦，
可是，這個弟弟當得實在很不稱職，老愛一臉淡然地說些害她臉紅心跳的話，
而這些話聽著聽著，她竟也被蠱惑了，覺得能與他相伴一生似乎極好，
無奈世事沒法盡如人意，太子自從偶然看見她後，就瘋了似的要得到她，
難道說，太子也跟她一樣，擁有前世的記憶？這……有可能嗎？
若真是如此，那謝翎今生能否再次扳倒太子，並扭轉她的命運呢？

2019年8月出版

桃花小農女

文創風 771～772

跌落谷底的時候，
她常常想如果能夠重來一次的話……
現在真的重新展開人生，
她無論如何都會把握幸福的機會！

平凡日常，無限幸福／韓芳歌

在窮困潦倒、餓得奄奄一息的時候睜開眼，
發現自己重生在差點被虐待而死的那一刻，
悲慘的人生又要重來一次，原主選擇一了百了，
讓帶著三輩子記憶的羅紫蘇，有了重新開始的機會。
剛進門就守寡的她，被貪圖聘禮的娘家討回逼迫再嫁，
丈夫不良於行，附帶兩個現成的女兒，公婆妯娌個個極品，
哪怕這人生再狗血，她也會好好活下去，終結過去所有的不幸。
新婚第一天就被婆婆尋由頭分了家，只分到幾畝薄田，
一家四口咬牙過日子，幸虧丈夫扛得住，
在柴米油鹽中的日常瑣事，和極品親戚雞飛狗跳的搗亂中，
慢慢體會不善言詞的丈夫對自己的愛護與疼惜……

2019年7月出版

小女金不換

文創風 767~769

誰說兒子才金貴，女兒就是賠錢貨？
安其滿夫婦大大不認同，自家的好閨女可不就打臉全村了？
金頭腦帶福又帶財，還有小神醫準女婿相隨，
得女如此，夫復何求……

田園好文，家長裡短自有餘味／君子羊

當安雲開意識到自己穿成貧窮農家的小養女時，真真是哭笑不得！
老天絕對是在開玩笑，雖說能有爹娘照顧是身為孤兒的她夢寐以求的美事；
但她為啥是個智商只有三歲、腦袋不開竅的傻妞呢？
也難怪刻薄吝嗇的奶奶、慓悍懶惰的大伯娘對她這隻米蟲頗有意見，
連帶老實善良的爹娘也遭打罵奚落兼壓榨，
日常種田織布所得全須上繳，做得要死要活仍三餐不繼，讓她很看不下去——
自己的爹娘自己護，她從來不認命，怎堪被欺負？何況她本非癡兒！
極品親戚吃人夠夠欠收拾，她略施小計便讓眾人叫不敢；
地位弱勢便要動腦筋，和隔鄰與她同病相憐的孤僻玩伴小磕巴丁異結盟，
兩人合力所向無敵，整得鎮上的小霸王曾八斗從此乖乖不調皮。
天不下雨、五穀歉收又怎地？只要肯上進打拚，銀子還不信手拈來？
且看她如何帶領軟柿子爹娘一手種田、一手經商，翻身作主奔小康～～

文創風 781

醫女出頭天 2

國家圖書館出版品預行編目資料

醫女出頭天 / 陌城著. --
初版. -- 臺北市 : 狗屋, 2019.09
冊 ; 公分. --（文創風）
ISBN 978-986-509-038-8（第2冊 : 平裝）. --

857.7　　108013849

著作者	陌城
編輯	黃淑珍
校對	沈毓萍　周貝桂
發行所	狗屋出版社有限公司
地址	台北市104中山區龍江路71巷15號1樓
電話	02-2776-5889～0
發行字號	局版台業字845號
法律顧問	蕭雄淋律師
總經銷	知遠文化事業有限公司
電話	02-2664-8800
初版	2019年9月
國際書碼	ISBN-13　978-986-509-038-8

本著作物由廣州阿里巴巴文學信息技術有限公司授權出版

定價250元
狗屋劃撥帳號：19001626
網址：love.doghouse.com.tw　E-mail：love@doghouse.com.tw